唐家三少

著

时代出版传媒股份有限公司
安徽文艺出版社

图书在版编目（CIP）数据

冰雪恋熊猫／唐家三少著. — 合肥：安徽文艺出版社，2020.12

ISBN 978-7-5396-7111-6

Ⅰ.①冰… Ⅱ.①唐… Ⅲ.①长篇小说－中国－当代 Ⅳ.①I247.5

中国版本图书馆CIP数据核字(2020)第249703号

BINGXUE LIAN XIONGMAO

冰雪恋熊猫

唐家三少 著

出 版 人：段晓静
总 策 划：朱寒冬
责任编辑：宋潇婧　王　涛　李　芳
装帧设计：杨　洁　曹希予　周艳芳

出版发行：时代出版传媒股份有限公司　www.press-mart.com
　　　　　安徽文艺出版社　www.awpub.com
地　　址：合肥市翡翠路1118号　邮政编码：230071
营 销 部：(0551)63533889
印　　制：湖南天闻新华印务有限公司　(0731)88387856

开本：889 mm×1194 mm　1/32　印张：11　字数：326千字
版次：2020年12月第1版
印次：2020年12月第1次印刷
定价：36.80元

目 录
CONTENTS

c o n t e n t s

contents

第 01 章

邀请会

熄屏的手机亮起，弹出一条消息：

"我想好今年的主题了。"

滕懿麟迷迷糊糊地拿起手机，解锁一看，顿时清醒，飞快地嘲讽："我还以为你准备欢欢喜喜过大年了呢。"

"冰雪主题，你觉得怎么样？"

滕懿麟看到消息，沉默了几秒才回复："我突然有点难过。"

"难过什么？"

滕懿麟按住语音输入图标，先是沉沉叹了口气，然后才语重心长地说："这么重要的事，你居然跟我商量。这说明什么？说明你太缺一个知心女人了！这种时候，我不禁又想起了我那貌美如花的表妹，不如改天……"

"打住！内心戏别太多，不然我换地儿了。"

滕懿麟敏锐地捕捉到了关键词："换地儿，换什么地儿？"

"我准备把举办地定在你家滑雪场。"

滕懿麟猛地从床上坐起来，把手机屏幕戳得"嘟嘟"响。

"好兄弟！从今天开始你就是我亲哥了！"

"好的，弟弟，给我介绍个教练吧，我要开始学滑雪了。"

滕懿麟怔了怔，忍不住感慨："我听出了一股沉重的味道啊。我还以为这辈子都不会在滑雪场见到你呢。"

"世事难料。"

滕懿麟"嘿嘿"笑了几声，不无幸灾乐祸地说："悲壮，惨烈，凄美，哀伤，祝你好运哟！"

叶星川把手机从微信切换到微博，点击发送编辑好的内容，然后把手机放在桌角，继续和对面的一男一女吃夜宵。

"今年邀请会主题已定，举办时间暂定12月中下旬。"

这条微博刚刚发送成功，评论就呈爆炸式增长。

"哇，我关注的博主终于发博了！"

"终于出现！叶神，你这飞舞的文字像不像今年的新菜品？"

"说实话，我已经有点怨气了。从年中开始一直'跳票'到现在，居然还要等一个多月，衍生菜品也不知道要拖到什么时候去。我们也不想天天催你，那样你烦，我们也烦。但真的求你上点心吧，叶神。"

"这才第三年，还有九年，按照叶神这架势，说不定越拖越久。我真的要急死了。"

"江郎才尽可以直说，不要拖来拖去的行不行？"

……

短短几分钟，转发就已破三千，评论一千五。

众网民或埋怨或期待，毫不意外地把叶星川时隔三个月才发布的微博顶上了热搜，于是微博曝光率骤增，吸引来许多"路人"。

他现实生活中的好友也纷纷发微信询问。

听见叶星川的手机不停地振动，跟他一起吃夜宵的女生有些好奇地瞥了一眼，男生则揶揄道："情债找上门了？"

"你以为我是你？"叶星川看了看依偎在男生身边的女生，强忍住奚落他的欲望，"发了条微博。"

男生一脸"震惊"："公开了？"

叶星川不理他，放下筷子，看向女生："小雅，吕佳明跟你讲过我跟他是怎么认识的吗？"

小雅说："没有啊。"

"是这样的……"

叶星川还没开始讲呢，吕佳明已经毫无尊严地认错了："我错了。"

看到吕佳明的反应，小雅立刻似笑非笑地望向他，食指和大拇指在他腰间寻觅，准备趁机掐一下。

感受到指尖滑动，吕佳明绷紧了身体，忙转移话题："发了啥微博？"

吕佳明的诚意让叶星川很满意，于是叶星川原谅了他："主题确定了。"

吕佳明一时间没反应过来："什么主题？"

"你说什么主题！"叶星川懒得理他。这家伙每次谈恋爱智商都会掉线一阵子。

"哦哦哦。"吕佳明突然记起来，紧接着抬头挺胸，理直气壮道，"这事儿忘了能怪我？如果不是你的粉丝天天留言催你，你自己都要忘了吧？"

叶星川微微一笑，转头望向小雅："他是我最早的一批食客之一，经常带……"

"我真的错了！"吕佳明脸色苍白地打断了叶星川的话，快速道，"什么主题啊？时间、地点定了吗？还缺赞助？缺多少你直说！"

叶星川再次放过了他："冰雪主题，举办地暂定救兵那儿了。"

吕佳明听了，猛地坐直，脱口而出："滕懿麟把刀架你脖子上了，还是又用什么稀奇古怪的食材贿赂你了？叶星川你知道我的，只要你肯把举办地放我爸店里，不管他用啥东西贿赂你，我吕佳明出十倍！"

叶星川说："好啊。"

见叶星川这么痛快，吕佳明目瞪口呆，立刻改口："对不起，打扰了，别当真，我没说过，再见。"

"呵呵。"叶星川太了解自己这个朋友了，拿起杯子喝了口水，完全没往心里去。

吕佳明生硬转移话题的时候，小雅拿起手机玩了起来。吕佳明暗暗松了口气，但不敢松懈："认真问一下，你是怎么想的，选这么个主题？"

叶星川说："2022年不是北京冬奥会吗？还有一些公益方面的考虑。"

"这样啊，那你抓点儿紧，留给你的时间不多了。"吕佳明顿了顿，忽然盯住叶星川的眼睛说，"别再让我在峡谷看见你。"

叶星川淡定地抿了口水："就算我两个月不玩，你觉得你能打到八十三星吗？哪儿来的自信？"

吕佳明一脸得意："不瞒你说，我已经找好'大腿'了。"

他话才说完，身边的小雅突然放下手机，抬头望向叶星川，一脸惊喜："我说你的名字听起来怎么这么耳熟呢，原来你就是那个厨神叶星川啊！"

叶星川朝她笑了笑："我是叶星川，厨神不敢当。"

小雅说："有什么不敢当的？这又不是我说的，是广大网友投票投出来的啊。"

"怎么样？我跟你说过我兄弟做菜很厉害吧。"吕佳明侧身碰了下小雅。

"岂止厉害？简直太厉害了！"

吕佳明上一秒还在夸叶星川，听完这句话，突然有点吃味，道："那你说是他厉害还是我厉害？"

"这还用说？"小雅一脸不可思议地看着吕佳明，后者顿时露出满意的笑容，挺了挺身正准备接受小雅的夸赞，却听她道，"当然是叶星川厉害啊。你怎么问得出这么愚蠢的问题？"

"……"

吕佳明的笑容渐渐凝固："那你说他哪儿厉害？"

小雅毫不犹豫地道："长这么帅，还会做饭，这还不够厉害？"

吕佳明先是气急，接着沉默，最后长叹一口气："长得帅果然有优势。"

"是啊。"小雅深以为然，点点头，对叶星川道，"突然有点同情你那些同行了。碰上你，他们要怎么自处啊？"

听着两人的吹捧，叶星川只是笑笑，也不接话。

吕佳明给小雅擦了擦嘴角："你知道他是怎么火起来的吗？"

"嗯？"

"他前几年在国外当主厨的时候，他朋友闲得无聊给他拍了段视频，然后他就莫名其妙火爆全网了。火了没多久，他开始试着做直播，本来只想试试水，谁知道像黑洞一样把路人全部吸进去了，几天就涨了好几百万粉……"吕佳明既羡慕又苦涩，"想当年我奋斗的时候吃了多少苦头啊！你再看看他，太不公平了！所以我觉得国家就应该向他们这种人收税，收重税！"

叶星川说："是挺不公平的。你说要是真收税的话，你得花多少钱整容才有资格交这税？"

吕佳明"真切"祝福："那我祝你缴税额过高直接破产。"

小雅笑看两人斗了几句嘴，然后才道："所以说啊，让人看到自己内涵和能力的方式有很多种，但没有任何一种比得上长得帅来得更直接。"

想起自己花式追求小雅的漫长过程，吕佳明有点忧郁。

"对了，你们刚才说的邀请会是什么啊？"小雅问。

叶星川说："主题美食邀请会，是我发起的一个活动，为期十二年，每年一期。我旗下的餐厅会根据当年邀请会的菜品来制作次年的菜单。"

吕佳明补充道："你也可以理解为他一个人的时装周。他那邀请会才举办了两年，已经开始影响流行趋势了。你有没有发现今年打着'深海料理'幌子的餐厅变多了？他去年邀请会的主题就是'深海'。"

小雅仔细回忆了一下："你这么一说好像还真是。"

吕佳明气道："说实话，我有时候真希望你别这么火。你知不知道现在市面上有多少变着法子抄袭你内容的餐厅？同事请客啊，应酬啊，家里聚餐啊，总会遇到那么几家。你说难吃吧，倒也不难吃，但也架不住天天吃啊！再吃下去我都要吃吐了。"

叶星川用脚指头想都知道吕佳明有下文："所以呢？"

吕佳明说："所以下次聚餐的时候，我准备按照你的教学视频做一顿，到时候你绝对不许帮我啊！帮我就是不拿我当朋友。"

"呵呵。"叶星川笑了。吕佳明很了解叶星川，知道叶星川如果亲眼看着他糟蹋食材，肯定会忍不住亲自动手。

"这次又是什么理由？"

吕佳明一把搂住小雅，理所当然道："我和小雅的'满月酒'啊！"

小雅也想吃叶星川做的饭，所以笑眯眯的，也没反驳。

对于自己几个好朋友日常"打秋风"的行为，叶星川已经习惯了，于是点点头："行吧。"

吕佳明美滋滋地道："赚了赚了！雅雅，我又给你省了一个包钱。"

小雅咂舌："这么贵吗？"

"贵也就算了，关键正常渠道还约不到啊。"涉及金钱，吕佳明也没细说，而是转移了话题，"对了，菜品灵感有了吗？"

叶星川不假思索地道："没有，正准备去找呢。我刚让救兵帮我找个滑雪教练，从滑雪开始吧。"

"你这为了找灵感有点拼啊，我都被你感动了。"吕佳明说，"我记得你特讨厌滑雪吧。"

叶星川说："是不太喜欢。"

"哦，我想起来了，是不是小时候你表哥带你去滑雪给你留下了心理阴影？"吕佳明恍然，转头看向小雅，"雅雅，这个故事很有趣，我得跟你说下。"

"可以吗？"小雅看了一眼叶星川。

叶星川不置可否。

在吕佳明给小雅讲故事的时候，叶星川拿起手机打开微信，正好看到滕懿麟的聊天框被顶到首位，于是点进去看了看。

"教练给你找好了，是俱乐部新来一女孩儿，年纪不大，但在加拿大拿过证书，技术很到位，长得也很漂亮。我把她微信推给你了啊。"

这条消息下面是一个二维码，叶星川也没多想，扫码添加，没想到对方居然迅速通过了。

第 02 章

乐言

"我通过了你的朋友验证请求，现在我们可以开始聊天了。"

叶星川扫了眼女教练的名字，又看了看她的头像。

头像是一只很萌的猫，不知道是不是网络图片。

头像下面是个性签名：事已至此，先吃饭吧。

点击屏幕，跳转到她的朋友圈。

她的朋友圈背景图是一张亮度很低的演唱会现场照，星星点点的应援棒灯光中，有一行亮眼的文字：这个世界约好一起逛。

和现在大部分年轻人一样，她的朋友圈内容不多，而且设置了半年可见，仅有的几条带图消息里，一条是傍晚渐变的天色图片，从构图来看技术还算不错；一条是某综艺节目的视频截图，看来这是一个追星女孩儿；还有一条是1月1日的跨年短视频，附文字"愿新年胜旧年"。

没有任何与滑雪相关的内容。

看完女教练的朋友圈，叶星川切回聊天框。这时女教练已经发来消息："您好，我是乐言，很高兴认识您。"

叶星川："你好，我是叶星川，滕懿麟的朋友。"

乐言："我知道，滕总跟我说了。您是要学滑雪对吧？不知道您打算学到什么程度？我好针对您的个人需求制订教学计划。"

叶星川："其实不用这么客气，用'你'就行了。我没什么具体的目标，就是想深入了解一下滑雪文化。"

乐言："OK！那你以前滑过雪吗？"

叶星川："小时候滑过，但太久远了，你就当我零基础吧。"

乐言："你也在北京吧？这样，抽空咱们去趟崇礼，我先教你点基础的东西。"

叶星川："不用买装备吗？"

乐言："俱乐部都有。"

叶星川："我应该会学挺久的，还是买一套吧。"

乐言："好的，那我给你列份清单吧。"

叶星川："不用追求性价比，安全性最重要。"

乐言："好的。"

叶星川："还有就是，不知道你方不方便跟我说说你的滑雪经历。"

乐言："方便的。"

一分钟后，乐言发来一长段话："我很小就开始学习滑雪了。从小学到大学，基本上冬天的每个周末和寒假我都是在滑雪场度过的。两年前我开始参加一些国内外的比赛，刚刚拿了权威机构的二级认证证书。"

她还附了一张证书的图。

叶星川看完消息，去查了一下相关资料。

这是国外的某个职业滑雪指导员联盟颁发的，这个联盟成立于1938年，是该国政府承认的教学机构，有四级认证。

叶星川飞快地查询资料，总结出所需信息。

该机构的一级认证教练相当于国内滑雪场的高级教练，可以教导绝大部分客人。

而二级教练能教一级教练，三级教练能教二级教练，四级教练能教三级教练。

级别很少，跨度很小。

看起来似乎差距不大，但事实上并不是。

叶星川查到一个头衔很多的四级认证教练，他不光是该机构的示范队成员，还担任滑雪学校校长、该机构委员会主席，又是该机构目前资历最老的四级考官。

另一个三级教练是某滑雪场著名的雪鞋修正专家，对人体结构和雪具的配合有深入研究。不仅如此，他还发表了很多论文，参加过很多雪山安全培训和讲座。

简单来说，三、四级认证教练，已经不局限于滑雪技术本身了。

这么一看，拿到二级认证的乐言教他绰绰有余。

叶星川："两年就拿了二级认证，很厉害。"

乐言："还可以吧，哈哈。"

叶星川："那我等你发我购物清单，谢谢了。"

乐言："好的好的。"

"也没有很难搞啊。"

退出"星川行船"的聊天界面，乐言心情略好。

几分钟前，她收到老板滕懿麟的微信。

"小乐，我有个很难搞的朋友要学滑雪，我就把他托付给你了啊。好好教，教会了我给你加鸡腿涨工资！"

乐言知道自家老板人脉广，难免认识一些脾气古怪的老板或者心高气傲的富二代。她毕竟是员工，对老板交代的工作任务只有接受。不过通过刚才的短暂接触，乐言觉得叶星川不像是老板说的那样的人。

以防万一，乐言决定了解下他。

看头像，一片星河，有点中老年头像的意思，不过也有可能是为了契合他的名字——叶星川。

对了，名字挺好听的。

点击屏幕进入朋友圈，首先看到的是背景图。

那是一张傍晚时分光线昏暗的山峰图片，从取景、构图、光线来看跟她的技术有的一拼，不知道是不是网络图片。

往下滑动屏幕，乐言的眼神忽然凝固了。

两三秒钟后，她开始飞快下滑。

叶星川没锁朋友圈，乐言足足花了五分钟才终于滑到底。

乐言细数过往人生，发誓自己还是头一回把一个刚认识的男生的朋友圈看完。

叶星川基本每隔两三天都会发一条朋友圈，内容全部是吃的，而且是卖相极佳的吃的。

乐言犹豫了一会儿，忍不住给叶星川发了条消息："冒昧问一句，你不会是个厨师吧？"

叶星川很快就回复："是啊。"

乐言："你做的菜看起来好好吃……我才吃了饭就看饿了。"

叶星川："哈哈，谢谢夸奖。俱乐部厨房里我放了套厨具，有空的话做给你吃。"

乐言："真的吗？太好了！"

叶星川："真的真的，哈哈。"

乐言："你做的菜真的好好看，让人看到就超想吃。不行了，我要去点份夜宵。"

叶星川："去吧去吧。"

结束聊天后，乐言没忍住又去看了一遍叶星川的朋友圈，馋得直咽口水。

她"咔嚓咔嚓"截了几张图，给闺蜜傅诗发了过去："诗诗，吃饭了吗？"

傅诗秒回了消息："啊，乐言你干什么！我在后台吃盒饭呢！"

"我今晚也吃的外卖啊！"乐言理直气壮地道，"我当你是好姐妹才跟你分享这种视觉盛宴的。"

傅诗："好好好，我的好姐妹，明天晚上我去'川源'的时候，也会跟你分享分享视觉盛宴的。"

乐言："已经设置拒收图片消息了。"

傅诗："微博、短信、QQ你全都设置了？你防得了一时防得了一世？乐言，不是姐们儿记仇，是你太过分了！"

乐言沉默了两秒："你不好奇这是谁的朋友圈吗？"

傅诗："别以为我不知道你打的什么主意，反正事儿我记下了。说吧，谁的？"

乐言："我老板塞给我的一个顾客的。"

傅诗的注意力立刻被转移："你老板居然还认识厨师？"

乐言："我也很纳闷儿啊！他还说他学滑雪没什么目标，就是为了了解滑雪文化。我更搞不懂了。"

傅诗："那不重要！重要的是，言言啊，你一定要跟他搞好关系，最好和他发展成男女关系，这样我们下半辈子的口腹之欲就有保障了！"

乐言把叶星川的个人名片"星川行船"发送给傅诗。

傅诗："干什么？"

乐言："我情愿做你背后的女人。"

傅诗："算了算了。你老板都三十多了，这厨师做饭又这么厉害，肯定干这行很多年了，说不定都四十多了！要是再年轻点我还可以考虑考虑。"

乐言："万一长得帅呢？"

傅诗："厨师？帅？言言，你在跟我开玩笑吗？行了行了，吃完了，我要继续录节目了啊。反正你跟他搞好关系，当个朋友也挺好，说不定他没事就请咱们吃饭呢。"

乐言："……"

傅诗忙去了，没再回复，乐言也收了心，去给叶星川列装备清单。

没多久夜宵就到了，看着桌上色香味俱不全的外卖，乐言顿觉一阵怅然。

食之无味地吃完夜宵后，乐言把做好的装备清单发给叶星川。

叶星川："这些装备是最好最安全的吗？"

乐言："不是。是相对好相对安全的。那种顶级装备太贵了，安全性方面也提升不了多少，没必要。"

叶星川："没关系，不用管性价比。"

这跟性价比有什么关系？这纯粹是交智商税啊。

乐言沉默了几秒，开始明白滕懿麟所说的"难搞"了。

乐言："好吧。"

发完消息，乐言又去做了份装备清单，这次符合叶星川的要求了。

她选了最安全的，当然也是最贵的。倒不是她故意选最贵的，只是安全性本就和价格挂钩。

在叶星川感到满意的时候，乐言心里直犯嘀咕："现在的厨师都这么挣钱了吗？"

搞定装备清单后，乐言就去洗澡了。

叶星川把装备清单转发给了阿伟："阿伟，帮我把这些东西买了寄去崇礼吧。"

阿伟是滕懿麟的合伙人，专门负责俱乐部的高端装备采购。

阿伟："哥，我还以为我看错人了。你是帮你朋友买东西吗？你这是被坑了吧？这都什么啊！"

叶星川："我自己要用。这些装备不好？"

阿伟："不是不好，是太好了，根本用不着啊！"

叶星川："那安全性怎么样？"

阿伟："安全性倒是顶尖的，但同价位的选择太多了啊。"

叶星川："那就没事。我没被坑，按照单子买吧。"

阿伟："行吧，我男神说什么就是什么。这些东西我两天内给你买到。"

叶星川："谢了。我下周六在'杨梅竹'给你留个位置。"

阿伟："哥！你真是我亲哥！啊，我太激动了，不但可以吃到我男神做的菜，还可以和我男神在滑雪道肩并肩。我是不是该去买彩票了？"

叶星川："你好好说话。"

第 03 章

初印象

乐言洗完澡回来，看到叶星川发来一条消息。

"我刚问了朋友，装备两天内就能到位，那咱们就约后天见吧。"

乐言："OK！你一次能待几天？"

叶星川："我时间很充裕。"

乐言："那这样吧，后天我先教你了解器材装备，穿戴装备，做些基础练习，大后天咱们再上滑雪道。第一阶段暂定一周吧，每天六至八小时。你觉得可以吗？"

叶星川："听你安排。"

乐言："第一阶段结束就算是度过新手期了，之后我再教你独立滑行。"

叶星川："好的。"

乐言："你打算怎么去？"

叶星川："坐高铁。我看了下票，后天早晨十点有票。"

乐言："我东西比较多，准备开车去，会慢一点，那就十二点在俱乐部见吧。"

叶星川："好。"

乐言："那我先休息啦，晚安。"

叶星川："晚安。"

叶星川放下手机，这时夜宵也吃得差不多了。

"我先撤了啊。"

吕佳明抬头："这么早回去干啥？"

叶星川道："找两本滑雪安全手册看看。"

吕佳明愣了一会儿："借口完美，我没法儿反驳。那'满月酒'的时候见啊。活着回来。"

叶星川笑笑："小雅，下次见的时候，我好好跟你讲讲我和他是怎么认识的。"

小雅瞥了一眼瑟瑟发抖的吕佳明，笑道："好啊。"

叶星川真的看了两天滑雪运动安全手册。

第三天早上九点，他开车去了北京北站。

北京和张家口将成为中国举办冬季奥林匹克运动会的城市，届时，冰上项目将由北京主办，雪上项目将由张家口主办。得益于2022年北京冬奥会，北京开通了直达张家口的城铁。坐城铁从北京到张家口只需要一个小时，比起自驾车或坐大巴，能节省两到三小时。

正值雪季，从北京去张家口的游客数量相当大。候车大厅里，人们三五成群地聚在一起，兴奋地讨论着滑雪日程。

叶星川过完安检后还有一刻钟才能检票进站，他在闸机附近随便找了个座位坐下，戴着耳机边听歌边默背滑雪安全须知。

周围不时有女生偷偷看他。

叶星川早就习惯了，他镇定自若，泰然处之。

还有五分钟就要检票了，叶星川拿起手机给乐言发了条消息："列车准点，一会儿见。"

乐言没有回复，应该是在开车。

突然，叶星川的面前伸过来一部手机。

叶星川顺着发亮的屏幕和手掌转头望去，看到一个脸颊通红的女孩儿。她神情紧张，见叶星川朝自己望来，脸更红了，但还是强忍着羞涩，示意叶星川看手机屏幕。

叶星川回望手机屏幕，发现上面从右到左缓缓"流"出一行字。

"你好，我可以加你的微信吗？"

叶星川没有犹豫，摇了摇头："不好意思，我不加陌生人微信。"

女孩儿很受打击，站起来匆匆走了。

她的失败扼制住许多女生跃跃欲"试"的念头。

过了一会儿，开始检票了。

叶星川买的是商务座，他检票走进舱室，这才摆脱了众人的注视。

一个小时后，列车抵达张家口。

叶星川按照早就等候在车站的司机的指引径直来到地下车库，他上车后，轿车向崇礼区西北方向开去。

崇礼大型综合滑雪场之一的熊猫滑雪场就建在那个方向。

这家滑雪场的主要投资方就是滕懿麟爸爸的公司，这也是滕懿麟的熊猫滑雪俱乐部总部设在这里的原因。

不过，俱乐部的主要业务在北京分部，经营范围是境外滑雪、高定小团、管家服务、教练随行、滑雪旅行和雪具贸易等项目。

滕懿麟现在就在国外带项目。

来崇礼滑雪的雪友只有小部分才住在滑雪场内部配套的酒店里。

叶星川是滕懿麟的朋友，当然不需要自己订房间。

两天前的晚上，睡眼蒙眬的滕懿麟就把崇礼滑雪一条龙服务给他安排得明明白白的了。

把行李放在房间里，叶星川又给乐言发了条消息："我到了。"

没过几分钟，乐言回复："刚才在开车没看到。我也快到了，你可以先在四周转转，熟悉熟悉环境，我一会儿去雪具大厅找你。"

叶星川正有此意："好的。"

熊猫滑雪场非常大，而且各项设施配备齐全，不仅有可以容纳千人的大型餐厅，各种中小型风味餐厅、自助餐厅，还有温泉SPA、山顶餐厅、房车酒店。

雪具大厅也很宽敞，可供雪友休息的桌椅、饮水机、充电站、无限量供应的热巧克力及饼干等应有尽有。大厅的显示屏上滚动播放着冬奥项目建设的即时进度，冬奥会各项筹办工作进展顺利。

这里叶星川不是第一次来，但他是第一次认真参观。

雪具大厅里，装备穿戴齐全的雪友摩肩接踵，声音嘈杂。

一身休闲衣且身材高大的叶星川走在人群中，显得鹤立鸡群。

他感觉很多人在看他，但他目不斜视，神情自若。

稍微熟悉了下环境，叶星川就在大厅入口处找了个地方坐下等乐言，心里继续默背滑雪安全须知。

临近十二点，叶星川不时望向入口。

大约过去五分钟，一个穿着淡粉色羽绒服的女生走进雪具大厅。

雪具大厅人潮拥挤，有很多女生进进出出，叶星川之所以注意到她，当然只能是一个原因——好看。

不过，叶星川也只是看了一眼就收回了目光。

作为北京咖位最高的厨师，他店里经常有国内外知名的影星吃饭。但他现在专注于主题邀请会，名下又有多家生意红火的餐厅，不图名也不缺钱，早已经处于半隐退状态，再有名气的人也得托关系碰运气才能吃上他做的菜。

明星见多了，对于生活中令人惊艳的美貌，他自然也就习以为常了。

那女生走进大厅没几步，就有两个身穿粉色滑雪服的小女孩儿手牵手跑了过去。

"阿姨。"

两个小女孩儿都很兴奋，叽叽喳喳的。

那女生听见喊声，神色如常地低头："姐姐。"

两个小女孩儿吓了一跳，委屈巴巴的："姐姐……"

女生这才笑了："乖！小朋友，你们找姐姐什么事啊？"

"没事啊，就是觉得姐姐长得好好看，我们跟妈妈说了，妈妈就说那你们去夸夸姐姐啊。我们夸完了，姐姐再见。"

两个小女孩儿说完，牵着手跑回妈妈身边。

女生顺着她们的方向望去，看到一个正朝自己微笑的中年女人。女生也朝她微笑着点了点头，心里美滋滋的，心想：这一家人不仅长得好看，眼光也很独到嘛。

叶星川正巧看到这一幕，觉得很有趣，想起以前自己去滑冰时也遇到过类似的事情。

一个小女孩儿看他不会滑冰，非得拉着他的手教他。

一个明显喜欢小女孩儿的小男孩儿就牵住他的另一只手，两人一个往左拉，一个往右扯，搞得他手忙脚乱的，把他的朋友们笑得够呛。

每次拐弯的时候，叶星川都怕自己摔跤撞到小女孩儿，后来果然发生了这样的事，他不得不双手举起小女孩儿，自己却摔到尾椎骨，痛了两个星期。

滕懿麟和吕佳明都说这是长得帅的人的诅咒。

叶星川在这边回忆往事时，另一边的女生正准备向雪具大厅里面走去。

"啪！"

忽然，一只手拍在女生身上。

她转过头去，看见一个穿着滑雪服、抱着滑雪用具的女孩子，正是她的同事董璐。她有点惊喜："璐璐，你也在啊。"

董璐有点纳闷："我在不奇怪，你怎么也在崇礼呢？"

崇礼虽然全国闻名，又是2022年北京冬奥会的举办地，可跟东北以及国外的滑雪胜地比起来，差距还是很大的。

按理来说，以乐言的技术，完全可以带团去国外的滑雪胜地，她跑崇礼来干什么？

乐言："老板交代的任务。"

董璐："滕总？"

乐言："对。"

董璐："那就没辙了。"

乐言："没事啊，哈哈，这次的客户还挺有意思的。"

董璐："多有意思？算了算了，你回头发微信跟我讲吧，我马上要去带客户了。不过，我也有件事儿想跟你说。我今天在北京北站看到特帅一男的，真的是太帅了！我观察了一下，周围想找他要微信的妹子有十几个！"

乐言持怀疑态度："这么帅吗？"

董璐："真的超帅！"

乐言："那最后有人去找他要微信了吗？"

董璐："有啊！就是下场惨了点，被无情拒绝了。"

乐言："有多无情？"

董璐："那个妹子把手机屏幕递过去，上面写着能不能加个微信。他想都没想，直接说他不加陌生人。我看那妹子都快哭了。"

乐言："果然无情。不过，你怎么知道得这么清楚？"

董璐："我就坐他身边啊。"

乐言："这么巧，你就坐他身边了？"

董璐先是噎了一下，然后理直气壮地说："我就是看他帅故意坐他身边的，有什么不对吗？"

乐言："我无言以对。"

董璐："这种冰山美男子，也不知道哪个妹子才能拿下。不过说真的，当时如果是你去要微信，他肯定就给了！"

乐言："我去要他微信？璐璐，来，让我摸摸，看看发烧没。"

董璐："也是，你长得这么好看，哪有主动要微信的经验啊？扎心了，再见。"

董璐说完就要走，可忽然间眼神凝固了，她指着不远处的叶星川，激动地道："言言，言言，你快看，就是他！我当时看他轻装简行的，还以为他不是来崇礼呢。他可真的太帅了。"

乐言顺着董璐的手指望去，只见叶星川正在和一对母子讲话。

他低着头摸了摸小男孩儿的头发，脸上挂着微笑，眼睛里写满了理解，哪像冰山？

乐言狐疑地看了眼董璐，董璐更兴奋了："这种男人绝对是极品，对女朋友很暖，对陌生女生则拒于千里之外。啊，我要窒息了！"

第 04 章

查卡塔雅

叶星川坐在休息区默背滑雪安全须知，忽然一对母子朝他走来。

那妈妈朝叶星川努了努嘴："你自己问哥哥吧。"

小男孩儿满脸委屈："哥哥，我想吃冰激凌，但我妈妈说吃了冰激凌就不能长得像哥哥这么帅了，是真的吗？"

叶星川抬头看了一眼小男孩儿的妈妈，她微微朝叶星川摇了摇头，于是叶星川笑着摸了摸小男孩儿的头发："当然不是。但如果你忍一忍等夏天再吃的话，肯定能长得比哥哥还帅。"

"真的吗？"小男孩儿满脸惊喜，"妈妈说哥哥长得这么好看，肯定有很多女孩子喜欢。我长得比哥哥还帅的话，那肯定有更多女孩子喜欢我。"

小男孩儿话还没说完，他妈妈已经满脸通红地向叶星川道歉："不好意思，不好意思，小孩子不懂事瞎说的。"然后她就拉着小男孩儿走了，边走边低头跟小男孩儿说些什么。

叶星川看着他们远去的身影，脸上带笑。

过了一会儿，他低下头看了看表，已经十一点五十五了。

桌上的手机忽然亮起。

叶星川拿起来一看，是乐言发来了消息。

"我已经到了，刚才去拿了点东西，又碰到个同事，耽搁了一下。你在哪儿？我去找你。"

叶星川："你在哪儿？我去找你吧。"

乐言隔了几秒钟才回复："我在雪具大厅的西入口。"

叶星川："穿的什么衣服？"

乐言："浅蓝色牛仔裤，灰色雪地靴，短款的淡粉色羽绒服。你呢？"

叶星川正巧坐在西入口的休息区，他站起来边环顾四周边低头回复："白色毛衣，黑色的长款羽绒服。"

他刚把消息发出去，忽然怔住了。

附近的大厅入口处，一个身材高挑纤细的女孩子站在那里，正左顾右盼。她皮肤白皙，在淡粉色外套的衬托下，越发泛着光泽。她拿着手机的双手手指修长，大拇指飞快地按着屏幕。

像是感受到了叶星川的目光，她朝他望了过来，略施粉黛的脸庞露出惊讶的神情，但很快便恢复正常。

这不是刚才那个女生吗？叶星川也把惊讶埋藏在心底，迈步朝她走了过去。

乐言也朝他走了过来，伸出右手朝他挥了挥："你好！"

叶星川微微一笑："你好。"

乐言有点不好意思："让你久等了。"

叶星川摇了摇头："没事没事，是我来太早了。"

乐言眯着眼睛笑了笑，左手捂着肚子："你吃饭了吗？我早上起晚了，没吃早饭，饿了一路。"

叶星川："没有呢。那我们先去吃饭吧，吃完了再开始。"

乐言开心地道："好啊好啊。我知道一家蛮好吃的餐厅，我带你去吧。"

叶星川来了兴趣，嘴角微扬："哪家餐厅？"

乐言："锦府私房菜。"

叶星川："……"

乐言转头看了一眼叶星川，觉察出他有不同意见，想到他的职业就是厨师，于是问："你觉得附近最好吃的是哪家？"

叶星川想都没想："丝路还可以，不过是新疆菜，你吃得惯吗？"

乐言语气轻快："我很喜欢新疆菜啊。我超喜欢吃大盘鸡底下的宽面，蘸着汤汁，绝了！"

叶星川："那就去那里吃吧。"

乐言："好的好的。"

丝路新疆菜在另一栋建筑物的第三层，两人需要穿过雪具大厅，从东口出去。

就在他们并肩而行的时候，不远处正领着客户的董璐不经意间看见了他们，顿时震惊了。她飞快地掏出手机给乐言发去消息。

"言言，你动作也太快了吧！这就走到一起了？"

乐言感受到手机振动，从兜里把手机取出来看了一眼。

她本来觉得在叶星川身边玩手机显得不太礼貌，但又怕董璐误会，于是飞快地回复董璐："不是，他就是滕总推给我的客户。我先忙，晚点跟你说啊。"

董璐的目光一直追随着两人，眼睛里写满了羡慕。

"这种好事怎么轮不到我？哭了。"

乐言收起手机，转头看了一眼叶星川。她发现叶星川很高，应该有185厘米的样子，因为她是微微抬头看的，要知道她也很高，有170厘米。从侧面看，叶星川下颌线条硬朗，鼻梁也很挺，眉眼出众，睫毛还很长。

乐言实在忍不住了："说真的，我突然不敢相信你是厨师了，你应该去当明星的。"

叶星川微微笑了笑，回道："我刚才看见你的时候，也以为你是一个明星。"

乐言："就这样开启商业互夸模式了吗？哈哈哈。"

叶星川转头盯着她："我是认真的。"

乐言被叶星川看得有些不好意思，但心里美滋滋的："好好好，我信了。"

她看气氛活跃了，于是问道："我有个疑问啊，你跟滕总那么熟，也不是第一次来滑雪场了，怎么会没有滑过雪呢？是有什么原因吗？"

叶星川沉默了两秒。

乐言以为有什么内情，忙道："我不是故意要打探你的隐私。只是想要学好滑雪，就算不喜欢它，你也得接受它，不能抗拒它，否则肯定是学不好的。你告诉我原因了，我才能帮你。"

叶星川说："其实也没什么，就是有心理阴影。"

乐言轻"嗯"了一声，等着叶星川讲述故事。

叶星川回忆的同时组织了一下语言："我小时候有一次跟我表哥去滑雪。那天雪很大，能见度很低。他在山下教完我最基本的刹车技巧，带着我和他的朋友上了山顶，然后扔下一句'走一个蓝道很简单'，就任我自生自灭了。后来我一路狂摔，体力也消耗得很快，越摔就越难站起来。但是山上风雪很大，我只能爬起来再摔，摔了再爬起来。风雪大，滑雪道也看得不是很清楚，我表哥他们早就没影儿了。最后我只能顶着大雪，一路磕磕绊绊摔回山下。第二天起床时，我感觉自己像被人揍了一顿，从脚掌到脖子处处酸痛。从那以后，我就再也没滑过雪。"

乐言沉默了几秒钟："你表哥有点不负责任啊……"

叶星川摇了摇头："那倒也没有，他那个时候才多大啊，我能理解。"

乐言："但那次还是给你留下了心理阴影。"

叶星川点了点头："是的。"

乐言："那你后来又尝试过吗？"

叶星川："没有。"

他顿了顿又说："其实不只滑雪，所有失控感强的运动我都不太喜欢。"

乐言有点惊诧："那你坐过过山车吗？"

叶星川摇头："没有。"

"潜水呢？"

"没有。"

"跳伞呢？"

"也没有。"

乐言大概理解了："好吧。"

两人说话间，已经走到了丝路新疆菜的门口。这家店位置很偏，客人却很多。叶星川去取了号后，跟乐言一起坐在休息区等。

乐言刚坐下就迫不及待地问道："你不喜欢滑雪，为什么又跑来学滑雪呢？"

叶星川说道："找创作灵感。"

做菜也要创作灵感吗？乐言很想问，但她忍住没有问，同时想到叶星川朋友圈那些摆盘和样式俱佳的菜品，生出了认同感："你一定是一个很厉害的厨师。"

叶星川笑了："还行吧。"

"为什么是滑雪呢？"

"啊？"

"我说，为什么要从滑雪里找灵感？"

叶星川说："其实主要是因为一张照片。我存了的，等一下，我找出来给你看看。"

乐言："好。"

很快，叶星川从手机相册里找出一张照片，呈现在乐言的面前。

照片是在一座荒山的山脊拍摄的，地面是隐现冰雪的乱石块，远方是连绵起伏的山峦，中间零星点缀着几片水洼。视线的尽头是逐渐暗淡的天色，火红色的云彩映照着一座满是红顶建筑物的小城市。

在乱石块和起伏山峦的中间，有一座位于悬崖边的小屋，一个身穿冲锋衣的外国人正朝镜头看来。

乐言看到这张照片，立刻认了出来："这是查卡塔雅的滑雪者小屋吧？我小时候还去过呢。"

叶星川有点惊讶，但他不是为乐言认出这张照片而感到惊讶，他觉得真正喜爱滑雪的人认不出这张照片才值得惊讶。

他惊讶的是乐言曾去过查卡塔雅滑雪场，因为它非常远，在地球另一端的南美洲国家玻利维亚。

而现在没人去得了了，查卡塔雅滑雪场已经消失了。

它曾经是世界上海拔最高的滑雪场，也是南美洲第一座滑雪场，但随着冰川的消融，这一切都成了历史。

这座始建于1939年的古老的滑雪场，已经在2009年基本停止了运营。

它消失于全球气候变暖导致的温室效应。

由于全球气候变暖，滑雪运动正面临消亡的威胁。查卡塔雅并不是第一座因为气候变暖而消失的滑雪场，也不会是最后一座。这个令人伤感的故事不禁让许多人开始思考：气候变暖会导致滑雪运动消失吗？

　　叶星川了解过查卡塔雅滑雪场消失的始末后，就决定要举办一期冰雪主题的美食邀请会。

　　能产生多大的影响力他不知道，他只想尽自己所能而已。

第 05 章

初学

叶星川回过神来，想起自己还没接乐言的话，于是说："对，就是查卡塔雅的滑雪者小屋。我之前还觉得你两年就考下二级认证是因为天赋高，没想到你小时候就去过那么远的地方滑雪。"

叶星川的言下之意是夸乐言很努力，乐言却不满地道："你的意思是我天赋不够？"

叶星川意识到自己说错话："不是不是，我不是这个意思。"

见叶星川露出窘态，乐言忍不住笑了："哈哈哈，我逗你呢。"

叶星川这才松了口气。

他真的没有太多跟这么年轻、这么古灵精怪的女生单独交流的经验。

没等几分钟，服务员就来叫号了。

两人刚坐下，乐言就把菜单推到叶星川的面前："你熟，你来点吧。"

叶星川也没推辞，点了三个他认为不错的菜。

上菜后，乐言大呼好吃，叶星川却没动几筷子。乐言看出不对劲："怎么了？不好吃吗？"

叶星川点了点头："对，不好吃。"

乐言没想到叶星川这么直接，刚想说"我觉得挺好吃的啊"，转念一想，叶星川毕竟是职业厨师，要求高实属正常，于是问："哪里不对呢？我吃不出来啊。"

叶星川说："哪里都不对，后厨肯定换了不少人。"

乐言说："这样吗？"

叶星川食欲不佳，她可不会，她觉得挺好吃的，美滋滋地吃到七分饱才放下筷子："啊，满足！"

叶星川笑着看她，觉得有趣。

被叶星川盯着看，又见满桌狼藉，乐言有点不好意思了："你真的不吃了吗？"

叶星川摇了摇头："嗯，不吃了。"

乐言说："那我们回去休息十五分钟，然后就去滑雪场吧。"

叶星川点了点头："好。"

他伸出手要叫服务员，乐言却说："已经买过单了。"

叶星川怔了一下："啊？"

他突然想起乐言刚才去了趟卫生间。

叶星川说："下次我来付吧。"

乐言笑了笑说："没关系啊，滕总说带你这段时间所有的花销都是可以报销的。"

叶星川说："下次还是我来吧，不然到时候我要付出的代价可比这点钱多得多。"

乐言没能理解，大大的眼睛里写满了疑惑。

叶星川沉默了几秒钟："你很难想象我身边有多少朋友是图我的厨艺的。"

乐言这下明白了，脸顿时飞红。她也很馋叶星川做的菜，如果以后能跟叶星川做朋友的话，恐怕也会想办法多蹭几顿饭。

叶星川看出了她的想法，微微笑了笑："其实我也挺喜欢做饭给他们吃的，很有满足感。"

乐言深以为然，点了点头："我知道这种感觉。"

顿了顿，乐言又说："其实我蛮好奇你为什么会做厨师。"

叶星川想了想说："原因挺复杂的，不过最主要的原因还是喜欢。"

乐言点头："理解理解。"

两人边聊边走回了酒店。

为了方便教学，俱乐部给两人安排的是隔壁房间。

两人各自回房后，叶星川拿出手机看了看，回了几条重要消息，就开始换衣服。

先是速干衣裤，然后是滑雪袜、滑雪裤和滑雪服。其实还有头盔、面罩、滑雪镜、手套、滑雪鞋等，但现在穿戴上会很不方便，得去雪具大厅换。

十五分钟刚到，乐言就发来微信："我在你房间门口了。"

叶星川没有回复，直接开门。

乐言换了身纯白色滑雪服，略显臃肿的滑雪服遮掩了她修长纤细的身材，却带给她清新活泼的气息。

叶星川的滑雪服也是纯白色的，款式很平常，但穿在他身上，总给乐言一种明星来拍杂志封面的错觉。

两人都飞快地收回目光，朝雪具大厅走去。

离大厅越来越近，叶星川突然有点紧张了。

虽然学滑雪是他自己做的决定，前两天也做好了心理准备，可当真的要进滑雪场时，他还是忍不住紧张了。

他只要一想到从高处俯冲下来的那种失控感，心里就阵阵发慌。

不过他表面上什么都没表现出来，顶多脸色有点苍白，在纯白滑雪服的映衬下倒也看不出来。

在乐言的指导下，叶星川把面罩、护膝、护腕什么的先戴好，最后才穿上滑雪鞋。

滑雪鞋很重，站起来的时候叶星川觉得重心很不稳，差点摔倒。乐言忙扶了下他，把两根滑雪杖递给他："来，撑着走几步试试。"

叶星川依言而行，走动艰难，像个七老八十的大爷。

"注意脚后跟先着地，慢慢走。"

乐言拿着滑雪板跟在叶星川身边，和他一起顺着人流走进滑雪场。

才出雪具大厅，强烈的冷空气顿时扑面而来。

目之所及密密麻麻一片，有老有少，有男有女，这些来自全国各地的游客分散站立在已经满是灰黑色污渍的雪地上，或三五成群，或两人一组，有的在聊天，有的在休息，也有的正朝滑雪道艰难地挪去。

许多看上去就知道是教练的人，正在帮游客穿戴雪具，细心教导和扶起摔倒的滑雪者。

整个滑雪场井井有条地运行着。

叶星川的目光越过人群向远处望去，一条条倾斜度极高的滑雪道呈现在他眼前，让他呼吸都微微急促了些。

他不着痕迹地深吸了一口气，强行让自己冷静下来。

乐言看了他一眼，想了想说道："你还记不记得滑道标志？"

叶星川沉默了两秒："记不太清了。"其实他记得，但他现在需要更多的时间给自己做心理建设，哪怕只是几分钟。

乐言朝他笑了笑，说："那先来认一下滑雪道吧。"

叶星川松了口气："好。"

乐言带着叶星川朝前面走出几步，站在展示滑雪场地图的木板前。

"你看，这个绿色曲线或者绿色圆圈代表的是初级道，障碍很少，路程不长，也不陡。

"蓝色曲线或者蓝色矩形代表中级道，有一定的障碍和陡势。上中级道之前要先熟悉初级道。

"这个黑色菱形代表高级道，有很多障碍和小雪丘，陡坡也很窄。上高级道一定要有丰富的滑雪经验，不然很容易出事。

"两个菱形代表超高难度滑雪道，需要很好的滑雪技术才能上去。"

乐言说得很慢，说完转头望向叶星川："都记下了吗？"

叶星川点了点头："记下了。"

"好。"乐言道，"那我们现在来拆分滑雪板。"

"好。"叶星川的声音有点干涩，低不可闻。

他意识到这一点后，立刻轻咳一声，提高音量："好。"

乐言看了叶星川一眼，心想：他现在紧张得有点不正常。乐言带着他走到一个无人的角落，边拆分滑雪板边给叶星川讲解。

拆分滑雪板非常简单，无非是解开套锁而已。

这个过程结束后，乐言又说："现在我们穿滑雪板。"

她边做边说边指导叶星川："先把脚蹬上去放在这里面，脚后跟使劲往下压。对，没错，就是这样。你听见'啪'的一声没有？这表示滑雪靴固定住了。脱也很简单，来，你看看，用滑雪杖尖压下后面这个孔，感觉脚一松没有？好，现在你可以抬脚了。"

整个过程很简单，叶星川一遍就学会了。

站在滑雪板上，叶星川重心更加不稳了。这时，乐言把滑雪杖递给了他："记得一定要把滑雪杖上的带子穿在手腕上，这样摔倒的时候就不会把滑雪杖甩出去。"

叶星川声音干涩："好。"

有滑雪杖支撑，他顿时有了平衡感。

乐言说："我们先来练习一下雪中行走，就是平走。微微屈点膝盖，杖在身后。看到没有？双手用力撑，滑雪板不要抬起来，往前滑。胳膊用力，对，用手臂的劲。刚开始会不太习惯，觉得像个机器人一样，多走几步就好了。来，我们转个圈。记住啊，两只滑雪板千万不要交叉，不然会四脚朝天的。其实在平地保持平衡还是比较容易的，只要放松，顺其自然就行了。很多滑倒是过度紧张造成的。"

叶星川的四肢协调能力、平衡力真的不太行，别说滑雪、滑冰这类运动，就连游泳他都没学会。

乐言看得出叶星川的问题所在，尽心认真地在旁边指导他，很快就让他掌握了要点。

毕竟这些是基础中的基础，叶星川又不是傻子。

学完了雪中行走，乐言说："很好。来，我们往那边走。"

叶星川朝乐言指的方向看去，那是一条入门道。

这条滑雪道乐言刚才没介绍，因为没必要。它的坡度太小了，在上面玩的都是些老年人或小孩子，甚至有三岁小孩儿。可想而知，它完全没有危险性，只是用来做基础练习的。叶星川也没什么怕的。

"我们来练习雪地爬坡。先保持平衡，左脚跨出半米，右脚支撑身体，现在抬起右脚，用左脚的滑雪板支撑。对，就是这样慢慢向上爬坡，双脚轮流交换重心，横着向上蹬行。很像螃蟹对不对？哈哈。记住用滑雪杖保持平衡，不要着急，慢慢往上爬。"

乐言在距离叶星川两米的地方，专注地教导他。他全神贯注地学习，甚至感受不到外界的一切。

没多久，两人就来到了坡顶。乐言夸道："你还是很有天赋的嘛。"

叶星川没接话，他看着面前几乎没有坡度的滑雪道，完全不知道该说什么。

乐言说："那我们现在要开始直线下降喽。"

"嗯。"叶星川略有些紧张地抿了抿嘴。

乐言笑道："你不用紧张，我会在你前面的。"

叶星川这两天查过很多资料，知道有个姿势叫"教练辅助犁式滑行制动练习"，简而言之就是乐言在他身前，用她的滑雪板抵住他的滑雪板，以此减缓速度。

他有点不好意思："暂时不用吧。"

这里毕竟是三岁小孩儿都不怕摔倒的入门道。

第 06 章

第一天

　　叶星川站在平滑的雪坡上，保持静止不动。

　　"我们先转个身，面向下降方向。"乐言给叶星川示范了一遍，"先把重心转移到滑雪杖上，就是用手掌往下按滑雪杖，按进雪地里，这样它就能支撑身体，保持身体平衡了。对，就是这样一点点来。"

　　好不容易转过身，叶星川面向下降方向，心中还是略有些紧张。

　　乐言又说："站在坡顶的时候，一定要保持这个姿势。"

　　叶星川朝乐言看去，只见她全身微屈，用滑雪杖支撑身体，微微一跳，腿部向外伸展，滑雪板的板尾就朝外张开了。

　　"这个动作叫犁式刹车，它可以帮助你控制滑行速度。这也是所有滑雪动作的基础。板头可以间隔很近，如果你觉得速度太快，还可以将板头相交。不过现在像我这样就行了。"

　　"好。"叶星川按照乐言说的做了。

　　相较于乐言的驾轻就熟，叶星川跳跃的时候困难无比，差点没控制住平衡摔倒在地，还好乐言及时扶住了他。

　　很快，叶星川双脚滑雪板就呈一个"V"字站在坡顶。

　　乐言说："在坡顶做这个动作是怕你不小心滑下去。我们现在跳跃收拢双腿，让滑雪板呈平行状态。"

　　乐言说完，又给叶星川做了示范，叶星川照着完成了动作。

　　乐言说："这个动作你先不要在滑行的过程中用。如果你觉得自己要撞到人了，不用避开，直接侧摔下去就行了。放心，摔在滑雪道上不会很痛的。"

　　"你认真的吗？我不信。"叶星川想起了自己小时候的悲惨故事。

　　乐言没忍住，笑了笑说："好，现在收起滑雪杖吧。注意双板平行与肩同宽，膝盖自然前倾，用小腿的前胫骨顶住滑雪靴的前头，身体重心向前倾。看我的动作。"

她说着话，身体的重量让她缓缓下滑，她很快刹住车，停在坡道上转过头看向叶星川："来吧。"

叶星川深吸了一口气，收起滑雪杖。呈平行状态的滑雪板摩擦着雪地缓缓下滑，他的心也提了起来。

他来到乐言身边后，乐言把板头调正，和他一起滑到坡底。

乐言说："速度快了也不要慌啊，只要放松，让自己身体重心前倾，就可以控制自己在滑行时不会摔倒。"

由于坡道实在不陡，叶星川没有太过紧张。

在乐言的陪伴下，他安然无恙地滑到了坡底平地上，心缓缓放了下去，也没有什么其他情绪。

太简单了。

乐言笑着说："挺好的，挺好的，我们再来多练习几次。"

叶星川没有刚进滑雪场时那么紧张了，点了点头："好。"

他侧着身，抬左脚抬右脚，慢慢地登上坡顶。

不用乐言指导，他用滑雪杖支撑着旋转滑雪板，面对下降方向，滑雪板呈"V"字形。

他将滑雪板调整至平行状态，收起滑雪杖，缓缓下滑，抵达坡底。

一气呵成！

太简单了！

叶星川内心的紧张又少了些。

接下来，乐言根据叶星川的几次练习，细致地纠正了他的一些错误动作，让他渐渐熟练起来。

半小时后，乐言说："好了，我们休息一下。"

她推动滑雪杖，向旁边的空地滑去。

叶星川跟在她身后。

两人脱掉滑雪板，靠着栏杆站了一会儿，乐言又开始讲起来："滑雪和游泳、跑步一样也需要热身，滑雪的时候会用到全身肌肉，提前热好身，关键时候你身体各部位的肌肉才不会背叛你。滑雪主要是靠腿部和踝关节操控动作。我现在先教你第一个热身动作，仔细看啊。"

乐言说完，抬起自己的左腿，移动膝关节越过臀部，到这里她停下来说："记住，千万不能扭动臀部。"

她继续做动作，控制大腿横越身体，达到最大幅度，然后把大腿向外伸展，抬到膝关节的位置，伸展到最大幅度，最后轻轻放下。

乐言说："你来试试。"

叶星川回忆了一遍她的动作，很轻松地就做了出来。

他心里有些欣慰，自己也不是完全没有运动细胞嘛。

乐言也很开心，纠正了他的几个小错误后，开始教下一个热身动作。

这个动作比较简单。

她缓慢下蹲，把重心放在大腿和膝关节上，然后再伸展小腿。

"做这个动作时，小腿必须有拉伸感，保持20秒钟就行了，然后换另一条腿。"

叶星川一学就会。

做完几组下蹲动作，乐言说："热身还有一个好办法，就是在雪地上溜行，感受板刃细微改变带来的平衡变化。这点和直排轮滑、滑冰很像。"

乐言做了一遍，叶星川跟着做。

他学过几天滑冰，虽然不精通，但滑动还是会的，同样的方法用在滑雪上，没什么难度。

乐言说："刚开始学滑雪，要把重点放在平衡上。我们现在来做摩擦练习，感受肌肉对动作的控制。"

她用滑雪杖支撑身体，双脚用力摩擦雪地，将滑雪板分开至犁式，然后缓缓收回并拢。

"这样可以锻炼腿部的操控性，让力度达到平均。你在平地熟练后，到了滑雪道上面也就能自然地运用犁式刹车了。"

叶星川照着做了，乐言却过来拍了拍他的膝盖："膝关节和踝关节的屈曲度再大点。"

叶星川稍作调整，但屈曲度还是不够，于是乐言扳着他的腿修正。

修正完乐言又说："滑雪时因为地形多变，动态站姿也很重要。来，看我。头部挺直，视线向前……"

一整个下午，叶星川基本都在重复下滑和犁式刹车的练习，目的是让肌肉形成记忆，遇到突发情况的时候能做出本能反应。

这种训练是非常枯燥的，但叶星川没觉得有什么。之前他练习刀工的时候，可比这个枯燥无聊得多。

六点整，叶星川结束了今天的训练。他感觉双脚酸痛难忍。

不过按照经验，这点酸痛根本不算什么，过两三天才是最难受的。但随着练习的增多，时间的流逝，这种肌肉酸痛感就渐渐没有了。

叶星川回到房间，脱掉一身负担躺在床上的时候，整个人仿佛都瘫掉了，连动动手指都难。

困倦袭上来，他睡了过去。

七点出头，叶星川被敲门声吵醒。他睡眼蒙眬地去开了门，看到乐言换回了中午的淡粉色羽绒服，正俏生生地站在他面前。

乐言有些惊讶："你刚睡醒啊。对不起，我不知道你睡着了。"

叶星川说："没事。有什么事儿？"

乐言说："我来叫你吃饭。你下午训练了那么久，中午也没怎么吃，晚上再不吃，明天该没力气训练啦。"

叶星川也很饿，于是点了点头："那你先进来吧，等我两分钟。"

"好。"

叶星川其实只是去洗漱间洗了把脸，就走了出来："吃什么？"

乐言笑道："还是你说吧。"

叶星川想了想："还有一家，不过这个点儿，人肯定很多，先去看看吧。"

乐言说："听你的。"

叶星川这次选中的饭店叫"蜀小院"，听名字就知道是家川菜馆。

两人走到店门口的时候，休息区已经坐满了食客。

这一幕没有太出乎叶星川的意料，他着实有点饿，但一时又想不到什么能吃的店了，于是说："要不吃我做的吧。"

乐言的眼睛一下子就亮了起来，她忙不迭地点头："好啊好啊！"

之前叶星川说有空做给她吃，她本以为要等很久很久，万万没想到才见面第一天就有机会。

"跟我来。"

叶星川往来的方向走去。

乐言紧跟在他身边，笑容止不住地浮现，哪有白天当教练时半分的认真和专注？

叶星川在熊猫大酒店有个厨房。

厨房是滕懿麟为了满足口腹之欲，专门为叶星川准备的，即便叶星川很少来崇礼。

如果叶星川没记错的话，那个厨房他总共才用了三次。

厨房不大，只有三十平方米左右，但各种专业的厨具光洁如新，显然是刚刚清洁过，也有可能是一直保持着清洁状态。

"你做菜到底有多好吃啊？"

看到这个单身公寓大小的厨房，乐言都惊了，她实在很难想象叶星川做的菜有多好吃，滕懿麟才会给他在崇礼备间厨房。

叶星川笑道："待会儿你就知道了。"

乐言站在叶星川的身边："有什么需要我帮忙的吗？"

叶星川说："没有，你等着就行。"

乐言说："那我可以在这里看吗？"

叶星川说："可以。"

乐言说："那好。"

厨房的厨具很新，食材却不多。叶星川想了想，转头问乐言："你是哪里人？"

乐言说："我是杭州人。"

叶星川想了想说："那就做一道清汤鱼圆，做一道钱江肉丝吧。"

乐言差点忍不住拍手了："好啊好啊好啊！"

清汤鱼圆和钱江肉丝这两道菜所需食材不多也不复杂，做起来方便快捷，这点很重要。叶星川有些饿了，看得出来乐言也很饿了。

葱、姜、蒜这类配料厨房里都有，但新鲜的鲢鱼和猪肉没有。

不过没关系，熊猫大酒店有专门的餐厅，总厨他认识。

第 07 章

训练后

叶星川拿出手机发了两条微信，很快就有服务员把新鲜的鲢鱼和猪肉送来了。

"谢谢。"

叶星川收下食材，道了声谢。

服务员忙说没关系，然后满心疑惑地走了。

叶星川说："那我先做菜了。"

乐言说："嗯嗯，你不用管我。"

叶星川先处理鲢鱼，从尾部沿背脊骨把鱼剖成两半，去掉鱼头、脊骨和内脏，洗净鱼肉，紧接着用钉子钉住鱼尾，将鱼固定在砧板上，用刀把鱼肉刮成鱼泥，最后搅拌、腌制调味。

一系列的用刀动作宛如行云流水，没有丝毫迟滞，仿佛握在叶星川手里的不是一把刀，而是一支毛笔。

他在案板前挥洒自如，神情认真，眼睛里像是有光，与白天的他简直判若两人。

白天的他表面上平静如常，但内心紧张得要命。

这一点从他经常失神，声音干涩沙哑，旋转滑雪板时腿部僵硬就看得出来。

这种剧烈的反差让乐言有点恍惚。

很快，叶星川把鱼泥搓成核桃大小的鱼圆，共计二十五颗，全部放入用小火加热过的水中。

做完这些后，他又去处理猪肉。

他刀工精妙，菜刀翻飞间，均匀的肉丝就呈现在菜板上。加水、加盐、加黄酒搅拌，然后用淀粉上浆。猪油下锅烧热，放入肉丝，用铁筷子划拨几秒钟后，把肉丝倒入漏勺，沥干待用。

乐言看过很多人做饭，但从没见过一个人做饭这么……好看。

这是为什么呢？

乐言思考了很久，终于得出一个浅显却正确的结论：并不是因为他的刀工、他的技术，完完全全只因为他长得好看。

当一个长得好看的人认真专注于一件事的时候，那种自然散发的魅力谁扛得住啊！

乐言心想，要是叶星川去直播做菜的话，肯定能吸引来很多粉丝。

很快，两道菜就做好了。

厨房里没有餐桌，叶星川就把菜放在了灶台上。放着洁白鱼圆的清汤升起袅袅白气，诱人的香味弥漫在空气中，乐言忍不住咽了下口水。

她又偏头看了看钱江肉丝，肉丝色泽红亮，那种咸鲜的香味比清汤鱼圆更无孔不入，直钻入她鼻中。

乐言实在是忍不住了："我可以先尝一口吗？"

叶星川笑说："尝吧。"

他的话刚说完，乐言的筷子已经伸入盛汤的盆中，精准无比地插进一颗鱼圆里。

叶星川提醒："小心烫。"

乐言左手端着碗，右手用筷子把鱼圆送入嘴中，被烫得"哈哈"直呼气，但还是说："没事……哈……没事。"

叶星川道："又没人跟你抢。"

乐言有点脸红，把鱼圆嚼碎吞下去后，没忍住又夹了颗鱼圆。这次她没有那么着急了。太烫的话没办法细嚼慢咽，根本不能长久地品尝那种美味。她一边朝鱼圆"呼呼"吹气给它降温，一边说："太好吃了，真的太好吃了！我从来没吃过这么好吃的清汤鱼圆。"

叶星川说："好吃就好。"

食客的幸福感和满足感是他做厨师的原动力之一，乐言高兴，他也高兴。

他从角落找出两张凳子，两人就坐在灶台前吃起来。

乐言刚开始还吃几口夸一句，后面根本没空了，一口口菜飞快下咽，就像有只饿狼在跟她抢食似的。

事实上并没有，叶星川吃得很慢，是真正在细嚼慢咽。

"哎呀！"乐言忽然叫了声，"我忘记拍照了！"

她有些懊恼，这么好看又好吃的东西，肯定能让傅诗馋死。

"没事，下次有机会的。"叶星川笑笑。

十分钟后，乐言放下筷子，捂着肚子有点苦恼地说："我吃饱了。"

叶星川问："怎么了？"

乐言说："你做的东西太好吃了，我这么不克制自己会长胖的啊！"

叶星川："哈哈哈，这个我可帮不了你。"

乐言："太难了，真的太难了。"

乐言有点委屈，她既想以后多吃几顿叶星川做的饭，又害怕自己长胖。

"女生也太惨了，什么时候都得保持身材。"

叶星川说："找个不介意你胖的男朋友不就好了？"

乐言说："不行！我怎么可以胖？绝对不行！"

叶星川："那好吧……"

乐言又继续苦恼去了。

没隔两分钟，叶星川也吃完了，他站起身要收碗，乐言忙拿起他面前的碗筷说："做饭你来，洗碗就我来吧，不然下次我都不好意思再吃你做的饭了。"

叶星川说："也行。"

乐言长得极好看，从她小时候就能去玻利维亚滑雪来看，家境肯定也是中产以上，但做起洗碗这种事来十分娴熟，显然不是那种娇生惯养、十指不沾阳春水的女孩子。

不过，对于碗筷的洁净度和厨房的整洁度，叶星川有自己的标准。

乐言洗完碗擦完灶台后，叶星川很自然地去检查并重新擦拭了一遍。

叶星川的动作太自然了，竟没有让乐言觉得被冒犯到，她只是心里嘀咕了一声：这是有洁癖吧？

打扫完厨房，两人走回住处。

"回去好好休息，明天我们就上滑雪道咯。"乐言站在叶星川房间门口说。

"嗯。"叶星川听完有点失神了。

滑雪道……

乐言朝隔壁自己房间门口走去："今天学习的东西，睡前也可以温习一下。"

刷卡开门时，乐言朝叶星川笑了笑："还有，谢谢你今晚的饭菜，真的真的真的很好吃。"

叶星川说："谢谢。"

两人同时推门而入。

叶星川洗漱完躺在床上，脑海中浮现今天学习的内容，床头柜上的手机忽然振动了两下。

"学得怎么样了啊？"是滕懿麟的微信。

叶星川："还行吧，就是些基础的东西。"

滕懿麟："乐言还行吧？"

叶星川："滑雪知识很扎实，很有耐心，教学水平也挺高的。"

滕懿麟："……我是问你她长得怎么样！"

叶星川："还行吧。问这个干吗？"

滕懿麟："就还行？"

叶星川："挺好看的。"

滕懿麟："那你觉得她性格怎么样？"

叶星川忽然警惕起来："你想干吗？"

滕懿麟："我还能干吗？你已经三十了，该过的坎儿就过了吧。我也是觉得乐言人不错才让她当你教练的。"

叶星川："这个你不必操心。"

滕懿麟："行行行，我不操心。反正我也就是顺手介绍一个优质的妹子给你而已，成不成在你们。"

"睡了。"

叶星川放下手机，继续回忆身体姿势和犁式刹车，没一会儿就沉沉睡去。

梦里面，叶星川没有乐言陪伴，独自上了高难度滑雪道，摔了好几百跤才终于到达坡底。他满身是伤地瘫在雪地上，向天发誓自己绝对不会再滑雪了，滑雪场也不会再来了。

乐言回到房间也是先洗漱，然后躺在床上，兴奋地给傅诗发微信。

"绝了绝了！"

大概过去五分钟，傅诗才回复："什么绝了？"

乐言："我那个厨师客户的厨艺啊！绝了！真的绝了！"

傅诗："有多绝？"

乐言："不吹不黑，是我这辈子吃过最好吃的一顿饭菜了。"

隔了两秒，乐言补充道："除了我妈做的。"

毕竟那是妈妈的味道。

傅诗："这么夸张？那改天约他到我家里来做客吧！"

乐言："他只是个客户啊，我跟他又不熟。"

傅诗："你是装傻还是真傻？他对你没意思会第一天就给你做饭？"

乐言："你想多了。他不是那种人。"他都说了他喜欢做饭，也喜欢收获那份满足感。

傅诗："他不是哪种人？"

乐言："贪恋美色那种。"

傅诗："哇！乐言，我怎么听出了一种很没自信的感觉？这还是我认识的乐言吗？居然这么没自信。难道他长得很帅？"

乐言："是啊，很好看。"

傅诗："我不信。一个厨师能有多好看？好看能去当厨师？"

乐言："有机会拍张照片给你看看你就知道了，我保证你会把这句话吃回去。"

傅诗："行，我等着！不过你相信我，他绝对对你有兴趣。搞好关系啊，约到家里来做客。就算他不认可你的颜值，总认可我的吧？到时候你就跟他说我是你闺蜜，他百分百来。"

乐言："……我自恋还是你自恋？我觉得他未必认可你。"

傅诗："嗬，言言，你怕是对我的知名度有什么误解。"

乐言："行，那下次我试试。"

傅诗："我还有夜戏，忙去了，晚安。"

乐言："晚安。"

才退出傅诗的聊天框，乐言就看到老板滕懿麟发来的消息。

"感觉怎么样？"

乐言："挺好的啊！一点也不难。"

滕懿麟："人怎么样呢？"

乐言："人也挺好的啊。老板，你这朋友是哪里的厨师啊？做饭也太好吃了吧！"

滕懿麟："你说什么？！"

乐言："老板，你发错了吗？"

滕懿麟："他给你做饭了？"

乐言："是啊……有哪里不对吗？"

滕懿麟没有第一时间回复乐言，而是切换到叶星川的聊天框。

"重色轻友！我看透你了！我的心好痛啊！你再也不是我最爱的宝贝了！还说对她不感兴趣，鬼才信你！"

第 08 章

初级道

叶星川早晨醒来，发现微信有十几条未读消息，全是滕懿麟发来的。

快速浏览完，叶星川总结出了滕懿麟想表达的意思。

一、叶星川你重色轻友，我滕懿麟这种友情至上的美男子与你势不两立！

二、叶星川，我的心太痛了，我觉得非常不平衡，所以强烈要求等我做完手头工作回北京的时候，你立刻请我吃顿饭，安慰我破碎的心灵。

三、叶星川，我总算看清楚你的本质了！表面上一本正经，推说不喜欢，实际上饭都做给人家吃了！

四、我有预感乐言会征服你，走着瞧。

叶星川想了想，回复道："懒得理你，回来约饭，学习去了。"

滕懿麟在国外有时差，消息发过去就没了回音。

叶星川起床，洗漱完后叫了份早点，吃完早饭时间正好到八点。

乐言给他发来消息："起了吗？"

叶星川回复："已经洗漱完吃过早饭了。"

乐言："那穿衣服走吧，先去温习一下，热热身。"

叶星川："好。"

叶星川比昨天稍微熟练地穿好滑雪服，拿上装备走出房间，正巧看到乐言也从房间走出来。

乐言边关门边朝他笑了笑："早啊。"

"早。"

乐言朝他走过来："休息得怎么样？腿酸不酸？"

"特别酸。"叶星川说，"而且我昨晚做了个噩梦……"

乐言笑说："让我来猜猜。是不是跟摔倒有关？"

"嗯……"叶星川点了点头，心有余悸。

乐言安慰道："没事没事，你别紧张，有我呢。"

叶星川听了这句话，总觉得哪里怪怪的，可又找不出反驳的语言，只能往电梯的方向走去。

乐言跟在叶星川身后，总是不经意地去瞥叶星川，脑子里止不住地浮现自己昨晚和滕懿麟的对话。但她很快就反应过来，甩了甩头，把那些杂念抛开。

虽然是清晨，但雪具大厅已经人满为患。

"这里每天早晨都这么多人吗？"叶星川有点诧异，他一直以为滑雪是一项小众运动。

乐言说："不是啊，他们都是冲着粉雪才起这么早的。"

叶星川问："粉雪是什么？"

乐言说："粉雪就是刚刚下的还没人滑过的雪。"

叶星川问："这和正常的雪有什么区别吗？"

乐言想了想说："区别还挺大的。正常情况下，崇礼的雪质比较硬，而且因为天气原因，还会人工造雪。滑雪场里人滑得多了，滑雪道就会变得很硬，人摔在雪地里会很痛。粉雪不一样，没人滑过，不仅滑起来舒服，摔倒也只会砸出个坑，不会痛。"

叶星川了然，点头道："这样子啊。"他有点动心，不是因为粉雪本身，而是因为摔倒不会痛。

乐言说："不过很可惜，这次的粉雪跟我们无关了。"

叶星川有点失望："为什么呢？"

乐言说："来崇礼的游客中初学者居多，他们起得比我们早多了，现在初级道肯定没有粉雪了。"

叶星川说："这样。那下次再有粉雪的时候我们起早点。"

乐言说："我都行啊，你能起来就行。"

两人一边聊天一边换装，没一会儿就进了滑雪场。

在阳光的照耀下，来自全国各地的游客一个又一个地上坡，然后从坡顶滑下。人很多，滑雪场显得非常拥挤，不时会发生一些无伤大雅的碰撞，看得叶星川脸色微微发白。

乐言说："我们先来复习一下昨天学的东西。"

叶星川嗓音干涩："好。"

乐言想到昨晚在厨房认真自信的叶星川，有些想笑。

接下来的半小时，叶星川从拆分滑雪板开始，把穿脱滑雪板、平地溜行、雪地爬坡、犁式刹车全部复习了一遍。

基本没什么大问题，小问题乐言也都一一找了出来，让叶星川改正。

然后是热身。

叶星川的记性很好，热身动作全都很标准，不过热身到最后，他有点紧张了。

一想到马上要上初级道了，他心里就有些发慌。

放眼望去，宽阔的初级道上密密麻麻的全都是人。那些人在叶星川的眼里不单单是人，还是一个个地雷。就算他们不动，他恐怕也会控制不住地撞过去。

热完身，乐言用滑雪杖推动滑雪板，来到叶星川的身边："走吧。"

叶星川面无表情，"沉着冷静"地向初级道左侧的滑雪场电梯滑去。

滑雪场电梯类似机场传送带，可以贴住滑雪板防止下滑。它还有一个外号叫"魔毯"。

滑雪场电梯乘坐方便，运行平稳，安全可靠，但仅限用于坡度小的滑雪道。

坡度大的滑雪道，通常是用拖牵和缆车。

前者是利用垂下的可伸缩性拖杆进行牵引，后者不必过多介绍，大家基本都坐过，滑雪场的缆车和其他任何地方的缆车没有区别。

站在滑雪场电梯上渐渐升高，叶星川的呼吸也急促了起来。

初级道听起来很初级，对绝大多数人来说也的确很初级，但在他看来还是很有挑战性的。

而且他很快就发现，从下面仰视和从上面俯瞰，雪坡的陡峭度完全是两个概念！

他有点慌了，但他什么也没说，什么也没表现出来，乐言在他身后也看不见他的表情。

两分钟后，叶星川来到了坡顶。

乐言站在他的身边。

他们的面前站着一排游客，正下饺子似的往下滑。

马上就到他了。

乐言说："准备好了吗？其实很简单的，雪坡也不陡。记住学的东西，正常发挥就可以了。"

"嗯。"叶星川望着坡下，心不在焉地点点头。

在乐言看不到的衣服下，叶星川的身体略有些颤抖，背上直冒冷汗，心脏"扑通扑通"狂跳。

乐言正要继续说，叶星川忽然一脸"镇定"地转过头，看着乐言："要不……你先辅助我试一次……"

乐言怔了一下，笑道："好啊，那我们去边上。"

叶星川不着痕迹地松了口气，抬起滑雪板挪向角落。

乐言比他后走，但比他先到坡顶倾斜的边缘。

看着因倾斜度矮了一截的乐言，叶星川有点担心："我不会撞倒你吧？"

乐言失笑道："不会。"她心里说，要是能把她撞倒的话，她的教练证也白拿了。

乐言说："手给我。"

叶星川不解："啊？"

"啊什么啊，手给我啊。"

乐言伸出手，把叶星川的双手握住，头盔下的脸微微发红。

虽然戴着手套，也没有肢体接触的感觉，但叶星川还是有点不习惯。

其实乐言也不习惯。她很少接这种入门级的任务，即便有也都是女性和小孩子，叶星川这样的成年人还是第一次。

"往下滑吧，慢慢地，我们先试一次。"

"好。"

叶星川抓住乐言的手，滑雪板呈"V"字形缓缓往下滑去，乐言在他身前倒滑。

尽管他已经把板尖抵在一起了，下滑速度还是很快。练习用的入门道和这条初级道根本没法儿相提并论。

不过有乐言在身前抵住他，他下滑得很平稳。周围独自滑雪的人看到这一幕，都忍不住有点羡慕。

下滑了一小段，乐言问："要快点吗？"

叶星川沉默了一下，轻轻点头："嗯。"

乐言笑了下，说："那你把板尖分开点。"

叶星川照着做了，顿时感觉下滑速度增快，他的心跳也开始加快，但表面上还过得去，没有太紧张太失态。

乐言看得出叶星川在强忍紧张，她有些想笑，但毕竟是经过专业训练的，她忍住了。

乐言说："用小腿向鞋舌施压，踝关节再屈曲一点。"

叶星川根本听不进乐言在说什么，紧张状态下，之前学的很多东西他都忘了。

乐言边下滑边注意叶星川的动作姿态。

她说："不能往后坐。要记住，小腿自始至终紧贴鞋舌，臀部自始至终要收紧，重心靠前。把全身重心往板上压，然后内刃和摩擦减速。"

"嗯嗯。"

叶星川嘴上答应着，但依旧我行我素。

不是他不愿意去改正，而是他的脑子实在没空思考别的东西。

乐言见状，也没再多说什么，只是把叶星川的问题都记下。

片刻后，两人终于抵达坡底。

叶星川长长地呼出一口气，发现自己浑身都湿透了。

全是汗水。

乐言说："再来吧。"

叶星川说："好。"

乐言说："是不是感觉没那么恐怖了？"

叶星川沉默了两秒："还是那么恐怖。"

刚才有好几次他都差点失去平衡。每次乐言身后有人的时候，他都有些慌。身边有人飞快俯冲而下的时候，他更是会流冷汗。

乐言笑了笑，也没说什么。叶星川有心理障碍，这不是用语言就能解决的事，得慢慢来。

两人从滑雪场电梯往上的时候，有游客"嗖"的一下就冲下去了。

乐言示意叶星川朝他们看去，说："这种都是新手，俗称'雪场鱼雷'。真正的滑雪爱好者只会以'S'形的路线中速下坡，而不是像开赛车那样比谁速度快。这点其实和打羽毛球很像，没耐性练习开球的人很喜欢直接扣球，但这个最多影响水平，无伤大雅。滑雪就不一样了，低估雪地环境和高估自我能力是非常危险的。我看过很多不请教练的新手，一个劲地往山下冲，骨折的情况很常见。"

第 09 章

学会摔倒

叶星川说："放心吧，我不会这样的。"

他的语气平静但很坚定。

乐言忍不住道："哈哈哈，我知道你不会。我只是想跟你说，我们要先打好基础，练好刹车和拐弯，慢慢来，不着急。今天我们的目标就是让你独立滑行。"

叶星川沉默着点头。

过了一会儿，两人又抵达坡顶。

乐言伸出手，牵着他继续下滑。虽然有上次的经验，但叶星川还是免不了紧张，动作不规范，重心时而前倾时而后移，给了乐言一定的压力。毕竟倒滑难度不小，叶星川体重不轻。幸好乐言技术高超。

可正在乐言讲解滑雪要点时，一个"雪场鱼雷"忽然笔直地从坡顶向着两人冲来，速度奇快。虽然看不见这人头盔下的脸，但这人应该很慌乱，滑雪杖像啄木鸟似的往雪地里戳，然而于事无补，犁式姿势不标准，他没办法拐弯和骤然刹车。

如果不闪避的话，这人肯定会撞在叶星川身后。可叶星川背对着这个"雪场鱼雷"，根本不知道身后发生了什么事。

"重心往左侧。"

乐言握住叶星川的手，把他向左带。叶星川本来正将注意力放在重心前倾上，忽然一下子被拉向左边，重心顿时不稳。与此同时，身后传来一阵惊叫声，叶星川以为发生了什么事，心头一紧，身体前倾，竟直接朝乐言扑去。

乐言对这一幕有所预料，忙抱住叶星川滚摔在一边。

不能向前摔，滑雪板是长条形的，往前摔后果不堪设想。

"嗖！"

两人摔倒的时候，惨叫着的身影呼啸而过，很快就撞到护网停下。

与此同时，叶星川正压在乐言身上。这一跤他摔得不轻，脑子跟糨糊似的，好半晌都没回过神来。

"我喘不上气了……"

忽然间，叶星川听到乐言的声音，低头一看，立刻弹簧似的跳了起来。

虽然是在滑雪场，可一个大男人压在一个女生身上，那算什么事儿？

"对不起，对不起，我不是故意的。"叶星川忙道歉。

"没事，你不用道歉，是我把你抱摔的。"乐言头盔下的脸颊微红，她轻轻拍了拍身上的积雪。

叶星川有些不好意思地说："下次还是我自己滑吧。"

乐言本想跟叶星川说"没事，这种事情很常见"，可她想了想，自己明明是第一次遇到这种情况。

她思考了几秒钟，说："没事，还是我带你吧。刚才那种情况只是意外。"

叶星川实在不好意思，万一自己再扑到人家身上了怎么办？他不想，但他控制不了啊。

"真的不用了。"

"我坚持，这样更方便学习些。"乐言说。

她这样做其实是有原因的。她看得出来，这一跤虽然摔得不痛，但显然又让叶星川对滑雪这项运动有了些恐惧，不帮助他打消顾虑，接下来很难进行更深层次的训练。

叶星川也知道自己的症结所在，只能点点头："那好吧……"

他心里想，到时候如果再摔，尽可能控制着不往前扑。

接下来第三次尝试，乐言继续细心教导。有了第一次和第二次的经验，叶星川的动作总算稍微规范了些，但问题还是很多。

乐言自始至终都很温柔很有耐心，说话慢声细语的，跟平时活泼烂漫的她完全不一样。

在乐言的安抚和帮助下，叶星川逐渐适应了节奏。

这个早晨，叶星川上上下下不知多少次。

最初的紧张在乐言的引领和帮助下已经渐渐消失，不过他还是不敢独自滑行。

直到中午大家都去吃饭了。

乐言说："现在没什么人了，要不试试？"

叶星川站在"魔毯"上，转头朝右边的坡道看去。

因为滑太久累了要去吃饭了，或是嫌雪太硬了摔得疼，现在坡道上的人不足早晨的五分之一，但在叶星川的眼里，风险依旧很高。

不过，他总不能一直裹足不前。

"试试吧。"他的语气有点沉重。

乐言听出了视死如归的味道。

此时"魔毯"距离坡顶还有半分钟的行程，叶星川心里开始紧张起来，就像小时候排队打针，下一个就轮到自己了，不得不去面对。

他来到坡顶，在滑雪道前站定。

乐言陪在他身边，看着他滑雪镜后的眼睛，鼓励道："放心吧，按照之前教的做就行了，你可以的。"

"嗯。"

叶星川抿了抿嘴，用力"嗯"了一声，像是在为自己加油打气，又像是下定决心。

几秒钟后，他鼓起勇气，视死如归似的推动滑雪杖向前滑去。

与乐言在身前抵住他时完全不同的速度感袭来，冷风无情地拍打他的全身，身边偶有游客"嗖"的一声穿过，掀起雪花，洒落在他的身上、头盔上、滑雪镜上。

不时有初学者摔倒在地。

有的人摔倒在地后呈"大"字敞开，仰望天空，那副安然恬静的模样，仿佛不是滑雪摔倒了，而是自己主动躺在夏日深山清凉的草坪上，望着漫天璀璨的繁星。

有的人摔倒后闭上眼睛，像是在享受雪山的清冷气息。

还有女生极其狼狈，由于装备穿戴不齐全，风吹得她头发飞扬，雪也灌进了她的脖子里，她扬起头甩动头发，像是一只金毛狮王。

叶星川从来没有想过自己独自摔倒后会是什么心态、什么感觉。

会很尴尬吧……

会很痛吧……

叶星川出神了，于是下滑速度更快了，他忍不住慌乱起来。

他几乎是下意识地就使用起犁式制动来减缓速度，可与有人帮助时完全不一样的制动感，让他没能如愿刹车，他开始重心失衡，身体顿时不稳。

看着前方陡峭的滑雪道，叶星川内心略有些恐惧。他不想摔，但之前乐言跟他讲过，这种情况下越不想摔反而会摔得越重。

所以他必须摔。

对滑雪初学者来说，摔倒是不可避免的，平时滑雪遇到突发情况容易摔，学习新动作时容易摔，所以安全地摔倒是一项非常重要的技能。

乐言教过他该怎么摔。

侧摔！

"如果你手里有滑雪杖，感觉重心不稳了，一定要先把滑雪杖扔向身体两侧，然后双手抱胸，身体故意朝左右两侧任意一侧摔倒。

"主动摔倒会减慢下降速度。

"千万千万不要试图用双手撑地，速度太快了，那样的话手腕手掌很容易受伤的。"

种种念头在脑海中一闪而过，叶星川按照乐言的教导方式侧摔倒地。

几乎在他摔倒的同时，乐言已经滑到他身边，低头担心地道："疼吗？"

叶星川说："不疼。"

真的不疼，跟刚才的抱摔完全不一样。这时他不得不庆幸自己准备充分，从滑雪镜、头盔到护膝、护腕、护臀，所有安全装备应有尽有。

这里的雪地虽然较硬实，但摔下去跟摔在沙地里没什么区别。

叶星川内心的恐惧立刻减少了很多，甚至觉得不过如此。

不再恐惧摔倒后，叶星川开始思考另一个问题：怎么才能摔得不那么狼狈，摔得稍微优雅一些？

他没有立刻起身——他也起不来。

乐言还没教他摔倒后要怎么起身。

于是他若无其事地稳坐在雪地中，颇有种从容不迫的感觉。他眉宇轻蹙，仿佛有些忧愁。

他在忧愁些什么？乐言看着在雪地里坐着，满身污雪的叶星川，脑海中不禁浮现出几个问号。

明明污雪还残留在头盔和滑雪镜上，可乐言竟然从叶星川身上看出了一种很无奈的感觉，她甚至给叶星川配了台词："果然还是没法完美掌控人类的身体啊。"

乐言觉得好笑，甩了甩头，侧身轻轻坐下，说："我来给你示范一下摔倒后怎么起身。把滑雪杖撑在腰腹的侧面，一齐使劲，侧身站起。看见没？很容易的。"

叶星川看完想学着做，但乐言话没停："还有另一种方法，直接用滑雪杖按住固定器，脱掉滑雪板站起来。"

"好。"

叶星川按照乐言刚才示范的方法，成功用滑雪杖支撑着身体站了起来。

他立刻把板尖抵紧，形成"V"字形的犁式刹车状态。现在他正处于滑雪道中段，如果不用犁式制动，根本控制不了自己的身体。

乐言问："继续吗？"

"继续吧。"

经过刚才那毫无痛感的一摔，叶星川摔出了自信，现在他颇有种所向无敌的感觉。

他推动滑雪杖，缓缓向下滑去。

这次他把速度控制得很好，竟然没有再失误，直接滑到了坡底平地上。

他刚长长地呼出一口气，转头去看乐言，忽然听见她的声音："小心！"

她话音刚落，叶星川就感觉一道身影从身旁掠过，有重物撞击到他的身侧，他没有站稳，侧摔在了地上。

　　他有些蒙，不过由于穿了护臀，他倒也没什么痛感，很快就恢复过来，转头朝右侧方看去。

　　一个穿着蓝色滑雪服的青年正趴在地上，"哎哟哎哟"地叫着。

　　"你没事吧？"乐言脱掉滑雪板，蹲在叶星川身边左看看右看看。

第 10 章

犁式转弯

　　叶星川感受了一下，说："没事没事，差一点。"

　　乐言听叶星川说没事，立刻气冲冲地站起来，走向那个摔倒的蓝衣青年。这时，已经有滑雪场救援人员把他给扶起来了。

　　乐言还没开始呢，滑雪场救援人员已经开始教育起来了："刹车都不会你就敢自己上初级道？摔舒服没有？有没有哪里痛，哪里不舒服？没有？没有还不快去给人道歉！"

　　蓝衣青年站起身，边揉着屁股边走向叶星川，双手合十，不断作揖："哥们儿，实在对不住了。我本来想摔来着，但速度太快了就没敢摔。真的对不住，如果你身体有哪里不舒服，后续的医疗费我全部报销好吧，真的对不住了。"

　　叶星川摆了摆手："没事，只是蹭了一下。"

　　蓝衣青年松了口气："哥们儿，真的对不住了啊，我下次再也不敢这么玩了，真是摔死我了。"

　　乐言见蓝衣青年认错态度良好，气消了大半，但还是忍不住说道："技术不到位、基础不过关真的不要上滑雪道，不穿护具，刹车也不利索，你这完全就是害人害己。去找个教练吧，对自己负责，也对别人负责。"

　　"真的对不住，对不住。好好好，我这就去找教练，绝对不会再出现这种事了。"

　　蓝衣青年全程低姿态，乐言也不好再多说什么，况且叶星川真的没事。

　　那个蓝衣青年走了，乐言才又对叶星川说："刚才那个人也真是的，一点责任心也没有。不过说真的，最近这种人越来越多了，盲目追求速度。"

　　"没事的没事的，他也说了下次会注意的。"叶星川笑道。他还是第一次见乐言这么失态。

"你也要记住，千万不要越级去高级道，什么水平就去什么级别的滑雪道。还要记住，后方避让前方是滑雪的基本规则。"乐言说。

叶星川说："好的好的。"不用乐言说，叶星川也绝对不会越级去别的滑雪道。

乐言还是有点担心："你真的没事儿？"

叶星川说："真的没事。"

乐言盯着叶星川看了两秒："真的没事，那我们就继续吧。"

叶星川说："好。"

两人又乘坐"魔毯"登上坡顶，这次还是叶星川独自滑行。

有了上次的经验，叶星川对犁式滑雪的技巧有了更深的认知，滑起来也更显从容。但经过蓝衣青年那一撞，他对身后的声音多少有点反应过度，因此摔了一两跤，好在不算痛。

过了半个小时，两人一起去吃饭。

这次实在是累了，哪怕东西不算好吃，叶星川还是吃了，不然的话，他下午根本没法儿正常训练。

"今天下午我们就要提升训练难度了，我现在也不知道该劝你多吃点好还是少吃点好。"乐言说。

吃得多，摔多了可能会想吐。

吃少了，体力又不够。

真是两难啊！

吃完饭稍作休息，叶星川和乐言回到滑雪场。

这时场中又已人满为患，但叶星川没有之前那么恐惧了。这一上午他都摔出经验来了，只要速度不是特别快，摔了根本不会痛，但前提是不要撞到人或是被人撞到。

"先练习几遍吧。"乐言说，"人多的时候跟人少的时候不太一样呢。"

叶星川知道哪里不一样。

人多了，他滑行速度快容易撞到人，所以会慌张，同时一些初学者撞到他的概率也会增加，所以非常考验他的刹车及避让转弯的能力。

叶星川向下望去，看到一些"雪场鱼雷"飞快地俯冲，也有一些游客滑出"S"形轨迹，较为缓慢地抵达坡底。

乐言顺着他注视的方向，看到了那些游客，于是说："那是犁式转弯，我们马上就要学。"

叶星川顿时紧张起来。

他看到了那些"S"形转弯滑雪者的潇洒，当然也看到了他们屡次摔倒的凄惨景象。

看来下午又会和上午一样惨。

"自作孽啊……"叶星川心里深深地叹了口气。

前面的游客越来越少，马上就轮到他了。他的注意力渐渐集中，十几秒钟后，他轻轻推动滑雪杖向下滑行。

乐言跟在他身边，注意着他所有的动作。

"呼——"

风在耳边呼啸，雪花轻轻拍打在滑雪镜上，脚下呈"V"形的滑雪板摩擦雪面，叶星川长呼着气，从一个个摔倒在地的初学者旁边掠过。身边不时有速度更快的滑雪者"嗖嗖"穿过，但叶星川始终保持平稳，不做过多花哨动作，直到抵达坡底平地。

乐言一个飘逸的转弯停在他身前，夸道："非常好。"

叶星川用怀疑的眼神看着乐言："你确定？"

乐言本来只是习惯性地鼓励，但叶星川怀疑的眼神让她有些尴尬，她想了想，说服自己似的道："嗯，很稳。"

的确很稳，稳得不像滑雪。

双板滑雪虽然不是极限运动，但也是一种动感激烈、追求刺激的体育项目。

尽管双板滑雪不追求绝对的速度，可比起其他运动来，还是比较在意速度的，毕竟大部分滑雪者都深爱那种风驰电掣，让人肾上腺素飙升的竞速感。

如果把滑雪比作开车的话，滑雪大神的速度是180迈，普通滑雪者是120迈，而叶星川只有60迈。

稳得不像话，可还有意思吗？

反正乐言觉得挺没意思的。

叶星川也不觉得有意思，但他本身也不是冲着有意思来的。

他只是想来找灵感，所以他接受了乐言的夸赞。

很稳、不摔，就已经很好了。

乐言看出叶星川是真的很满意，忍不住腹诽了几句。她毕竟是一个深度滑雪爱好者。

隔了几秒钟，乐言整理好心情，语气微微变得平淡了些，说："再滑两次，身体的屈曲还是有点问题，这次我们着重改正一下。"

叶星川没意识到乐言情绪的变化，点了点头："好。"

两人再次回到坡顶，乐言开始训导起来。

"腰部和小腿屈曲度不够。

"重心再前移些。"

由于一边要顾及其他游客，一边又要改变姿势，重心不稳之下，叶星川摔了两次，有一次正巧有个初学者从他身边飞快滑过，吓了他一跳。

果然还是很恐怖啊……

叶星川对马上要迎来的下一个挑战感到紧张。

紧张归紧张，该来的还是来了。

依旧是坡顶那个角落，乐言站在叶星川身边，说："我先给你讲一遍，然后实操示范一次，你跟在我旁边仔细看。我边滑边给你解释，有哪些不懂的等到了坡底再问我。"

叶星川点了点头："好。"

他开始认真地盯着乐言。

乐言整理了一下思绪，说："犁式转弯的启动姿势和之前的一样，变化在于转弯的时候要向转弯一侧的滑雪板增加重力，通过左右轮换强化主动板的作用，以此达到左右转弯的效果。听懂了吗？没听懂也没关系，我先滑一迤……着。"

叶星川说："好。"

乐言做起动作："首先我们还是以犁式直滑降的姿势做准备，左右腿与雪面保持三角形，重心向前不要后坐。走吧。"

乐言说完，示意叶星川跟上，滑雪杖轻推滑雪板下滑。

乐言的技术比叶星川不知高了多少万倍，她的犁式制动可以做到想停就停，想走就走，所以她在转弯示范的时候做到了最慢，就像电影画面一帧帧暂停似的，好让叶星川看得清清楚楚、明明白白。

乐言说："先像我这样向左侧滑雪板横移重心，这个时候左滑雪板就是主动板了，右滑雪板减轻负重或不负重。"

在叶星川的眼里，乐言身体微倾，开始向左自然转弯。

"进行回转的时候，保持膝关节、踝关节和髋关节的屈曲。"

在极短的时间里，回转结束，滑行速度减慢，乐言没有做其他动作，只是继续向转弯方向进行犁式斜滑降，直到完全停止，进行下一个回转。

初级道的坡道不长，乐言很快就到达坡底刹住车。溜行到安全区域后，她看向叶星川说："开始衔接下一个回转前，还要保持滑雪板平行向下滑行，不然初学者可能会板头交叉，然后摔倒。"

叶星川点头："明白。"

乐言说："这里有几个要点。刚开始学的时候不要用滑雪杖辅助，视线要与转弯方向大致相同，身体始终保持基本犁式状态。有一个对你影响较大的地方，就是在滑雪板转向滚落线时，会突然有一个加速下滑的过程，不要害怕，要克服恐惧心理。"

叶星川还不清楚那是一种什么感觉，只能点头答应下来："嗯。"

"那你先来试一次吧。"

"好。"

叶星川滑行向"魔毯"，心中飞快地紧张起来。

他又一次感受到了早晨初登场时的那种恐惧。

直行和转弯差别太大了，而且现在游客还很多。

"没事，我先带你感受一下重心变化。"

乐言明明在叶星川身后，却看穿了他此时的情绪。

叶星川心里顿时轻松了许多。

来到坡顶，乐言自然地滑到叶星川的身前，伸出手抓住他的双手。

叶星川也已经习惯了。

隔着手套握手，实在没有任何感觉。

第 11 章

小心思

"走吧。"

乐言示意，叶星川开始缓缓下滑。

"扭动腿脚，转移重心。"乐言握住叶星川的手稍稍往左偏，"扭动是以双脚拇指根部为着力点，以滑雪板尖部为圆心的。"

叶星川感受着乐言双手和身体的弧度，也跟着动了起来。

近距离看着眼前的女孩子，听着她认真好听的声音，叶星川内心有种说不清道不明的情绪。

"想什么呢？"乐言看出叶星川在出神，忍不住出声。

叶星川听见乐言的喊声，如梦方醒，有些不好意思，然后迅速集中注意力。

在乐言的引领下，叶星川开始左转弯。

乐言察觉到速度加快，忙抵住叶星川的双板："靠惯性下滑，不要施加额外的力。"

叶星川下意识收力，身体姿势立刻变了。

乐言说："稳住重心，不要后坐，不要侧靠。"

转弯结束，滑雪板回到滚落线时，果然突然加速了，但有乐言在身前帮忙，叶星川没有太大的感觉，于是轻松稳住了。

"转弯结束后，要给下一个转弯留出足够空间，这样才能保持动作和线路的连续性。"

乐言牵着叶星川的手，开始引领他进行下一个转弯。

一个又一个转弯，到最后雪地渐平，叶星川平安抵达终点。

"也没有那么难嘛。"

叶星川心里油然生出了这样的念头，但有了上午的经验，他知道事情绝不会这么简单。

这次容易完全是因为乐言在身前带他。

乐言说："下次靠你自己咯。"

"好。"

叶星川振奋了一下精神，滑上"魔毯"，开始给自己做为期一分钟的心理建设。

回到坡顶，两人并排站立。

乐言朝叶星川握了握拳："加油。"

"嗯！"

叶星川重重回应了一声，推动滑雪杖向下滑去。

寒风又一次袭来。

叶星川深吸一口气，按照刚才乐言教导的姿势动作转移重心，然后他就霍地摔倒了。

果然不是一回事啊！叶星川内心很有挫败感，突然有点想念乐言带他的时候。

这时乐言滑到他身边，朝他伸出手，说："没事，刚开始都是这样的。记住我刚才说的话，稳住重心就行。"

"好。"

叶星川左手握住乐言的手，右手拿滑雪杖撑地站了起来，调整好滑雪板朝向后再次向下滑去，过了一段距离后进行第二次尝试。

第二次成功了，但由于角度太歪，叶星川没能转回滚落线，而是朝右边的围栏撞去。这时有游客从他身边呼啸而过，吓得他起了一身冷汗，好在他很快就滑到了滑雪道边缘。

"侧摔就行。"

乐言的声音传来，叶星川醒悟过来，主动侧摔到底，免去了撞到围栏的尴尬。

乐言说："幅度太大了，下次要小一些。"

"嗯。"

刚才虚无缥缈的自信又被消耗了些，叶星川站起身，继续往下滑去。

初级道本来就不长，第三次犁式转弯叶星川又成功了，但也到底了。

"把这次的问题记住，再来一次。"乐言在身边说。

"好的。"叶星川机械式地回答。

对滑雪这件事，他真的没有太大的激情，尽管他的技术一直在提高。

还是做饭好玩。

犁式转弯比犁式直滑降难不少，需要掌握的要点技巧也要多一些，头几次叶星川总是出现低级失误导致摔倒，但乐言始终在他身边不厌其烦地纠正。

一下午的训练让他逐渐熟练，自信心也开始回归。

北方的冬季白天很短，下午不到五点天色已经暗淡下去，温度也骤降了好几摄氏度。

游客们纷纷散去。

叶星川也结束了训练。

两人边向雪具大厅走去边聊天。

乐言说："今天的进度不错，明天我们可以上中级道了。"

叶星川沉默了两秒："会不会太快了？"

乐言说："不会。你的犁式制动和犁式转弯都掌握得不错，上中级道练习练习，然后就可以学平行式滑雪了。"

尽管教练说行，可叶星川心里还是有点打鼓，不过他最终还是点了点头。

从开始训练到现在，他一直被乐言推着走，因为他内心既恐惧又抵触。但乐言主动的效果很不错，至少他现在已经不再算是个"小白"了。

回房间的路上，叶星川和乐言没怎么说话，气氛与昨天相比有点尴尬，不过叶星川没有意识到。

进门前，叶星川转头问："休息一会儿去吃饭吗？"

乐言点了点头："好呀。"说完，她便推门进屋。

回到房间，乐言稍微洗漱了一下就躺上床。

一天的训练下来，她也有些累。

她躺在床上看向天花板，总觉得哪里有点不对劲。

很快她就意识到了，是自己的心态不对劲。

叶星川不喜欢滑雪，自己有什么好生气，态度有什么好冷淡的？他不就是一个客户吗？

以前不也有这样的客户，自己怎么没生气？

到底是因为什么呢？

乐言仔细思考了一下。

好像是因为在意吧。

可是自己为什么要在意呢？也许是因为有好感？可好感又是从什么时候开始产生的呢？

大概是一开始就有好感吧。

从看他朋友圈知道他是一个蛮厉害的厨师开始，到后来雪具大厅的初印象——他那完全不符合职业的长相，再到那天晚上他给自己在厨房做饭，以及老板滕懿麟的那番话……

可仅仅因为一点好感就对叶星川耍性子，似乎不太好。

他又没做错什么。

况且叶星川不喜欢滑雪，自己为什么不能让他喜欢上呢？这本就是自己作为教练的分内职责吧。得喜欢滑雪才能练好，练好了才能深刻体会滑雪文化。

嗯！

乐言一下子想通了，情绪顿时高昂起来。她开始琢磨要怎样才能让叶星川喜欢上滑雪。

叶星川不喜欢刺激，她需要因材施教。

在她思考的时候，微信提示声响了。

乐言拿起手机一看，是滕懿麟发来信息。

"今天怎么样？"

乐言："挺好的，他学习能力挺强的。"

滕懿麟："非常好。那经过你的观察，你觉得他对你有好感吗？"

乐言："完全没有。"

滕懿麟："怎么会！"

乐言："真的。"

滕懿麟："肯定是哪里有问题。我从没见过他给刚认识的女孩子做饭，我相信我的判断！"

乐言："那您慢慢相信，我休息去了。"

滕懿麟："去吧去吧。"

他懒得理乐言，转头又给叶星川发了微信："今天怎么样啊？"

叶星川："屁股疼。"

"……"

"不过学会了犁式转弯。"

"……"

滕懿麟："我问你和乐言啊！"

叶星川："我跟她怎么了？"

滕懿麟："合着我早晨发的消息白发了？"

叶星川："你怎么还惦记这事儿呢？"

话虽如此，叶星川还是仔细回忆了一下白天与乐言的相处，确认回复："没有的事。"

滕懿麟："行吧行吧。反正我不信你俩真的一点火花也没有，不符合常理！不符合逻辑！"

叶星川："稀奇，也有你经验失效的一天。"

滕懿麟："走着瞧吧。"

把手机锁屏后，叶星川躺在床上，忽然觉得有点不对劲。

刚才仔细回忆过后，他发现乐言今天的情绪和昨天不太一样，今天好像没有昨天那么热情了。

是发生了什么事吗？叶星川心想，但他也不好意思问，索性抛诸脑后。

滕懿麟关心着叶星川的感情问题，傅诗也关心着乐言的感情问题。

乐言才回房休息了十几分钟，傅诗就发来微信。

"怎么样怎么样，我猜中没？"

乐言："猜中什么？"

傅诗："他对你有意思没啊！"

乐言回复："完全没有。我说你怎么和我老板一样八卦啊？"

傅诗："啊？你老板也问你了？哇！看来你老板是想撮合你和那个客户啊。以我的经验，他肯定也问他朋友了。我现在严重怀疑这次的教学任务是有预谋的。"

乐言想了想："应该不是。"

叶星川是真的不太喜欢滑雪，也是真的没对她表现出任何的好感，无论是言语上、眼神上还是肢体上。

乐言虽然没什么恋爱经验，但还是被不少人喜欢过追求过的，这方面她很有话语权。

叶星川不喜欢她。

倒是她对叶星川有点好感，但她不好意思跟傅诗讲。

傅诗："你们现在可真好玩，表面上一本正经的装作啥也不知道，其实暗地里都被一遍遍暗示往男女关系发展。如果他真的像你说的那么帅，结局肯定很好玩，我拭目以待！"

乐言："……你是看热闹不嫌事大吧。"

傅诗："乐言，你认识我这么久了，我是那种人吗？！"

她话还没发出去，乐言的回复已经提前到了。

"你是。"

"……"

傅诗无语，删除那段文字："我等着看结局。"

乐言把手机锁屏，闭上眼睛思考。

其实叶星川很不错，长得不错，性格不错。

虽然他的职业是厨师，收入肯定不怎么样，但估计也差不到哪里去。

只是他不喜欢自己啊！

乐言缓缓睁眼看着天花板，心里觉得不可思议：自己到底在想什么？她甩了甩头，决定打一会儿游戏放松下就叫叶星川去吃饭。

第 12 章

中级道

上线后，乐言敏锐地察觉到自己的游戏界面有点变化，扫了一眼发现是好友段位榜首的头像变了。

这不是叶星川的微信头像吗？

乐言拉开段位排行榜，排名第一的赫然是"星川行船"，八十三星。

乐言顿时一喜，原来自己认识的叶星川不仅是一个厨师大佬，还是一个游戏大神，等教学任务结束后，看看能不能找他双排上上分。

对一个人产生好感有了关注度后就会这样，好像整个世界哪哪都是他。

略有些心不在焉地打完一局游戏后，乐言给叶星川发了条微信："去吃饭吗？"

叶星川秒回："刚想跟你说，我突然有点事，不跟你一起吃饭了，实在是抱歉。"

乐言怔了一下。有事？他在崇礼能有什么事？忙到饭都不吃了吗？这个借口有点敷衍了吧？

乐言有点生气，转念又想：叶星川为什么这么对自己呢？难道是因为自己今天下午的态度？

他不会这么小气吧？

乐言轻蹙眉头，回复道："没事，那你忙吧，明天见。"

乐言想不通，心里有点难受，但那能怎么办呢，饭还是要吃的。她想了想，给董璐发了条微信："璐璐，你吃了吗？"

董璐隔了一会儿回复："没呢，正准备去。你吃了没啊？"

乐言："没呢。一起吗？"

董璐："好啊。"

约好了人，乐言立刻起床擦了把脸推门出去，刚到走廊上，就看见叶星川那高大的身影消失在走廊转角处。

乐言也要去坐电梯，于是神色平静地向那边走去，转弯的时候看到叶星川的电梯门正好关上。

电梯楼层飞快减少，停在了第二层——他专属厨房那一层。

他去做饭了吗？只做给自己吃？不会的，他哪有这么小气？乐言摇了摇头，忽然灵光一闪，想起叶星川这次来学滑雪的目的，不正是找灵感取材吗？原来他是在工作。

乐言顿时就释怀了，心情大好的她和董璐在大堂会合，一起去一家烤肉餐厅。

董璐一看到乐言就问："言言，你笑什么呢？这么开心。"

乐言疑惑地问："我有吗？"

董璐说："你自己感觉不到？嘴巴都咧这么开了。"

乐言笑道："哈哈哈，哪有这么夸张？"

董璐叹了口气："也是，要是像你一样有那么帅气的客户，我也会笑得这么开心的。"

乐言说："不是，你想多了。"

董璐说："昨天你俩不是一块儿吃的饭吗，今天怎么没一起啊？"

乐言说："他在忙工作。"

董璐说："哦哦。他是做什么的啊？"

乐言犹豫了一下，董璐立刻懂她的意思："如果敏感就算了。"

乐言说："倒也不敏感，就是没征询过他的意见，还是不说了。"

董璐是乐言的同事，哪能不懂行业规则？她不在意地点了点头。

两个人愉快地吃了晚饭，其间讨论了一下工作上的事和最近新出的一些综艺节目啊化妆品啊，这才各自回房休息。

吃饱了的乐言很是满足，躺在床上玩起手机来。没过一会儿，敲门声响起。

"我是叶星川。乐言，你睡了吗？"

乐言猛地坐起："没睡呢。有什么事吗？"她飞快地照镜子检查妆容，把睡衣尽量扯得整齐了些。

"我刚做了一道菜，想让你尝尝。你有空吗？"

"完了。"乐言心想，但嘴上毫不犹豫，"有空，你等我一下啊。"

从叶星川敲门到乐言开门，中间过了两分钟。

叶星川也不知道她在干什么。

不过在看到乐言的那一瞬间，叶星川眼前一亮。

今天晚上的乐言跟平时不太一样，但具体哪里不一样，他又说不上来。不着痕迹地打量了一番后，叶星川觉得比起白天，她的眉毛浓了些，唇色浓了些，肤色也白了些。不过，叶星川也没多想。

他推着一辆餐车，餐车上摆着一个被盖子盖住的餐盘。

乐言侧身让开："进来吧。"

叶星川推着餐车进了房间，把餐盘端到茶几上并取开盖子。

寒气顿时升腾而起。

乐言向茶几上的餐盘望去，只见大大的冰块上，贴着几片看不出是什么肉类的乳白色肉片，也不知道熟没熟。

乐言跃跃欲试："这是什么啊？"

"具体是什么暂时保密。"叶星川说，"但我可以告诉你，这是鱼肉。"

乐言问："是熟的吗？看上去好像没有味道呢。"

叶星川说："是熟的，也有味道，你尝尝看。"

乐言抱着怀疑的心态从餐车上拿起筷子，夹了一片乳白色的鱼肉。

虽然她相信叶星川的厨艺，但熟的鱼肉放在冰块上，那味道怎么好得了？可她把鱼肉放进嘴里咀嚼了几口后，忽然睁大眼睛，转头不可思议地望向叶星川："这也太好吃了吧！"

叶星川笑了笑，没说话。

"我很想像《中华小当家》里面那样浮夸地表扬你一顿，但怪我语文不够好，想不出那么多花里胡哨的词句来。"

乐言又伸出了筷子，用实际行动表明了她的真实态度："太好吃了。"

即便刚吃饱饭，乐言都觉得好吃极了，要是饿的时候吃，她估计舌头都能咽下去。

太幸福了！

谁做他的女朋友，应该会长得很胖吧？不过菜的分量那么少，也难说。

"好吃就行。那我先走了，明天早晨见。"

叶星川看她吃完，收起筷子，把餐车推出房门。

乐言见他转身就要走，不由疑惑地问："你不需要我的意见反馈吗？"

叶星川说："不用啊，我知道哪里有问题。"

乐言心想：那你还来给我尝干什么？不过，她心里这么想，嘴上却说："明天见。"

叶星川走了半天，乐言都还在回味刚才的味道，意犹未尽了许久才去重新刷牙。

躺在床上的她止不住地想叶星川晚上给她送东西吃的用意，但也没个头绪。经过这两天的相处，她已经看出来了，叶星川要么对她真的一点兴趣都没有，要么就是一个感情经历很少的男人，不会在意太多的细节。

想了许久，乐言的心思才回到正轨——怎样才能让叶星川喜欢上滑雪。

叶星川收拾完厨房回到房间，精神及身体上的疲惫感袭来，他很快就睡了过去。至于他觉得新做的菜品味道不错倒了浪费，所以找个理由给乐言吃会给她的内心带去多大的影响，他真的一点都没考虑过。

乐言如果知道他的真实想法，肯定会骂他一句：男人都是大猪蹄子。

第二天早晨按约定时间出门，叶星川看见乐言已经笑靥如花地在等他了。

乐言笑道："早啊。"

"早啊。"

叶星川心想：她恢复了啊，昨天下午就是心情不好吧，而且她昨晚果然化妆了。

现在的她眉毛略淡，唇色略淡，肤色也没那么白皙了，虽然还是白皙的。

她昨晚化妆干什么，去见什么人了吗？叶星川有点疑惑，但没问。

走去雪具大厅的路上，乐言一直在笑，叶星川忍不住问道："今天是有什么开心事吗？"

乐言笑道："没有啊，就是日常开心一下，哈哈。"

傻姑娘。叶星川笑了笑。

在雪具大厅换好装，两人走进滑雪场。

今天的天气不如昨天，游客却一点都不比昨天少，甚至多了很多。

今天是周六。

叶星川望着那高高的中级道，内心十分绝望。

"走吧。"

乐言意气昂扬，叶星川难道还能说"不"？

中级道的坡度要比初级道大很多，所以去坡顶不能再坐"魔毯"，而是借助悬挂式的拖牵。

要用拖牵的人很多，要排队，给了叶星川充裕的心理建设时间。

轮到他的时候，工作人员说："把滑雪板放平，握紧牵引器，身体往后仰就行了，到了终点会有人帮你下来的。"

叶星川点头："好。"

挂坐在拖牵上，看着右侧坡道越来越陡，坡底平地越来越远的时候，他的心都在颤抖，但如同往常一样，他脸上没有任何表情。

他的身前身后都是雄伟的山，滑雪道上、坡底平地上密密麻麻的全是人。

来到索道终点，工作人员远远地说："身体直立，松开牵引器，滑开就行了。"

叶星川依言照做，然后往坡顶靠边的位置滑去。

乐言隔了十几秒钟来到他的身边，安慰道："你不用紧张。其实以你现在的技术，来中级道完全没问题。相比起初级道，中级道也就是长了点，多了点陡坡弯道和窄道。"

叶星川定了定神："好。"

乐言说："先慢滑一次，适应场地。"

"嗯嗯。"

站在坡顶望向下方，叶星川长长地呼出一口气，这才推动滑雪杖向下滑去。

　　不同的坡度带来不同的速度，同样是板尖相抵的犁式制动，在中级道的刹车能力要微微下降，速度自然快了不少，但也还在叶星川的掌控范围内。

　　叶星川稳稳地控制着速度，很快就来到一处陡坡。身边游客"嗖嗖"掠过，他有些慌，动作差点扭曲，但在初级道的多次训练让他的身体已经有了肌肉记忆，他稳定着身体的重心，保持着身躯的屈曲度，有惊无险地过了陡坡。

第 13 章

平行转弯

　　当然，有惊无险是叶星川自己觉得的，乐言跟在他身后，觉得他稳得不行，稳得让她毫无感觉。

　　过了陡坡就是窄道。

　　这是叶星川第一次过窄道，他没有经验，加上今天人的确有点多，他身边不断有人穿过，他没敢跟他们挤，主动侧摔在了角落。

　　乐言滑停在叶星川身边，说："你速度其实可以加快点，直接过。"

　　叶星川说："我怕撞到人。"

　　乐言说："你觉得窄只是跟初级道比，其实中级道的窄道很宽的。相信我，真的没那么容易撞到。"

　　叶星川转头望去，看到一个又一个滑雪者飞快下滑，没有发生什么碰撞，于是相信了乐言。

　　他用滑雪杖撑地站起身，继续向下滑去。

　　窄道之后，又是弯道。

　　弯道给叶星川的感觉要简单点，毕竟昨天下午他练了那么久的犁式转弯。

　　他移动重心，较缓地转弯，滑行一阵后被拉回了滚落线。剩下三分之一的滑雪道基本上是笔直的，和初级道差别不大，叶星川的心顿时放了下去，他很快便平安抵达坡底。

　　除了因为心中恐惧主动侧摔那一次，他居然没有什么失误，这让他有点意外。原来自己的技术已经这么好了？

　　乐言这时也来到叶星川身边，夸道："真挺不错，基本上没出现什么错误。那我们再来一次吧，这次速度稍微快点。在中级道和高级道上如果速度太慢的话也会出问题的。"

叶星川理解，这和在高速路上规定最低时速一样。

在自信心增强后，叶星川坐着拖牵和乐言又一次回到坡顶。这次，叶星川镇定了许多。

在充分运用好乐言教给他的各种技术的情况下，第二次他没有任何失误地滑到坡底。

不过他滑得还是很慢，始终保持着微妙的制动姿势。

接下来是一早晨单调重复的练习。

中午的时候，叶星川疲惫不堪地坐在乐言对面吃饭。

乐言看着他："吃完饭休息一个小时，我们就要学平行式滑雪了。"

叶星川点点头："嗯嗯。"

他有点心不在焉，他是真的累了。

吃完饭，叶星川回去睡了一个小时午觉，这才和乐言回到滑雪场，重新登上坡顶。

乐言找了个人少的角落，面对叶星川说："老规矩，我先讲解，然后实操给你看。"

"好的好的。"

乐言整理了一下语言，说："平行式滑雪有很多要点，我们一个个来。首先，我们要掌握的是平行转弯。不过在学平行转弯前，我们得先学会侧滑，还要做几个小小的练习。"

叶星川一听有好几个要点就有些头大，当听到第一个要点还有几小点时，他更是头大无比。

"开始滑行前，确定臀部对着坡面，滑雪板刃支撑在雪地上……"

乐言一边说一边做动作，尽可能做得慢些，让他更好理解。

乐言侧着身缓缓下滑，叶星川以犁式制动的姿势跟在她身边。

"要停止滑行，臀部向上坡方向移动，滑雪板刃接触到雪面，转换成开始的姿势。"乐言止住身，转头看向叶星川，"听明白了吗？"

叶星川犹豫了一下，点点头："听明白了。"

乐言说："那你来试试。"

叶星川立刻开始照做。

他才做出第一个动作，乐言就说："臀部再往前移一点。不是动你的腰，是动你的屁股。"

叶星川略觉尴尬，他回忆了一下乐言示范的动作，有点不好意思："能再示范一下吗？"

乐言点点头，又做了一次。

叶星川有样学样，这次总算正确了，然后他继续下一步，让下侧滑雪板板面朝下，身体缓缓滑落。

侧滑出一段距离，乐言说："停下吧，转回原本的姿势。"

叶星川立刻停下，转回犁式制动的姿势。

乐言说："侧滑很简单，一教就会。现在我们来做几个小练习，第一个是双手放在髋部的练习。来，先把滑雪杖放到那边去。"

叶星川跟在乐言身后，把滑雪杖丢到角落。

手里没了滑雪杖，乐言开始做动作，同时看向叶星川："先把姿势调整成犁式，把手放于腿部内侧，拉拽大腿，转动腿部……"

"好。"

叶星川学着乐言把双手放在双腿内侧，然后将姿势切换成犁式。

他觉得非常不习惯。

没了滑雪杖，双手也不能用于保持平衡，这很容易导致重心不稳。事实正是如此，刚刚滑出去没几秒钟，他就左右摇摆着摔倒在地。

乐言停在叶星川身边，说："没事没事，慢慢来，刚开始的确会不习惯。"

"嗯嗯。"

摔倒这件事，叶星川已经习惯了。他没坐几秒钟就爬起来再试，然而第二次又摔了，第三次、第四次也不例外，但第五次就好多了，之后的更多次越来越好。

这毕竟只是犁式技术的变种，他之前练犁式技术练了那么久，又有乐言在身边教导，所以他很快就搞懂了技巧，开始进行有效的练习。

叶星川两次从坡顶滑到坡底，乐言终于满意："好了，第一个小练习暂时结束了，不过我们以后要常练。我们现在回坡顶开始第二个小练习吧。"

"好。"

在滑雪这件事上，叶星川基本只有这个字能回答乐言。

回到坡顶，两人先去刚才的位置取回滑雪杖，然后乐言就举起滑雪杖放在身前。

"像我这样，把滑雪杖虚拟成一个面向下坡的窗户，从这个窗户里观察下方的情况。"

举起滑雪杖形成"窗户"很容易，但滑雪的时候始终望向"窗户"外就很别扭了。

叶星川同样不习惯，继而开始出错，而且错得比刚才更离谱。

举起滑雪杖管住了眼睛，就顾不上保持身体重心了，这种情况下当然是摔、摔、摔。

这次乐言就帮不到叶星川了，关系到身体的协调性和一心二用，叶星川得自己慢慢去练习。

一次又一次地摔倒，一次又一次地站起。

就算有最贵、最安全的装备，叶星川也免不了摔得有些痛，估计身上很多瘀青。

他心里忍不住想，自己到底为什么要来受这种苦。想了解滑雪文化，明明有更多更好的方式，他偏偏选择了最难最让他崩溃的一种。

他有点后悔了。

但事实是，叶星川不是半途而废的那种人。既然已经开始，他就不会轻易结束，再难他都要坚持下去。

练了一个多小时，叶星川终于堪堪掌握了要点，不再那么容易摔倒了。乐言看得也有些心累，于是说："这个动作今天先练到这里，我们下次再继续。下面进行第三个小练习。放心吧，这个比较简单。"

叶星川松了口气，看着乐言把滑雪杖放在一边，然后边做边说："把双手分别放置于髋部，看我，没错，跟叉腰差不多。这样你滑动的时候，就能感受到髋部的转动了。"

的确简单。

不就是叉着腰滑吗？比刚才扳着大腿内侧，或者举起滑雪杖简单多了，对叶星川来说甚至算得上放松。

看到叶星川差点露出享受的表情，乐言说："这样主要是让你感受髋部转动的幅度，不要太放松了啊。"

"好。"

叶星川还有些意犹未尽呢，这个动作的练习就结束了。

太容易了。

"好了，我们现在可以开始学习平行转弯了。"

乐言说完，叶星川如临大敌，认真地看着她。

乐言用滑雪杖推动滑雪板到坡面上，面向下坡方向，用滑雪杖支撑身体，示意叶星川看她的双脚："开始滑行前，我们先把楔形滑雪板之间的距离调整得更小一些，然后让滑雪杖离地，自然向下滑行并逐渐加速。"

乐言开始下滑，叶星川运用犁式直滑降紧随其后。

乐言说："记住，要保持滑雪板之间的距离和身体的屈曲，在雪面上滑出一个'J'形来。"

乐言完成了一个平行转弯，侧停了下来，看着叶星川说："要记住，内侧腿永远是上一个回转时靠近上坡位置的那条腿。"

"好。"

叶星川回忆了一下乐言刚才的动作，照着做了出来。

有犁式转弯和前面几个小动作打底，叶星川居然很容易就完成了自己的第一次平行转弯。

与犁式转弯不同，平行转弯由于两块滑雪板平行转向不同方向，带来了极为舒适的流畅感，以及一种叶星川也说不上来的力量感与协调性，让滑雪这件事变得轻松了许多。

乐言看出叶星川在回味，忍不住笑问："是不是很上瘾？"

叶星川说："挺舒服的，上瘾倒没有。"

乐言心里对自己说，不要急。

乐言说："我们继续。"

"好。"

叶星川开始进行第二次平行转弯。

乐言在一旁指导："注意，当外侧腿伸展时，内侧腿弯曲，就像骑自行车时的动作一样。"

"嗯嗯。"

叶星川滑雪时不再那么紧张和手忙脚乱了，竟然能有空回话，而且是真正有意识的回复，不是那种下意识的回复。

乐言看得出他的状态在改变，不由得感到开心。

之后的一个小时，叶星川不停地练习平行转弯，但全都是分拆练习。

乐言说："差不多了，可以开始在滑行中尝试了。"

第 14 章

小情绪

分拆练习式的滑行很容易，速度不快且想停就停，但完整的平行式回转，那得在快速度下激烈转弯。

好在叶星川已经比较自信了，他已经不是前两天的"小白"了！

再次回到坡顶，叶星川信心满满，脑子里全都是乐言刚才的教导。

他停在坡顶雪面上，深吸了一口气，推动滑雪杖向下滑去。

风声呼啸，速度加快。

叶星川没有着急刹车或者转弯。

平行回转是一个循序渐进的动作，速度不能太快，转得不能太突然。

叶星川稳稳地控制着滑雪板，利用髋部转动转移重心，让回转开始进行。

当髋部向前越过双脚时，他发现自己自然地转向了另一边滑行，在同一个角度滑行几秒后，回转结束。

"完美！"

乐言惊喜的声音从他身后响起。

这让叶星川油然生出一种欣喜的感觉，他听得出乐言是在真心夸他。

他不知道的是，现在乐言的心里都有点震惊了。

她完全没想到叶星川真的一下子就完成了平行式转弯。要知道，这可是一个较难的进阶技巧。

她已经做好用一天时间来教导叶星川的准备了，谁知道他就像打通了任督二脉一样瞬间顿悟。

当然不自谦地说，这里面也有她的功劳。

要不是她分成几个步骤让叶星川去练习，他哪能那么轻易地打破所谓平行式之壁？

简单来说，平行转弯的过程大致如下。

先从反弓形起身，重心脚自山下脚换到山上脚，这时保证内外比重约为3:7，同时放平板底，身体倒向山下，随着转弯过程自然立刃，外圈为加强立刃和维持重心再回到反弓形体态。

听起来很简单是不是？可是即便你照着以上步骤，一丝不差地照做，那也是没有任何用处的。

因为平行转弯并不是把上述分解动作顺次做一遍就行了，而是要几乎同时完成所有动作。

我们经常在视频里看到滑雪者平行转弯时动作如行云流水，连贯流畅，潇洒自如，那不是因为他们水平高，而是因为平行转弯就要求滑雪者不拖泥带水，动作一气呵成。

总而言之，叶星川完全不知道自己在这一刻跨越了多么大的困难。

再往下的滑雪道，叶星川继续着平行回转。

穿越窄道时他不再恐惧，过弯时他也牢牢掌控着身体，周围不停俯冲的滑雪者无法影响他的心态。

他用一种堪称完美的平行滑行抵达坡底。

乐言同一时间来到叶星川身边："厉害了啊，你总算敢加速了，我很欣慰啊。你现在有没有那种风驰电掣的激情感了？"

"呃……"叶星川回忆了一下，老实回答，"没有。"

他自认为以他目前对身体的掌控力，其实还可以滑得更快，现在的速度属于非常稳的。

乐言的笑容顿时凝固了，但她很快又笑了："没事，多试几次看看。"

"好。"

这次的"好"有点不一样，乐言没注意到，甚至连叶星川都没注意到，自己的语调似乎提高了一点。

之后，一直到太阳落山前，叶星川持续不停地练习平行转弯，逐渐纠正了一些身体动作上的错误。

这次乐言喊结束训练时，叶星川隐约间有种没玩够的感觉，这让他觉得有些不可思议。

乐言看他回望了两三次滑雪场，忍不住笑道："是不是觉得有点意思了？"

叶星川想了想，点头道："学会之后是觉得有点意思了。"

"越学越有意思，慢慢来吧。"乐言喜滋滋地道，"你的进度还算可以，明天我们继续熟练下平行转弯，然后就可以学习进阶动作了。"

越来越陡的坡道，越来越难学的动作，又开始让叶星川犯怵了。他知道自己终究是要上高级道的，而在那种滑雪道上摔一跤，可就不是在初级道、中级道上那么舒舒服服的摔跤了。他忍不住问："什么动作？"

"卡宾，也叫刻滑，听过吗？"

叶星川听名字就觉得不妙："啊？"

乐言笑说："明天你就知道了，也有可能是后天，看情况吧。"

叶星川点点头："好吧。"

他顿了顿又说："我待会儿可能要休息得久一点，今天摔得有点疼……"

"理解理解。"

经常对叶星川说"摔摔没事""摔摔不疼"的乐言有点心虚。

摔跤哪有真不疼的啊？

从滑雪场回到床上，叶星川整个人瘫着不想动，思绪却非常活跃。

今天不同的滑雪感受，让他对滑雪这项运动有了更深刻的认知，一些原本靠阅读图片和文字获得的信息，也渐渐转化为实物般的灵感。

不过精神没有集中太久，他就觉得阵阵痛楚从全身袭来。他拉起衣袖和裤脚，掀开上衣下摆，果然看见不少瘀青。小时候的恐惧再度浮现在心头，他刚刚才生出的一点兴趣顿时没了。

今晚滕懿麟没再来问东问西，也不知道是想等几天看结果呢还是在忙事情。

叶星川乐得轻松，闭上眼睛打起盹儿来。

今天基本是叶星川在练习，乐言只在旁边看着跟着，基本上没消耗什么体力。她躺在床上莫名开心。

她也不知道自己在开心什么。

忽然，她想起一件事，于是给叶星川发了条微信："我有个朋友说想看你照片，可以吗？"

叶星川隔了一会儿才回复："啊？看我照片做什么……"

今天为了让他搞清楚自己的动作姿势，乐言拍了很多照片和视频。

乐言说："她不相信你这么好看。"

叶星川顿时不知道该说什么了，好半晌才回复："发吧，没关系。"

"好的，嘻嘻。"

征求了叶星川的同意，乐言这才给傅诗发了叶星川的照片。

那是她精挑细选的一张。

傅诗估计在忙，好一阵过去才回复乐言："这谁啊？刚出道的新人？看上去不像啊，年纪大了点，不过长得挺好看的。"

乐言问："就挺好看的而已？"

傅诗："一张照片而已，你想让我怎么评价？这谁啊？"

乐言压抑着心中的得意，回道："我客户啊。"

"啥？你客户？你认真的吗？"

傅诗一连发了多条消息表达心中的震惊。

乐言："嗯。"

傅诗："有点不可思议啊，长这么帅当什么厨师啊，去当偶像啊。"

乐言："估计人家不喜欢吧。"

傅诗："等等，我怎么听出一股子炫耀的味道啊？言言，老实告诉我，你是不是喜欢上他了？"

乐言矢口否认："开什么玩笑！"

傅诗："那你介绍给我吧。"

乐言："你不是刚刚复合？"

傅诗："又分了。别打岔，你不喜欢就介绍给我吧，我喜欢。"

乐言："怎么介绍？"

傅诗："还能怎么介绍，约出来吃饭啊。"

乐言还是那套说辞："我跟他又不熟。"

傅诗："那就去把关系搞好啊，到时候他成了我的男朋友，我还能少你一口饭吃？"

乐言："我怎么觉得你在忽悠我？"

傅诗："哎哟，我的言言啊，我的傻妹妹啊，我在你眼里真是那种抢闺蜜男朋友的人吗？！你可别装了，喜欢就喜欢，喜欢就去追啊。当然我的建议是，你主动释放点可能性让他来追你。我倒不是说女生主动有什么问题，但是前车之鉴就摆在这里，你懂的吧？"

乐言知道傅诗那些事儿，有点犹豫："我真不喜欢他……顶多算是有点好感吧。"

傅诗："有好感就够了。没问题的！"

乐言："那要怎么开始啊？"

傅诗气得直咬牙："我也就谈过一次恋爱而已啊！你问我我怎么知道！手机干什么用的？查去啊。"

乐言："……再说吧。"

傅诗："嗯，也不能逼你逼得太紧了，你是该冷静一下缓一缓。如果让对方觉得你很喜欢他，你下场不会太好。稳住，我们能赢！啊，又要忙去了，等忙完这阵，我就来帮你攻下这个男人！"

乐言："去吧去吧……"

锁上手机，乐言躺在床上，呆呆地望向天花板。

唉，自己明明只是对叶星川有一点好感而已，怎么莫名其妙就被傅诗忽悠到要追他的地步了呢？

不行不行，才认识多久啊，自己对他一点了解都没有。

乐言觉得自己是该冷静一下了。

过了一会儿，约定的时间到了，乐言和叶星川在走廊碰面，然后一起去吃晚饭。

这几天实在是太累了，叶星川没办法自己做饭吃，不得不将就一下滑雪场内一言难尽的饭菜。所以如果有人挑食，实际上就是还不够饿、不够累，真正饿了、累了，吃大白馒头都会觉得很香。

　　吃饭的时候，叶星川注意到乐言的情绪又变了，她没有白天那么开心了。

　　不开心时的乐言笑得比较少，也没那么爱说话了，或者说没那么爱主动找话了。

　　女人心，海底针啊……

　　叶星川着实搞不懂，也没心思去搞懂。

　　吃完饭，两人各自回房睡觉，第二天起床后去雪具大厅换装。

第 15 章

错误示范

今天的雪具大厅依旧人声鼎沸，来自各地的游客兴致勃勃地聚在一起闲聊，对即将到来的滑雪之旅表示期待。

人群中有一对男女。

男生身材高大，长相周正，像极了新闻里常出现的那种面孔。

女生不算大美女，但巴掌大的脸庞、娇小的身材、出众的气质很是吸引周围男性的目光。

如果叶星川在这里，肯定一眼就能认出来，这两人正是他的好友吕佳明和吕佳明新交的女朋友小雅。

两人正在聊天。

小雅左顾右盼，神情有点紧张："我们这样会不会不太好呀？"

吕佳明理直气壮地说："哪里不好了？我只是没告诉他我也来了而已。再说了，我来这里又不是专门监视他的，我也是来滑雪的啊！"

小雅差点翻白眼："我服了你。"

吕佳明语调一低："嘿，我这不也是为了帮他吗？就他那样，万一真错过了良配岂不可惜？"

小雅抱着双手："行行行，你怎么都有理。"

"我看到他们了！"吕佳明忽然一脸惊喜地望着不远处，"行啊！救兵那小子没骗我！长得是真好看啊。"

小雅忽然笑了："哦，有多好看？"

吕佳明猛然警醒，转过头望向小雅，嘻嘻一笑："也就那样吧，不及我女朋友美貌之万一。"

小雅依旧在笑："呵呵，是吗？我觉得你心里可不这样想啊。"

"哎哟哟，小雅啊，正事要紧！正事要紧！"吕佳明心虚得不行，"低头，先低头。"

这时，叶星川和乐言从西入口走进来，离他们很近，不经意间可能就会看见他们。

"低什么头，把滑雪镜和头盔戴上不就行了。"小雅看白痴一样看了吕佳明一眼。

"嘿嘿，是呢。"

吕佳明"强行降智"的行为，成功转移了小雅的注意力。两人把头盔和滑雪镜戴好，大摇大摆地跟在叶星川和乐言身后。

小雅看着两人的背影，感叹道："你还别说，看起来真挺配的。"

吕佳明"嘿嘿"一笑："哪有我们配啊！"

小雅"哼"了一声："油嘴滑舌。"

"他们俩关系不错嘛，"小雅说，"一路都在聊天。"

吕佳明翻了个白眼："岂止不错，我看叶星川那张老脸都快笑出褶了。"

"……"

小雅很想说：叶星川都老脸了，那你这张脸算什么？但吕佳明毕竟是自己男朋友，她忍住了没有说。

两人就这样跟在叶星川和乐言的身后进了滑雪场，又坐拖牵上了中级道。

一路上，两人都跟得很近，但全副武装之下，叶星川没有认出他们来。

吕佳明感慨道："这进度可以啊，都上中级道了。"

"上中级道不是很正常吗？"小雅说。的确很正常，有些胆子大的游客不会犁式刹车都敢上中级道滑雪。

"那你也得看是谁啊！在滑雪这种运动面前，叶星川胆子小得很。"吕佳明说，"也不知道那个叫乐言的究竟有什么魔力。"

"我看他们有戏。"小雅说。

"希望吧，希望叶星川那小子不要整什么幺蛾子。"吕佳明说。

一整个早晨，两人都跟在叶星川和乐言身后，深感无聊。

叶星川一直在温习前几天学的东西，尽可能让动作标准流畅，平淡到了极点。到后来，吕佳明实在看不下去了，就自己跑去滑雪了。

其实，他的技术也没有多好。平时工作忙，他只当滑雪是一项业余爱好，上次来滑雪场都是一年前了。

不过就算这样，他还老想在小雅面前露一手。

下午吃完饭，四人一起回到滑雪场坡顶。吕佳明不再去看叶星川了，而是站在坡顶看向小雅，下巴一扬："看着点，哥给你露一手！"

"行了吧你，可别摔了。"小雅跟吕佳明在一起不久，但知道他的性格。

吕佳明潇洒回头，滑雪杖一推，向下滑去。

他没有用犁式姿势，迎着风速度飞快，然后重心偏移，开始刻滑。可才转出一个弯，他忽然看见前面有一个雪包，仓促之下难以调整，居然就这么一头摔下去了，翻滚出好几圈，倒挂在护网上。小雅忙滑过去查看他的情况。

与此同时，乐言正给叶星川介绍刻滑呢，忽地看见吕佳明正在刻滑，于是说："看见没，那个人就是在刻滑，注意他滑雪板侧面在雪面上留下的弯曲弧线轨迹。"

叶星川顺着她手指的方向望去，只见吕佳明飞快地进行回转下滑，可下一秒钟，他忽然头朝下，猛地翻滚出好几圈，滑雪板缠绕在护网上。他开始挣扎起来，可无论怎么挣扎，他都牢牢地高挂在护网上，要多狼狈有多狼狈，最后只能像根香肠似的挂在那里。

乐言收回手指，面不改色地说："嗯，看见没，那个就是错误示范。"

叶星川看见吕佳明像鸟一样飞出去的时候，已经吓得脸色发白。

"别紧张，别紧张。"乐言看出叶星川的状态不对，忙说，"学刻滑嘛，摔个十几次那都是正常的，摔五六次就学会那算是有天赋了，特别有天赋的甚至只摔一次。"

叶星川咽了下口水，看着乐言说："我算是很有天赋的吗？"

其实以他的性格，正常情况下绝对问不出这种话，可他现在紧张得已经有点失了理智。

"你算是很有天赋的。"乐言说，"像你这么有天赋的学员还蛮少的，我教过的只有那么三个。他们三个都只摔了一次，然后一个月就出院了。"

"……"

叶星川哭笑不得："你这到底是安慰我还是吓唬我啊？"

"哈哈哈，开玩笑，开玩笑。"乐言说，"真的别太紧张了，紧张也是滑雪一大障碍。"

"嗯嗯。"

乐言的笑话虽然冷，但总算是转移了叶星川的注意力，让他的紧张稍微少了些。

见叶星川不再那么紧张兮兮地总是往滑雪道上望了，乐言才继续说："刚才那个人的滑雪板是老式的，你的是新型的，板腰部分的弧度更大，具有更大的转弯角度和更强的抓地性，简单来说，就是能让你刻滑的时候更轻松。"

叶星川低头看了一眼滑雪板，心中安全感满满。

乐言滑到坡道边缘，转头看向叶星川，说："老规矩，在学习刻滑前我要先教你一些练习和分解动作，跟在我身边看。"

说完，她给了叶星川几秒反应时间，就朝滑雪道上滑去了。

她边滑边做动作，边向叶星川解说。

另一边，吕佳明已经在小雅和滑雪场救援人员的帮助下从护网上下来了。

"刚才纯属意外，你看见了吧，多大一雪包啊！我得投诉，回头我就去投诉滕懿麟，这滑雪场安全怎么搞的啊！"

吕佳明心虚得很。他以前可是滑高级道的，高级道坡度大，弯道又窄又多，雪包也很常见，怎么这就翻车了呢？

这还能说明什么？说明吕佳明基础不过关，去高级道也是强行去。小雅技术其实比吕佳明好，但她看破不说破。

因为刚才那一跤摔得实在有点惨，吕佳明都没心情去看叶星川和乐言了，只想着证明自己。回到坡顶后，他开始第二次下滑。

他才刚刚下滑，正教导叶星川的乐言忽然又指向他，说："在回转中，因为没有倾斜到位，很多滑雪者都没法保持正确的角度。你看那个人，那是一个标准的错误示范，他身后的雪线都歪歪扭扭的。"

叶星川顺着她的手指望去，觉得那个身影越看越眼熟，但他没有想太多，就把注意力放到雪线上了。

乐言说："身体上的阻碍来源于髋部，他的轨迹之所以凌乱，是因为髋部动作没做对。

"我有一个提高髋部关节灵活度的方法。你看我，注意细节。在回转的时候把手放在外侧髋部用力按住，这个动作可以让髋部向回转内侧方向移动，同时增加腿部倾斜及板刃倾斜的角度。"

这不就是单手叉腰吗？叶星川暗想。

单手叉住髋部外侧，双腿屈曲向外，从叶星川的角度来看，这动作说实话有点扭曲，但放在乐言身上却有种莫名的美感。

乐言停下滑行，转过头看叶星川："你来试试。"

"嗯。"

叶星川有样学样地叉住髋部，摆动身体滑行起来，顿时觉得极其不适应。

扭着腰，按着髋，让他很难跟平时一样保持平衡，稳定重心，虽然不至于摔倒，但滑动起来歪歪扭扭的简直没法看。

乐言想了想，上去帮他纠正动作。

这时，吕佳明刚刚滑完一圈坐拖牵上来，看到这一幕顿时有点惊讶。

小雅"啧啧"道："我觉得这妹妹对叶星川也感兴趣啊。"

"意料之中，这大概就是长得帅的烦恼吧。"吕佳明想用手拨弄拨弄自己的头发，但头发被头盔挡住，他失败了。

小雅笑了一声，又开始和吕佳明滑起雪来。

然后乐言又注意到了吕佳明。

"那个人错误好多啊，正好当你的错误模板了。"乐言说。

"他又哪儿错了？"

"出发的站姿不太对，那样容易失去重心。"

吕佳明侧滑的时候，看见不远处的乐言和叶星川在指着自己，还以为叶星川认出了自己，心里一惊，顿时重心不稳。好不容易调整过来后，突然发现正前方有个大叔正直挺挺地站着，自己再转弯侧摔或者避让已经来不及了。他只能朝大叔撞去，双手胡乱挥舞的时候还恰好抓住了大叔的屁股，场面尴尬到了极点。

"……"

叶星川和乐言齐齐收回了目光。

不忍直视啊……

第 16 章

潜台词

　　有一个完美的错误模板，叶星川在学习过程中规避了许多麻烦，然后乐言就给他展示了一次完整和完美的刻滑。

　　乐言刻滑时动作流畅美妙，跟吕佳明不可相提并论，叶星川非常吃力才能跟在她身后，虽然她已经尽量减缓速度了。

　　远远看着乐言，叶星川觉得她不是在滑雪，而是在悬浮下落，给他一种艺术的美感。

　　她完全不像他那样在和雪较劲，所以看起来毫不费劲。

　　等到了坡底，两人到休息处坐下。

　　乐言把挂在叶星川头盔上的运动相机摘了下来，打开视频，指着里面的自己给叶星川讲解。

　　有不懂的地方，叶星川一一提问。乐言全部记下，第二次刻滑的时候着重展示了一下。

　　两人贴近身子看视频的时候，吕佳明和小雅也坐在不远处休息。

　　连续两次摔倒后，吕佳明的自信心受到了极大的打击，他不准备再上滑雪道了，打算在坡底等着。小雅陪了他一会儿就自己滑去了。

　　之后的一个小时，乐言一共做了五次示范，叶星川终于表示自己大概明白了。

　　也只能是大概，这种东西光靠看是不可能完全明白的，必须亲自去尝试。

　　尽管心中有着恐惧，但叶星川还是和乐言到了坡顶。

　　依然是中级滑雪道，可叶星川站在坡顶看向下方的时候，又有了头一次面对它时的那种紧张感。

　　他心里知道刻滑的难度要大于平行转弯，摔倒的概率和力度也都会更大。

他握住滑雪杖的手掌全是汗，把手套都浸湿了。

他不停地深呼吸，可还是没法完全平静。

"加油。"乐言忽然在他身边低声说。

"嗯……"

叶星川转头看了她一眼，信心不是很足地应了一声，又转回了头。

"按照我们的训练内容来，不要紧张不要慌，你想想你之前已经成功了那么多次。"乐言继续为他鼓劲。

"嗯……"

叶星川闭上眼睛，最后长长地呼出一口气，推动滑雪杖缓缓下滑。

坡顶的风很大，他下滑时更是"呼呼"地在他身边尖啸。

速度渐渐加快，叶星川的脑海里开始回忆和浮现出刻滑的要点来。

"回转开始前，身体保持向前，把滑雪板弯曲成拱形。

"回转开始后，重心自然偏向滑雪板后方，进行弧形回转。

"转弯结束的时候，压力作用于前方滑雪板，让滑雪板在压力下弯曲，进行相反角度的弧形回转。"

理想很丰满，现实很骨感。

所有的技巧叶星川都牢记在心了，可他才开始第一个回转，就因为重心太朝前，没控制住身体，一头朝前狠狠地摔了出去。

叶星川下意识地用双手护住头部，在雪面上滑出了好长一段距离，右脚的滑雪板也飞了出去。他整个人趴在雪面上，只觉浑身血气翻腾，脑子糨糊似的混乱不堪，眼前也是模糊一片。

乐言两秒后就到了，脱掉滑雪板蹲在他的身边，可她说的话他根本就听不清，脑子嗡嗡的，过了好一会儿才缓过来。

终于能听清楚乐言的话了，叶星川忙向她摆手："没事，没事，只是一下子摔蒙了。"

"那还没事？你有觉得哪里很不舒服吗？要不去检查一下？"乐言拍了拍叶星川身上雪多的地方。

"真没事……"叶星川感受了一下，认真道。

"那你站起来走动两步。"乐言见他神志清晰，提议道。

"嗯……"

叶星川点了点头，在乐言的帮助下脱掉另一只滑雪板，慢慢站了起来，活动了两下。

看叶星川真没什么事，乐言这才走向一边捡起叶星川脱落的那只滑雪板，再搀着叶星川走到滑雪道边缘靠近护网的地方。

叶星川一屁股坐在雪地上，低着头喘着气。

刚才那一下真把他摔得够呛。

"缓一会儿，缓一会儿。"乐言在一旁安慰道。

叶星川的确缓了好一会儿，脸色才渐渐恢复正常。

"还来吗？"

乐言遇到过不少学员，在摔了一大跤之后就打退堂鼓了。

刚才那一跤是真摔疼了，但叶星川也真没不学了的意思。

他不是那么容易放弃的人。

"再来一次。"叶星川闷闷地说。

乐言犹豫了一下，说："我们再做点基础练习吧。刚才你滑的时候我在后面看了，有点小问题。"

"嗯。"叶星川沉默了两秒，点了点头。

再次回到坡道，望着下方陡峭的滑雪道，即便知道自己可以不用刻滑，叶星川也难免生出了恐惧心理。但他最终还是滑了下去，脑海中尽是之前学习过的动作和技巧，滑行得也很正常。可快要到达窄道部分的时候，他忽然停住了。

看见叶星川停在窄道前，乐言心想："坏了。"

在学滑雪的过程中，摔跤的确是常事，但有时候摔得重了，摔伤了，是会留下后遗症的，有身体层面的，也有精神层面的。

叶星川本来就有小时候留下的心理阴影，现在再摔怕了，以后进阶过程将会困难重重。

乐言以前教过一个学员，由于对坡度和速度的恐惧，那个学员基本上转一个弯就与坡平行停下，再次起步的时候，他还会缩短往下直冲的距离，起步就摆出犁式姿势，迅速转过这个弯又停下来以控制速度，由此形成了一个恶性循环。长此以往，精神和肌肉记忆都让他抵触快速和连续的转弯，尤其是在坡度较大的情况下。

"先下去吧。"乐言来到叶星川身边，她看不清他的脸色，但想必有些苍白。

叶星川减小滑雪板的角度，开始以犁式姿势缓慢下滑。

"我刚才是怎么了？"来到坡底的安全区域后，叶星川问乐言。

"没关系，很正常。"乐言安慰说，"这是学习滑雪过程中很正常的情况。我们继续加强基础训练，找回自信就可以了。"

叶星川沉默了片刻，也不知道该说些什么好，只能低声"嗯"了一声。

乐言说："还是从平行转弯开始。平行转弯的身体屈曲度和很多要点都和刻滑很像，只要掌握了重心和滑雪板的角度，就不会再出现刚才的问题了。"

"好。"叶星川点了点头。

之后的半个下午，叶星川一直在进行平行转弯的练习以及那些分解动作、各关节部分的练习，心中的恐惧渐渐减少。不过，这仅针对平行转弯和正常滑行，刻滑和坡度更大的高级道的滑行依然宛如魔障一样萦绕在他的脑海中。

直到一天训练结束，叶星川都有点没精打采的。

乐言忍不住想问叶星川是不是要放弃了。她心里有种说不清道不明的滋味儿。

如果他放弃的话，自己之后岂不是没理由和他见面了？

不过如果他这样就放弃了，自己何必对他抱有好感呢？这才多大点挫折啊。

乐言知道这样是不行的，她想了想，提议道："今天天气不错，要不我们去看夕阳吧。"

"啊？"叶星川没反应过来。

"走吧。"乐言这时已经摘掉了头盔，马尾辫一甩，就朝高级道的缆车走去。

叶星川有点莫名其妙，但还是跟在了乐言的身后。

坡底的吕佳明和小雅以为两人要各自回房了，没想到两人居然朝缆车走去，他们对视一眼后，决定跟上。

天马上就要黑了，滑雪场也要关闭了，坐缆车上山的游客很少，四人都是两两一缆车。

缆车越来越高，视野越来越开阔，但缆车里气氛有点尴尬。乐言没有尝试打破沉默，叶星川也不知道在想什么。

好一会儿过去，缆车终于到站了。

这里是滑雪场的制高点，有一片宽阔的平地，也是叶星川最初设想的邀请会举办的地方。

巧了，今天正好来看看。

这时，太阳已经快落山了，橘黄色的阳光洒落在雪地上，煞是好看。

乐言望着群山尽头昏黄的光芒，背着身道："你还好吧？"

叶星川怔了一下，有点没反应过来："挺好的啊。"

乐言转过身，认真地看着叶星川："真的？感觉你不是很开心。"

叶星川说："摔那么大一跤，我要是嘻嘻哈哈的，岂不是成一傻子了？"

乐言笑了："也是。"

她忽然轻松起来："看你这么轻松地跟我开玩笑，那我就放心了。我还以为你要放弃了呢。"

叶星川认真道："没有的事。我既然来学了，学不好是不会走的。"

乐言笑道："那就好。明天咱们还是继续学习。今天是我太心急了，你这个重心的确有点问题，但今天练了一下午，已经越来越好了。"

叶星川说："听你的。"

乐言忽然想到傅诗之前跟她说的一句话，犹豫了一下，笑说："怎么什么都听我的？哈哈，那待会儿吃饭点什么菜也听我的吗？"

叶星川毫不犹豫："都听你的。"

乐言也不知道叶星川听没听懂自己的潜台词暗示，想了会儿才说："那一会儿我想吃你做的饭。"

叶星川苦笑一声："今天实在是摔痛了，明天，行吗？"

乐言拍掌道："那就这么说定了。"

叶星川也笑道："好。"

乐言有点不好意思："你答应得这么爽快，我都有点不好意思了，感觉这么做是不是不太好。要不下次我也给你做顿饭吧？对！我也给你做一顿吧！"乐言忽然来了极大的兴致。

第 17 章

意外

乐言其实很少做饭，或者说不会做饭，但叶星川在她身边，应该是可以稍微指点一下的吧？

"……"

叶星川也不知道乐言是在报恩呢，还是在报复，只能回一句："我觉得可以。"

乐言兴致勃勃地问："那你喜欢吃什么啊？"

叶星川饶有兴趣地道："你会什么？"

乐言兴奋地道："我泡面煮得不错！西红柿鸡蛋面也可以，还会蛋炒饭！"

"……"

叶星川无言以对，沉默两秒后才说："行吧。你还是直接跟我说你想吃什么吧。"

乐言眼睛都亮了："那我想吃的可多了。"

叶星川微微一笑："那你慢慢想，想到了告诉我。"

乐言："嘻嘻，好。"

看着乐言笑靥如花的样子，叶星川的心思开始发散起来。

乐言这是什么意思？

他虽然恋爱经验少，但不等于完全没有谈过恋爱，也不等于一点也不了解女人。

刚才乐言话里话外的意思，可让他有点误会啊。而根据滕懿麟时常在群里透露的经验来推断，女生一旦让男生有这种感觉，多半是主动释放的，当然前提是男生不自以为是，而是根据实际情况来确定。

"她对我有好感？"

叶星川得出这样一个结论后沉默了很久，他在想要怎么回应乐言，以后要怎么面对她。

当然，现在想这些其实还很早，乐言对他也只是有好感而已，如果他今天放弃学滑雪，他相信乐言那点好感肯定会立刻消失。

叶星川想了许久，确定自己并不排斥乐言，甚至也对乐言有些好感。人毕竟是视觉动物，叶星川也不能免俗。而且从这些天的相处来看，乐言的品性很不错。

只是……

"欸，等等。我在想什么呢？"叶星川忽然警觉，他闭上眼睛，强行把这些念头甩在脑后。

还是不要想太多了，走一步看一步吧，这才认识几天啊。

天色渐渐暗了下来，但两人都默契地没有提下山的事，而是找了个地方坐下来，尽管山顶风很大。

两人就像朋友一样聊天。

乐言在说自己之前教过的一些学员。

"有一个南方来的学员，她在见我那天之前都没见过雪，你不知道，她头一回见到雪的表情特别有意思！

"有个非洲来的学员，好像不怕冷一样，来滑雪只穿了条单裤，看得我浑身直哆嗦。

"还有个北京来的女孩儿，她非要跟我滑野雪打雪仗，还真别说，她砸人可真准，一看就练过，我猜她男朋友没少遭殃，哈哈哈。"

看着身边兴致勃勃讲述的乐言，叶星川也忍不住笑了起来。

她好像又开心了。

叶星川想起昨天晚上和今天白天乐言的状态，心里忍不住想：究竟是什么事才能让一个女生情绪起伏这么大呢？

两人不知道，他们在山顶的一举一动，全都在小雅和吕佳明的眼皮底下。

小雅和吕佳明观察了许久，最终都断定："这两人绝对有戏！"

这还用说？如果是正常的教练和学员关系，谁会在太阳落山的时候约着来看夕阳聊天？吕佳明已经迫不及待想要在微信上逼问叶星川了，还想赶紧去和滕懿麟八卦一番，可惜啊，现在手机不在身边。

"暧昧期真是让人心动啊，这么冷的天，这么大的风，也不知道他们两个怎么忍得了。"吕佳明被冻得打了个哆嗦。

"呵呵，怎么的，热恋期不喜欢？那我们回归暧昧期呗。"小雅忽然冷笑道。

"哪有的事，哪有的事。"吕佳明心知说错话，连忙改口。

之后他们又在山顶等了十来分钟，看见叶星川和乐言起身要走，他们忙转过身，先两人一步坐上缆车下山。

下山后，叶星川和乐言各自回房，却继续在微信上聊着天。

这还是头一次。

以前他们吃完饭回房可就没怎么再说话了。当然，训练完一起去山上看夕阳聊天也是第一次。

经过这件事，他们都感觉不一样了。

今天傅诗和滕懿麟也都没烦他们，留给了他们充裕的时间，但吕佳明忽然给叶星川发来了消息。

"可以啊，你们这关系发展够快的啊。"

叶星川一头雾水地回复："什么啊？"

吕佳明："嚯，装，你再装！"

叶星川："我装什么啊？"

吕佳明："山顶，散步，夕阳。"

"……"

叶星川："你怎么知道？"

隔了一会儿，他恍然大悟："你跑滑雪场来干吗了？"

吕佳明："滑雪场是干吗的？滑雪的。我怎么就不能来了？"

叶星川："……行吧。那你是怎么知道我们在山顶的？"

吕佳明："早晨在大厅就看到你俩了，嘿嘿。"

叶星川："合着你跟踪偷窥我来着？"

吕佳明："嘿，关心下朋友的感情生活，那能叫跟踪偷窥吗？这是关心！关心，懂吗？"

叶星川："……行吧。你关心出个什么来了？"

刚发完上一条消息，他如梦方醒："等等。我下午就一直觉得眼熟来着，摔护网上那个人就是你吧？"

吕佳明："你瞎说什么呢？可能是我吗？以我的技术能跟你在中级道吗？我下午一直在高级道呢。"

叶星川："小雅可不是这么说的。"

吕佳明："嘿，小子，诈我是不是？你哪来小雅微信号的？真当我蠢吗？"

叶星川："反正没聪明到哪儿去。"

吕佳明："别扯这些没用的。说你呢，发展得够快的啊。"

叶星川："没有的事，就是随便走走，随便聊聊。"

吕佳明："信你才怪！我看人家姑娘挺好的，长得挺好，脾气也挺好，你这么笨，人家都不生气急眼的。差不多得了啊，准备什么时候表白啊？"

"……"

叶星川："你想太远想太多了，洗洗睡吧。"

吕佳明："得，回避问题！明天咱们当面再聊。"

时间挺晚了，和乐言的聊天也到了尾声，手机屏幕渐渐暗淡，叶星川躺在床上，思绪纷飞。

滕懿麟和吕佳明的说法，再加上乐言平日里的表现，真让他有点迷糊了。

"难不成她真的喜欢我？

"那我呢？我喜欢她吗？"

叶星川想了许久都没想出个所以然来，最后只能赶紧睡觉。

他还是那句话，走一步看一步。

第二天，叶星川起得有些晚了。昨天晚上他想太多，有点失眠，最后快一点了才睡着。

很巧的是，乐言也起晚了。两人出门在走廊遇见时，看见对方隐约可见的黑眼圈，都忍不住笑了。

乐言说："走吧，今天练习一早晨，下午我们再试试。"

叶星川语气坚定："行！"

他的自信心又恢复了不少。

昨天晚上，乐言为了帮他恢复自信心，可是找了不少励志的滑雪视频发给他。

那些视频里的人有下身残疾的，也有手臂残疾的，他们都能掌握重心，凭什么自己不行？叶星川虽然不喜欢滑雪，但更不喜欢放弃。

去滑雪场的路上，叶星川对乐言说："我有件事儿要跟你说。昨天我有两个朋友跟了咱们一天，他们也没别的意思，就是想看我学得怎么样了。"

乐言怔了一下："啊？"

叶星川说："待会儿可能会遇到他们，你介意吗？"

乐言说："这有什么，没事。"

一早晨的时间转眼就过去了，吕佳明和小雅却没有露面。

中午吃饭的时候，叶星川才打开微信问吕佳明。

吕佳明："想了下，八字还没一撇儿呢，再等等吧。我在高级道玩呢。"

实际上他是找不到备用的滑雪服了，他有洁癖，不想租公共的，熊猫滑雪俱乐部也没他的号了。万一被叶星川和乐言认出他就是昨天那个摔得挂起来的人，那他丢人可不丢大了？

叶星川懒得理他，和乐言吃完饭又回到坡顶。

尽管昨天晚上和今天早晨，叶星川内心都燃着一团火，可当站在坡顶向下望的时候，他还是瞬间就透心凉了，但他没有打退堂鼓。

他冷静下来了。

"呼！"

叶星川转头看了眼乐言，长长地呼了一口气，推动滑雪杖向下滑去。

滑雪板角度平行，速度飞快。乐言跟在他的身后，看到这一幕忍不住开心起来。

叶星川开始重心前压，把滑雪板压成拱形了。

他开始转弯了。

雪地上出现刻滑轨迹了。

前方是一个窄道，因为刚刚吃完午饭，正是人多的时候，但叶星川一点都没有刹车减速的意思。

下一刻，他一个漂亮的回转，成功通过窄道。

乐言忍不住笑。

窄道之后是短暂的直线，然后是一个弯道。

叶星川的速度还是很快，太快了。以他现在的姿势，恐怕很难正常转弯啊……乐言心中有了不祥的预感，叶星川好像被她激励得自信过头了，或者说为了达到目的勇敢过头了。

她立刻加快速度，并且大声提醒叶星川。可正在这时，她看见叶星川下方不远处有一个鼓起的雪包。

叶星川看见了雪包，也听到了乐言的喊声，但已经来不及了，他只能尽可能地减慢速度往前冲。

滑雪板上翘，叶星川腾空而起。他牢记乐言的教导。

重心、姿势、屈曲度……

一个又一个名词在脑海中闪过，叶星川"砰"的一声落地，晃荡了一下，但依旧稳稳地滑了下去。

这时乐言也来到了叶星川的身边，看到这一幕不由大吃一惊。

叶星川转头望向她，心里有点激动，脸上浮现出笑容，可他的笑容才浮现就凝固了。

他大声朝乐言喊道："小心！"

第 18 章

受伤

听到喊声时，乐言心中"咯噔"一下，但她来不及做出任何反应。

此时在她身后，一道身影正飞快地笔直冲下，即便正前方有人，他也没有刹车和转弯的迹象。

他不是不想，而是做不到。

不管是初、中级道还是高级道，经常能遇到这种没有责任心和没有技术的"雪场鱼雷"。

如果是正常情况下，乐言很轻松就能避开他，可刚才她的注意力全都集中在叶星川身上，导致她的反应速度大减。

眼看乐言就要被那道身影撞倒，叶星川忽然一个侧身朝她撞去，紧跟着两人同时失去平衡，在雪地上翻滚了几圈，沾了满身污雪。

与此同时，那道身影与叶星川擦身而过。

"啊！"

叶星川发出一声痛呼。

乐言刚刚结束翻滚，立刻蹬掉双板，快步走到叶星川身边，低头上下查看，语气焦急："撞到哪了？没事吧？"

"腿。"

叶星川躺在雪地里，艰难地直起上半身，抬起酸麻的右手，指向自己的小腿，然后又躺倒在雪地上。

乐言顺着叶星川的手指望去，看到一道触目惊心的污痕，显然是滑雪板划出来的。

乐言顿时一阵担心。高速状态下的滑雪板极其锋利，不亚于开封的砍刀。她曾亲眼见过一次碰撞，被撞者被滑雪板划过脸部，造成穿透伤，里外缝了三十多针，导致永久性毁容。

由于滑雪服很厚，不能确定撞击的确切角度和力度，现场又很难脱下裤子查看伤口，乐言也不知道叶星川伤没伤到骨头。

乐言低着头，很是自责。

"你没事吧？"叶星川虚弱的声音忽然响起。

乐言眼圈立刻红了："我没事。都怪我刚才太不小心了。"

叶星川忙说："没有，是我的错，是我吸引了你的注意力。"

乐言伸手揩了揩眼角说："你别安慰我了……"

叶星川怕乐言过于自责，心里有点急，这种情况下，他甚至感受不到疼痛了。他半撑起身，看向她说："没有安慰你，我是认真的。"

就在两人争抢责任的时候，一辆雪地摩托轰鸣着来到近处，车主是巡视场内的救援人员。

他飞快地跳下摩托，蹲在叶星川面前，抬头看了看两人："伤哪了？"

乐言替叶星川指了指伤处："小腿。应该是被板子划到了，不知道伤没伤到骨头。"

救援人员听了，立刻说："搭把手，抱他上来。"

"好。"乐言说，"我抱上身吧。"

"嗯。"救援人员没有异议。

"忍着点啊。"

乐言低头看了看叶星川。

"没事。"

叶星川这时已经在救援人员的帮助下摘掉了头盔，大冷的天，他的额头却微微见汗。

冷汗。

这是疼的。

乐言伸出手抱住叶星川的腰，救援人员则抱住他的大腿和臀部，小心翼翼地把他放在雪地摩托后座上。

虽然两人都很专业而且小心，但叶星川仍然感觉小腿一阵锥心的疼，他骤然脸色苍白，紧咬着牙关，后背都湿透了。

终于把叶星川放在座位上固定好了，救援人员骑上摩托，转头看向乐言："你是他女朋友吧？我先带他去医务室，你知道在哪吗？"

乐言没空纠正救援人员对她身份的误会，点点头说："知道。"

"那好。"

救援人员回过头，发动雪地摩托向坡下开去。乐言则蹬上滑雪板，紧随其后。

至于导致事故发生的"雪场鱼雷"，已经由另一个工作人员对接了，怎么划定责任和怎么赔偿，都是之后的事。

滑雪道上游客众多，雪地摩托没法儿开太快，但仍然超越了许多飞驰的游客，乐言动作流畅的身影紧跟其后，煞是引人注目。

注意到四周游客的目光，叶星川转头看去，对乐言的滑雪技术有了更深的认识。

几分钟后，三人一起来到医务室大门口。

熊猫滑雪场占地极大，有十数条滑雪道，每日接待游客两万余人，配套的医务室也很大，几乎相当于一所乡镇医院，时刻都有人进出。

来之前，救援人员已经通过对讲机描述了情况，医务室的医生和护士都在门口等着呢，见载着叶星川的雪地摩托停下，立刻把他抬上救护床运进医务室。

乐言抱着双板和头盔，满头大汗地跟在救护床后面。

叶星川透过医生和护士之间的缝隙看到乐言，扯动了一下嘴角，笑道："没事的，已经没那么疼了。"

乐言抿了抿嘴，没有说话。

不多时，一行人来到病房前。

"你先在外面等等吧。"

负责给叶星川治疗的是一个中年女医生，她转头对乐言说了一句。

"好。"乐言喘了口气，点点头。

护士把叶星川推进房间后，中年女医生关上门，走到他面前，低头看了看，问："划伤的？"

"嗯。"

中年女医生说："我把裤子给你剪了啊。"

"好。"

得到叶星川的同意后，中年女医生用剪刀把伤处附近的滑雪裤剪破，露出已经被鲜血浸湿的速干裤。

中年女医生看了看，抬起头说："我先清理一下，有点疼，你忍着点。"

"嗯。"叶星川有气无力地应了一声。

中年女医生去取了消毒用品，很快回来帮叶星川清理小腿，其间叶星川不时倒吸凉气，额头的冷汗止不住地流。

五分钟后，中年女医生终于清理干净，露出小腿的伤口。叶星川低头看了看，又飞快收回目光。

中年女医生先是看了看，又伸手轻轻按了按："疼吗？"

"疼。"

"这里疼吗？"

"疼。"

"那这里呢？"

"不疼。"

"没伤到骨头，就是磕到了，休息几天就没事了。"中年女医生说，"我给你包扎一下就可以走了。"

叶星川松了口气，说："谢谢医生了。"

"没事。"

中年女医生说完就去忙了。

乐言坐在病房门口的长椅上，心情很差。面对现在的局面，她很自责，既担心叶星川的伤势，又担心之后叶星川不愿意再学滑雪了。

等待的时间总是过得极慢，也不知道过去多久，门终于开了。

中年女医生走到乐言面前，递给乐言一张单子："去缴下费，把药拿了。没什么大事，我给他包扎一下就能走了。"

乐言长长舒了口气，她站起来朝女医生说了句"谢谢"，这才接过单子朝收费处走去。她边走边掏出手机，微信有新消息，是叶星川发来的。

"麻烦你了，多少钱一会儿我转你。"

乐言："没事，也不是我给，今天这种情况，那个人负主要责任。"

乐言顿了顿，继续打字："滑雪场也要负点责任，中级道出现那么大的雪包，是清扫员工的失职。另外我也有错，我反应不该这么慢的……"

叶星川："没事没事，你别再把责任往自己身上揽了，再这么说我可要不高兴了。"

乐言："好吧……"

叶星川："看样子接下来有一阵子没法儿学了。"

乐言："医生说要多久，大概？"

叶星川："快的话一周吧。"

乐言："那你之后还来吗？"

发出这句话的时候，乐言紧紧握住手机，目光盯着手机屏幕。

一分钟过去了。

两分钟过去了。

三分钟过去了。

叶星川一直没有回复。

乐言的心渐渐沉了下去。叶星川这么久不回复，应该是在组织语言，告诉她自己要退出了吧。

在乐言看来，叶星川学滑雪本来就是一时兴起，像这种学员她经常见，叶星川伤这么一次，想退出也不奇怪。

又等了两分钟，乐言心里忽然有点难过，她不再等待，收起手机专心排队缴费。

几分钟后，轮到她了。她把缴费单递给工作人员，刚刚拿出手机，就看到叶星川发来微信。

乐言忙扫码付费，然后拿着收据走到一边看微信。

"抱歉啊，刚才在包扎，没法儿玩手机。

"我还来的啊。"

乐言的苦瓜脸顿时没了，她止不住地笑。

从叶星川对待滑雪的态度来看，他选择退出的话，她一点也不会意外，也不会觉得他就这么退出不好。

他是怎么做出继续的决定的呢？

她想问但又不好问，想了想回复道："那等你稍微好点了，咱们再确定训练时间吧。"

叶星川："好的。"

接下来这段时间应该没法儿见面了吧？乐言有点失落，紧跟着她灵光一闪，飞快打字："等回北京了，找个时间我请你吃顿饭吧，就当是赔罪了。你说的这次责任不在我，但我毕竟是你教练。"

把消息发出去后，乐言立刻锁屏，但又时刻想看，很是纠结。

足足三分钟过去，叶星川才回复："那好吧。"

乐言握了握拳头，深吸了两口气，平复下激动的心情，说："这次餐厅我来订吧，保证让你满意。"

"行啊，哈哈。"

聊着聊着，乐言已经走回病房外了。心情与刚才走时大不相同的乐言敲了敲门，把缴费回执递给中年女医生，看到躺在病床上的叶星川，还冲他眨了眨眼睛，后者也回之一笑。

交完回执后，乐言又去领轮椅和拿药。

叶星川倒也伤得没那么重，只是头两天需要坐一下轮椅而已。

第 19 章

回京

过了一会儿，乐言推回轮椅，敲响病房的门。

门开了，中年女医生说了声"进来吧"，就转头坐回办公桌前，埋头敲打键盘。

叶星川这时正坐在床边，右小腿缠着白纱布，煞是引人注目。乐言把视线从伤处转到叶星川脸上，边笑边推着轮椅走向他。

乐言站在叶星川身前，低头问："需要帮忙吗？"

叶星川直起身，踮起左脚走了两步，一屁股坐在轮椅上，说："不用，没那么严重。"

看叶星川架起双手要推轮椅，乐言握住把手："我来吧。"

叶星川转头朝她笑笑："没事没事，我自己来吧。"

乐言犹豫了一下，松开手："那好吧。"

中年女医生正埋头敲键盘，抽空抬起头看了看两人，说："哦，你们不是男女朋友啊。"

刚才两人的对话过于客气。

"不是。"叶星川瞥了一眼一旁的乐言，说。

"唉。"中年女医生感叹了一声。

乐言怕叶星川觉得尴尬，忙把袋子里的药递给中年女医生，问："医生，这些药都要怎么用啊？"

中年女医生把药从袋子里倒出来，一一讲解给两人听。

几分钟后，两人向女医生道过谢，这才先后出了病房。

走廊人很少，叶星川自己推动轮椅，乐言走在他身旁，转头问："接下来怎么办？"

她内心有些许期待，心跳渐渐加快。

叶星川说："先回房收拾下东西，然后回北京呗。正好有点事要处理。"

乐言心里一喜，表面却很平静。她目不斜视，说："我帮你收拾吧，你现在这样也不方便。"

叶星川手一顿，说："啊？不用，不用。我有个朋友正好在这儿，让他帮我就行了。"

乐言顿时大感失落，语气控制不住地变弱了："那好吧。"

叶星川朝乐言笑了笑："不过还是谢谢啦。"他倒也没别的意思，只是真的不想麻烦她。而且，两人非亲非故的，她一路照顾自己回北京算什么事儿？

乐言还能说什么？她只能闷闷地道："没事没事。"

没说几句话，两人就出了医务室。寒风猎猎，叶星川双手握住手轮转动，十几秒钟就冻僵了。

乐言低头看了一眼叶星川发白的手背，心里"哼"了一声，说："还是我来吧。"

说完也不等叶星川同意，她就握住轮椅的把手朝前推动。

医务室门口是一个院子，院内积雪被清扫干净了，院外则是被车胎和鞋底压实的光滑地面。叶星川即便现在逞强，过会儿也肯定得让乐言帮忙，所以他也没再多说什么，只是道了声谢。

乐言没有回他，直视前方问道："你要去见撞你的人吗？"

叶星川想了想，说："算了吧，会有人处理好的。"

乐言知道叶星川指的是滕懿麟，他的确能处理好，无论是医药费、误工费、精神损失费，还是那个害人的"雪场鱼雷"。必须狠狠地惩罚一下那个"雪场鱼雷"，让他长长记性！乐言滑雪这么多年来，最恨的就是那些没有分寸的滑雪者了。

回房间前，乐言推着叶星川先回了雪具大厅，他们要在这里换鞋。

雪具大厅中人来人往，游客们看见叶星川和乐言的时候，都忍不住多打量几眼。

两人没有戴头盔，出众的长相的确很有吸引力。

两人正坐在长椅上换鞋呢，一个熟悉的声音忽然从叶星川身后响起。

"欸欸，老叶，你这是怎么了？"

叶星川转头看去，正是一脸惊讶的吕佳明，旁边是他的女朋友小雅。

"不小心摔了。"叶星川说完转头看向乐言，介绍道，"这是我教练，乐言。乐言，这是我朋友吕佳明，还有他女朋友小雅。"

"你们好。"乐言礼貌问好。

"你好你好。"吕佳明脸上堆满笑意，"久仰大名，久仰大名。"

"啊？"乐言有点发蒙，转头看了一眼叶星川。

小雅嗔怪地看了眼吕佳明，然后笑着向乐言问好。

"严重吗？"吕佳明半弯着腰，仔细看了看叶星川的伤处，抬起头问他。

叶星川说："没事，只是磕了下，过几天就好了。"

吕佳明松了口气："那就行，别错过我跟小雅的'满月酒'就行，哈哈。"

叶星川真想对吕佳明翻个白眼，但他忍住了："你们还要在这里待多久啊？"

吕佳明转头看了一眼小雅，说："过两天吧，我难得有假。"

小雅诧异地看了一眼吕佳明，紧跟着反应过来，朝叶星川笑道："对，他平时这么忙，好不容易才请到假。"

吕佳明明知故问："怎么了，有事吗？"

叶星川眯了眯眼睛，说："没事。那你们好好玩吧，我准备收拾东西回北京了。"

吕佳明笑嘻嘻地道："那回头见咯？"

叶星川摆了摆手："回见。"

乐言也挥了挥手："再见。"

她刚才站在一旁，全程都像是一个透明人。

看着叶星川和乐言两人走远，小雅这才搂住吕佳明的胳膊，边走边说："我们明明晚上就要走，怎么说过两天呢？"

吕佳明笑了笑，没有直接回答，而是问："你觉得乐言怎么样？"

小雅说："挺好的啊。之前都没怎么看清楚她的脸，刚才看她第一眼，我着实惊讶了一下。"

吕佳明夸张地道："谁说不是呢，如果不是她技术摆在那里，我真想问问叶星川是从哪儿拐来的粉丝了。"

小雅说："不过我总觉得她有点眼熟，好像在哪里见过。"

吕佳明说："努力想一下。"

小雅忽然反应过来："等等，我问你为啥说过两天走，你这儿跟我扯什么呢！"

吕佳明搓了搓手，兴奋地道："你之前不是说他们俩挺般配的吗？我也这么觉得！那咱们不得撮合撮合？刚才我要是说晚上就走，他肯定让我送他回去了，那现在……嘿嘿。"

小雅这才恍然，吕佳明这是在给叶星川和乐言两人制造独处的机会啊。

"唉，你看我这为了兄弟，付出多大啊。"吕佳明摇头晃脑，唉声叹气。

小雅满头问号："你付出啥了？"

吕佳明"嘿嘿"直笑，挽着小雅继续走进滑雪场。

小雅向吕佳明翻了个白眼，说："不过我觉得啊，那个乐言对叶星川肯定有兴趣。"

"肯定有。"吕佳明也笃定道。

"你看见了吧，刚才你说你过两天才走的时候，她都要笑出来了。"小雅笑道。

"哈哈哈，幸好她忍住了。"吕佳明也笑起来。

另一边，乐言看向叶星川，问："你的朋友吕佳明，不会是那个著名的主持人吧？"

"是啊。"叶星川点了点头。

你怎么会认识那么有名的主持人？乐言下意识想问，但又觉得这个问题好像涉及隐私了。

她对叶星川愈发好奇。他的朋友有熊猫滑雪俱乐部的老板，也有著名的主持人，而且关系看上去非常不错的样子。他的朋友圈怎么会这么广？他真的只是一个厨师吗？

乐言走了几步，假装不经意地说："你刚才说能帮忙收拾、送你回北京的朋友也是他？"

叶星川叹了口气："是啊。"

吕佳明是他的大学室友，两人认识有十来年了，吕佳明刚才是故意说自己过两天回去的，他怎么可能看不出来？但吕佳明新交的女朋友就在旁边，他还能说什么呢？

乐言压抑着喜色，说："那晚上咱们一起回去？"

叶星川还能说什么？在没有理由的情况下，两次拒绝乐言吗？他点了点头："好。"

乐言一阵欣喜。

叶星川说："东西我自己收拾就行，很少，只有几件衣服和一点资料，剩下的都留这儿，反正下次还要来。"

乐言点点头："好。"

叶星川说："你把你身份证号发我吧，我订下票。"

乐言说："好，订好了我把钱给你。"

叶星川摆了摆手："没事，那才多少钱。你是帮我才坐高铁的。"

忽然，叶星川想起来："等等，我记得你是开车来的吧？"

乐言笑道："没事，车就放这儿吧，反正下次还要来。"

叶星川愣了一下，笑道："行吧。"

收拾完行李订好票，两人去地下车库坐上乐言的车。

从搬行李搬轮椅到扶着叶星川上车，全都是乐言在前后忙活，叶星川有点不好意思："要不还是我请你吃饭吧。"

乐言也没拒绝："行，我先请，你再请。"

叶星川听完愣了一下，忍不住笑了："行。"

乐言发动了车子，心里喜滋滋的。

去高铁站的路上，叶星川坐在副驾驶，有一搭没一搭地和乐言聊天，忽然听到手机振动，掏出来一看，是滕懿麟发来信息。

"怎么样，没事吧？"

叶星川顺手拍了张照片发给滕懿麟，回复道："没什么事。"

滕懿麟的语气有些硬，显然他是生气了："这件事交给我处理，保证给你一个满意的答复。"

叶星川："没什么大事儿，你悠着点儿啊。"

滕懿麟避而不答："你跟乐言在一起呢？"

叶星川想都不用想就知道是吕佳明那个大嘴巴跟滕懿麟说的："是啊。"

滕懿麟配了一个旺财的狗头表情："挺好。"

"……"

叶星川不想回他，于是就没回了。

第 20 章

傅诗

晚上。

乐言躺在床上，出神地望着天花板，怎么想怎么觉得不对劲。

她和叶星川一起坐高铁回北京后，叶星川立刻被人接走了。

接他的人不是他的家人，也不是他的同事，而是他的司机。

司机？

一个厨师哪来的司机？

他是富二代吗？应该是吧，不然没法儿解释他那一身装备。

富二代去当厨师？乐言觉得自己越来越看不懂叶星川了。

"慢慢了解吧。"

想了许久，乐言放弃了。她拿起搁在被子上的手机，打开傅诗的微信聊天框，给傅诗发去消息："诗诗，我需要你的帮助！"

傅诗是一个从偶像发展起来的演员，平时忙得不行，所以乐言没想她会秒回消息。

上滑回到主屏幕后，乐言查看起北京的美食排行榜来。

她之前可是夸下海口说一定要让叶星川满意的，她绝对不能丢脸。

这一看就是半小时，傅诗终于回了消息。

"怎么了？"

乐言切回微信，秒回："给我推荐几家环境好又好吃的餐厅。"

"嗯？"傅诗极其敏感，一下就猜出了乐言的目的，"你要请他吃饭？"

乐言："嗯！"

傅诗："言言，我之前让你去查，你都查到了什么啊？我发现我都不认识你了。这个男人到底有什么魔力，能让你这么主动？"

乐言："不是你让我主动的吗？"

"……"

傅诗："我让你帮我写论文的时候，你怎么没这么听话呢！行了行了，等着啊，我发给你几家。"

乐言："好。"

傅诗："对了，你回北京了？"

乐言："是啊。"

傅诗："不是说要一周吗？"

乐言："出了点意外。"

傅诗："啥啊？"

乐言："他受伤了。"

傅诗："有你在还受伤了，怎么回事啊？"

乐言："有点复杂，简单来说就是他为了保护我，磕伤了小腿，至少得休息一周。"

傅诗："然后你就被感动了？然后你就以这个为借口请他吃饭了？"

乐言："……嗯。"

傅诗："行吧……你们约了啥时候啊？"

乐言："周三晚上。"

傅诗："周三晚上？巧了，我正好有空啊！言言，我有个提议不知当讲不当讲！"

乐言毫不犹豫："不当讲，你别说了。"

傅诗就像是没看到乐言的消息："我打算跟你一起去，帮你掌掌眼！"

乐言："拒绝！"

傅诗发了句语音："言言……"

乐言："拒绝。"

傅诗："唉，乐言，你这个负心汉。还记得大三那次吗？如果不是我……"

"……"

乐言："我就知道你又要说那件事……行吧，你跟着，但什么都不能说，也不许假装碰面！"

傅诗："放心吧，我有分寸！"

乐言："对了，给你说个新发现，他好像是个富二代。"

傅诗："何以见得？"

乐言："首先是他那一身滑雪装备，然后就是朋友圈吧。今天我们刚到北京北站，他司机就来接他了……"

傅诗："那不是挺好的吗？"

乐言："我这么主动，他不会觉得我贪图他什么吧？"

"……"

傅诗隔了许久发来一条语音："乐言，你疯了？你到底怎么了，居然变得这么不自信？我现在越来越想看看那个让你变成这样的男人究竟是何方神圣了！"

听着傅诗发的语音，乐言沉默了。

她倒也不是不自信，但她毕竟不再是小姑娘了，这回又是第一次主动追求男生，难免想得多了些。

过了一会儿，她生硬地转移了话题。傅诗见她不愿多说，也没再逼问，反正过两天就能见到了。

之后两人又聊了会儿天，傅诗这才想起来要给乐言找饭店，立刻把自己收藏的几家精品餐厅转发给了乐言。

乐言点进去看了看菜品，然后返回聊天界面："这家叫竹里的看上去不错。"

傅诗："的确不错，主要是私密性强，很适合约会。骆梓你知道吧？她跟她男朋友就是在这儿成的！这是个福地啊！行啊，言言，有眼光！"

"……"

乐言不知道该回她点什么。

傅诗："就是有点难订位置，不过得亏你有我这么个闺蜜，我正好认识这家店的老板。"

乐言："太好了！"

傅诗："又要开始录制节目了，先不跟你说了啊。回头咱们再细聊约会的事！"

"好。"

乐言回复傅诗后，点击进入叶星川的聊天框，手指悬在屏幕上，思考着该发点什么内容过去。

回到家的叶星川换了一把电动轮椅。轮椅是他提前知会助理买的。

他先是坐在书桌前处理了一点琐事，然后就去工作间钻研起今年的新菜品来。

忽然间手机振动，叶星川从桌上把手机拿起来一看，是乐言发来了微信。

"在干什么呀？"

转眼间，三天过去了。

这三天时间里，乐言几乎每天都会主动找叶星川聊天，他刚开始还有些不习惯，但聊着聊着，也会主动跟乐言分享一些日常生活中的事，两人甚至开始互道晚安、早安了。

这种迹象让叶星川隐隐有种预感，不会真要被滕懿麟说中了吧？

经过三天的休息，叶星川的腿伤已经好很多了，他可以不再依赖轮椅，只是走路有点一瘸一拐的。

今天是他和乐言约好出去吃饭的日子。

非常巧的是，乐言挑的那家叫竹里的餐厅是他带的一个徒弟开的，他的投资额还不低，不过他从来没插手过具体事务，而且很少去店里。

正好去看看有什么变化。叶星川心想。

竹里三年前开店，发展至今已经有三家店了，两家分店一家在国贸，一家在三里屯，总店则开在国子监街，那里游客较少，环境清幽。

东城区不大，在去竹里前，叶星川先去东四胡同自己的其他饭店转了转。

相比起叶星川的优哉游哉，乐言那边颇有些手忙脚乱。

在约定见面时间的前一个小时，乐言还坐在梳妆台前化妆。

在乐言身后的床沿上，有一个粉头发的女孩子。

她上身穿了件紧身的纯白毛衣，下身是短款热裤，外加女生冬天必备的"光腿神器"，脚上蹬了双白色的短靴，此时正跷着二郎腿，把傲人的身材彰显得淋漓尽致。

她双手握着手机，修长的手指飞快点按，正在游戏界面激斗。她边玩边瞥身边的乐言，嫌弃之色溢于言表。

"你这化的什么呀！"

一局游戏结束后，傅诗实在是忍不了了，站起身坐到乐言的身边："算了算了，我来吧。乐言啊乐言，这才几年啊，连我们女人看家的本事你都快忘干净了？"

乐言即将接受傅诗的帮助，哪里会反驳？她先是做了副委屈状，然后在傅诗无奈目光的注视下冲傅诗甜甜一笑："谢谢诗诗了。"

傅诗不愧是网红出身的偶像，偶像出身的演员，化妆对她来说简直比吃饭喝水还简单。

只是短短十几分钟，她就让乐言大变了模样。

好吧，其实有点夸张了。

以乐言的相貌，再怎么化妆都不可能模样大变，她本身的皮肤状态很好，白皙细嫩，眉形也极其优越，用"天生丽质"来形容她也不为过。按照傅诗的说法，乐言只化最简单最清爽的妆容，就已经超过她的大部分圈内朋友了。

"幸好有你在，不然我肯定迟到了。"

化完妆照完镜子，乐言美滋滋地望向傅诗。

"别多说了，走吧。我倒要看看那个男人究竟是人是鬼！"

傅诗拎起挂在椅背上的包，甩到肩膀上，大步走了出去。

乐言也拿起桌面上的包，追着她出了卧室。

从乐言家出门的时候，傅诗已经戴上了蛤蟆镜和黑口罩，但她那一米七的身高加上粉色的长卷发，依旧让她成了路人视线的焦点。

为了低调，傅诗特意开了一辆朴素的白色车。两人坐上车后，奔向国子监街。

傍晚的国子监街，游客基本没了，只有日常生活在这里的老北京人还三三两两地在街上走着，一些店铺还开着，街道两边停满了车。

傅诗对此早有预料，到国子监街的西口后她就把乐言放下，停完了车才独自去了竹里。

今晚是叶星川和乐言两人的约会，她当然不会去当电灯泡，她订了两人的隔壁桌。

竹里不大，楼上楼下加起来一共才十六桌，每一桌都被茂盛的竹子隔开，桌椅碗筷全都和竹有关，空气中也弥漫着竹子的清香。

傅诗来竹里有十几次了，很熟悉这里。她给叶星川、乐言选的座位和给自己选的座位中间，正好有一道较大的缝隙，找好角度刻意去看的话，正好可以看到那桌人。

傅诗落座后，立刻有身穿古朴衣裳的服务员来点餐。这时傅诗已经摘掉眼镜和口罩了，她是竹里的熟客，服务员都认识她，没有大惊小怪。

傅诗没看菜单，随口点了几道菜，就专心致志地看起叶星川和乐言那桌的情况来。

毕竟隔得远了些，傅诗只能看到人，听不到声音。

在看到叶星川的那一瞬间，她不得不感叹，乐言这次是捡到宝了。

当然了，仅仅是从颜值上来说。

就算她身处娱乐圈，也不得不承认叶星川长得很好看，而且动态比静态好看。

傅诗斜撑着脸，目光锁定叶星川、乐言那一桌，没注意一个穿着围裙的男人忽然走了过来。

第 21 章

竹里

"嘿，看什么呢？"

来人走到傅诗身边，站了好一会儿也没等到她转头，于是有些疑惑地喊醒她。

"啊！"正全神贯注于叶星川和乐言那桌状况的傅诗被吓了一跳，心跳蓦地加快，转头一看是竹里的老板王旭，立刻恢复正常，面不改色心不跳地说，"没看什么啊，出神想事情呢。"

王旭完全不信，呵呵一笑后，蹲在桌旁，以和傅诗一样的角度朝竹林罅隙望去。下一秒，他就看到了自家师父叶星川，当即惊讶得不行，转头看向傅诗，脑子里浮现出无数个问号。

"你看他干啥呢？"

被王旭当场揭穿，傅诗脸皮再厚，也有点不好意思："好了，实话告诉你吧，我是来给我闺蜜掌眼的。"

王旭先前已经见过叶星川和乐言了，心里隐有猜测，但还是选择了装傻："掌眼，掌什么眼？"

傅诗指了指叶星川："我朋友喜欢他。"

王旭顿时惊了，八卦之火熊熊燃烧："她想追他？"

傅诗一副恨铁不成钢的表情："是啊。"

王旭兴奋地道："要我帮忙吗？"

傅诗疑惑地打量了王旭一会儿："这关你啥事啊？"

因为时常来吃饭，傅诗跟王旭也算得上朋友，但王旭这态度有点不对劲啊。

"呃……"王旭也反应过来自己过于激动了。

他想了想，决定如实相告，于是指着叶星川说："他是我师父啊。"

"啊？"傅诗惊了，望了望叶星川，又看了看王旭，觉得不可思议，"这么巧？"

王旭点点头："是啊，就这么巧。"

傅诗沉默了一会儿，说："也是，他也是个厨师，做菜好不好吃我不知道，但至少看起来是好看的，人长得又这么帅，我之前就想过他在你们圈子里应该相当有名。"

王旭笑了笑："是啊，相当有名呢。"

既然王旭和叶星川有关联，那傅诗可不能放过王旭。她忽然间热情起来："欸，你站着干什么？来来来，坐，我们聊聊。"

王旭本来有事，但涉及叶星川，再重要的事也暂时不管了。他把傅诗对面的椅子拉出来，可才坐下来转头看了叶星川一眼，心中就"咯噔"一下。

叶星川放筷子了，而且脸色不太好看。

王旭心里拔凉拔凉的，哀叹了一声。

傅诗听见王旭的叹气声，疑惑地问："怎么了？"

王旭指了指叶星川那边："你先吃吧，我得去看看那边什么情况。"

傅诗向那桌看了一眼，见叶星川正抬头跟服务员说话，忙回头嘱咐王旭："欸，你可别跟他说我在这里啊。"

"不会的。"

王旭说完就匆匆走了。

傅诗偏头望去，看到了接下来让她倍感惊讶的一幕幕。

"您好，请问有预订吗？"

叶星川才踏入竹里的大门，就有服务员走过来问道。

"有的，紫竹。"

竹里的桌子全是隔断的，按竹子的种类划分为一个个包间。

"您跟我来。"

叶星川很少来竹里，领路的服务员不认识他，他也没有表明身份的意思，只是跟在服务员后面走到饭桌前落座。

一路上，叶星川都在观察竹子的排布、空气中的气味、服务员的衣着和态度、碗筷桌椅等等。

一番观察下来，叶星川总体挺满意的。

"我要等我朋友，过会儿再点菜。"

就座后，叶星川向服务员说了句。

"好的，您需要点菜的时候可以按旁边的按钮。"服务员向叶星川介绍了一下就走了。

两人约定的时间是七点整，叶星川早来了十分钟，不过他只等了五分钟乐言就来了。

乐言还没走到包间，叶星川就透过影影绰绰的竹子缝隙看见了她那高挑的身影，等她走到包间里来的时候，叶星川感到十分惊艳。

今晚的乐言戴了一顶毛茸茸的白帽子，上身套着一件鼓鼓的羽绒服，下身穿了一条短裙，"光腿神器"配长到大腿的黑色长靴，给人一种特别的感觉。她的妆容很淡，却把脸上本就少有的缺点全部修饰掉了。

与在滑雪场时气质完全不同的乐言，让叶星川一时间看呆了，但他很快就反应过来，站起身去帮乐言拉开椅子。

"晚上好啊。"

乐言朝叶星川露出一个甜甜的笑容：

"晚上好。"

叶星川有点局促。

按理来说不应该啊。

这三天他们天天都在聊天，了解彼此每天的日常生活，这种莫名的紧张感是怎么回事？

"谢谢。"

乐言坐下后，脱掉上身鼓鼓的白色羽绒服，里面是一件渐变色的毛衣，从上到下依次是淡蓝色、乳白色、粉橘色、淡红色、淡粉色，袖口是淡蓝色的，粗看过去像是一排搭配好的马卡龙，穿在乐言的身上，愈发凸显了她那甜美的气质。

乐言说："让你久等了。"

叶星川说："我就比你早到两三分钟而已。饿了吧？先点菜吧！"

乐言说："好啊，我来点？"

叶星川笑道："你选的店，当然是你点。"

这时服务员已经来到他们近前，把两份菜单放在他们身前。

乐言在来之前就做了充分的准备，只是粗略翻了翻菜单就开始点菜，并不时开口询问叶星川的忌口和喜好。

叶星川则表示："我都没关系。"

点完菜，包间里的氛围立刻变了。

两人面对面坐着，居然不知道该说点什么好。

总不能问对方这几天过得怎么样吧，他们都知道得清清楚楚。

"喀！"叶星川轻咳一声，打破了僵局，"之后一两周的工作定了吗？"

乐言说："还没呢。如果暂时没事的话，我打算去瑞士滑雪。"

叶星川点了点头："这样子啊。"

乐言说："你之后一两周忙什么呢？搞创作吗？哈哈。"

听出了乐言言语里的试探，叶星川却没有过多解释："对啊，创作点新的菜品。"

乐言说："说起来，我现在都不知道你在哪儿工作呢。"

叶星川说："我啊，工作地点不一定的，而且我近两年其实很少工作了。"

乐言满头问号。一个厨师不工作靠什么吃饭？他果然是有钱任性的富二代吗？

叶星川想了想，正要向乐言解释，却瞥见竹里的老板，也就是他的徒弟王旭走了过来。

"师父。"王旭先向叶星川问了声好，这才歉意地朝乐言躬了躬身，"打扰了。"

"啊？师父？"

看着一旁脸上挂着笑的矮胖男人，乐言更加疑惑了。叶星川真的是厨师吗？

叶星川向乐言介绍道："这是王旭，我徒弟，也是这家餐厅的老板。"

乐言向王旭颔了颔首："你好。"

"你好。"

王旭是一个很有分寸的人。叶星川没告诉他就来店里，还带了客人，显然不想被打扰。既然他来打扰了，肯定有合理的原因。于是叶星川出声问道："怎么了？"

王旭笑着说："店里马上要出新菜品了，想请师父和您朋友品鉴一下。"

叶星川听了没有立刻答应，而是朝乐言望去。乐言顿时会意，想了想后朝王旭点点头："好啊，谢谢啊。"

"那你们慢慢吃。"

王旭见叶星川没有过多介绍的意思，也没再停留，转身走了。

乐言八卦道："他是你徒弟？你们这行还兴这个啊？"

叶星川说："是啊。"

乐言说："他是你徒弟，又是这家餐厅的老板，那你岂不是比他更厉害？我对你越来越好奇了呢。"

叶星川说："我对你也很好奇啊。"

他的确对乐言很好奇。从乐言动辄能去瑞士滑雪的生活状态来看，熊猫滑雪俱乐部的教练显然不是她的全职工作。他除了知道她喜欢滑雪又是滑雪教练外，几乎对她一无所知。

两人虽然这两天联系密切，但毕竟才认识不久，还没到可以打听家世、工作的地步。

乐言朝叶星川笑了笑："那就慢慢互相了解吧。"

叶星川也笑了："好啊。"

经王旭一打岔，两人间的气氛也打开了。

乐言说："既然是你徒弟的店，那你肯定吃过不少次吧？你之前怎么不跟我说呢？"

叶星川说："说实话，没有。我平时很忙的。"

乐言问："忙什么啊？"

叶星川说："设计菜品啊。这家店有几道菜就是我和他一起设计的。"

"原来你的主要工作是这个。"乐言恍然，难怪他要去滑雪找灵感。

紧跟着她好奇地问："是哪几道啊？"

叶星川说："我卖个关子，一会儿你吃了自己分辨吧。"

乐言说："好啊，这很有趣呢。"

叶星川笑了笑。

说话间，服务员端上了第一道菜：竹筒蒸蛋。

只见鲜嫩诱人的乳黄色蒸蛋被盛放在竹筒中，上面撒了少许葱花，浇了少许酱油和肉汁，热腾腾的白气升腾，让乐言忍不住食指大动。

她拿起竹勺，向叶星川伸出手："我来帮你舀。"

叶星川本想说自己来，但乐言手都伸过来了，他只能说句谢谢。

给叶星川舀完，乐言迫不及待又给自己舀了一小碗，开始大快朵颐起来。

"绝了，也太好吃了吧！"

第 22 章

叶星川

乐言吃得很香，叶星川看得也很香，即便他吃起来没觉得有那么香。

他毕竟是专业的，味蕾比乐言更敏感，对色、香、味的要求也更高，这道竹筒蒸蛋对他来说，也就刚及格而已。

乐言刚把竹筒蒸蛋消灭掉，第二道菜凉拌笋尖就端上来了，再之后是竹筒鸡、油炸竹虫和竹筒饭。

说实话，叶星川有点惊讶，乐言居然会点油炸竹虫这道菜。这道菜好吃归好吃，但卖相的确不太讨喜。

乐言全程就没停下过赞叹和吃，让那边跟王旭聊天时还不停看她的傅诗一度扶额无语。

大姐，你到底是来吃饭的还是来约会的？

乐言一共点了五道菜，听起来很多，实际上分量不多，两人正好够吃。

不过由于王旭的那番话，乐言极力克制自己，等着品尝新菜品。

几分钟后，在乐言的期待下，一个身穿白色衣服、头戴高帽的厨师端了一盘菜出来。他全程看着叶星川，神情有些紧张。

"两位好，这道菜叫竹笋养生狮子头。"厨师把盘子放在桌上，介绍完菜后又向叶星川介绍自己，"我是新来的主厨陈鑫。"

叶星川朝他点了点头："嗯。"

乐言则盯着这道菜。

白色的圆盘里盛放着混合了青菜和竹笋碎的小米汤汁，中心处有一颗大大的狮子头，狮子头呈乳白色，应该不是用纯粹的猪肉做成的，以乐言的经验判断，大概率有鱼肉在里面。

在看到这道菜的第一时间，乐言就被它的色泽和气味吸引了，对面的叶星川却皱起了眉头。

乐言不禁止住了勺子，抬头问："怎么了？"

叶星川冲她笑了笑："没什么。"

乐言想了两秒，没感觉哪里不对劲，于是拿着勺子兴奋地说："那我吃啦？"

"吃吧。"

叶星川话还没说完，乐言就用勺子把狮子头切成许多瓣，混着小米汤汁舀进碗里，紧跟着迫不及待地送进嘴中。

才吃了一口，乐言就眼睛微睁望向叶星川，惊喜之色溢于言表。她转头看向一旁还没走的厨师，不吝赞美之言："好吃！超好吃！"

"谢谢。"

主厨陈鑫矜持地道了谢，又把目光聚集在叶星川身上。

纵使他很少见到像乐言这么漂亮的女孩子，但现在叶星川正坐在那里，他没空去欣赏乐言的美貌。

在陈鑫的注视下，叶星川拿起勺子舀了点小米汤汁和狮子头到碗里。

乐言坐在对面，看到陈鑫紧张期待的模样，恍然间觉得他好像当初在舞台上等待评委打分的自己。

叶星川在这个行业的地位恐怕比自己想象的还要高一些啊。

在两人的注视下，叶星川终于舀了一勺汤汁加肉送到嘴里，刚开始咀嚼，他就皱起了眉头。

陈鑫见状，心里"咯噔"一下。

叶星川放下勺子，抬头问："这道菜是你自己想的，还是你和王旭一起想的？"

陈鑫老实交代："我和老板一起想的。"

叶星川问："狮子头里是黑鱼肉？"

陈鑫忐忑地点了点头："是的。"

这时，王旭从傅诗那边走了过来。

叶星川抬头瞥了他一眼，问道："竹笋作为食材最大的优点是什么？"

王旭思索了几秒钟，回道："竹笋质嫩，清甜爽脆，其清香可以开胃。"

叶星川说："你把竹笋切那么碎放进小米汤汁和青菜里，让我怎么吃出清甜爽脆的口感？清香味也被肉香味遮盖了，太失败了。"

王旭和陈鑫听完叶星川的点评，对视一眼，面面相觑，却没有反驳。

许多事情都是这样，当局者迷，旁观者清。

乐言在一旁坐着，虽然听不懂，但见王旭和陈鑫不说话，便也没开口。不过，她心里有些为王旭和陈鑫打抱不平，这道菜明明很好吃。

叶星川说："说实话，难吃倒也不难吃，只是如果你想吸引更多顾客上门，想得到更好的评价，仅仅这样是不够的。"

王旭虚心认错："师父，您说得是。"

叶星川问："后厨有鳕鱼吗？"

王旭说："有。"

叶星川看向对面的乐言，问道："想再尝尝我的手艺吗？"

乐言完全没想到事情会发展成这样。原本只是普普通通一顿饭一次约会，怎么变成叶星川要去做饭了呢？这就是和厨师谈恋爱的日常吗？乐言突然感到兴奋，这样太幸福了吧！

"想想想，超级想！"

王旭心里很是惊讶：师父之前竟然给她做过饭，还不是去饭店那种？看样子不仅这女孩子对师父有兴趣，师父对她也很有兴趣嘛！

只不过现在实在不是八卦的时候。

"十来分钟我就回来。"

叶星川向乐言说完，就站起身带着王旭和陈鑫走了。

被单独留在包间里的乐言完全没感到无所适从，她兴奋地拿出手机给傅诗发起消息来："诗诗，我总觉得不大对劲！"

傅诗："他们干吗去了？什么不对劲啊？"

乐言："有点复杂。要不我去找你？"

傅诗："你不会被放鸽子了吧？"

"……"

乐言懒得回复她，直接站起身，朝她所在的包间走去。

这时，傅诗身前的餐桌已是一片狼藉。

乐言坐到傅诗对面，一口气说道："刚才饭店的老板和主厨被他训了一顿，现在他去后厨做菜了。"

傅诗震惊地道："这也行？"

乐言说："他刚才跟我说这家店的老板是他徒弟……"

傅诗说："王旭跟我说了，然后我越想越觉得不对劲，就顺手查了一下，没想到还真查到了！你猜叶星川是谁？"

乐言眼睛一亮，问："别卖关子了，你快说吧。"

傅诗说："就是微博上很火的那个厨神啊！"

乐言说："没听说过。"

"……"

傅诗掏出手机，解锁屏幕，把叶星川的微博主页展示给乐言看。

乐言顿时惊呆了："一千两百多万粉丝？"

一个厨师，一千两百多万粉丝？乐言觉得这世界简直疯了。不过仔细想想，叶星川做饭这么好吃，长得又这么帅——主要是帅，仅这一点就很吸粉了吧？

"我是知道他的啊！我还关注了，就是没记清楚名字，不然早就跟你说了。"傅诗说，"这个人很有意思的！"

见傅诗兴致勃勃、表达欲爆棚的样子，乐言忙制止她："别说了，我自己查吧。"

乐言说完，直接在手机浏览器里搜索了叶星川的名字。

在此之前，她完全没料到想要了解叶星川会这么简单。

看完了浏览器里的资料，乐言又去搜了他的微博、B站和抖音的账号，对他的了解顿时增加了许多。

叶星川，1990年6月7日出生，今年正好三十岁。

他父母离异，自小和姐姐、妈妈一起长大。

他妈妈没什么文化，从他小学开始就辗转在一些工地、工厂后厨做大锅菜。因为职业的关系，他妈妈经常会给他开小灶。

小的时候，叶星川很不懂事，嘴巴极挑，可妈妈宠着他惯着他，大部分时候都会按照他的口味来做下一次的饭菜。

直到他上初中的时候，有一次他妈妈生病，他冒名顶替妈妈去掌厨做了一次饭，才发现做饭原来这么简单，也这么有趣。

那次的饭菜在妈妈工作的加油站范围内反响很大，于是他被加油站老板请去家里做饭——当然了，碍于年纪和学习，只限周末。

那段时间，经常有人劝他妈妈让他去学做厨师算了，但他妈妈始终不愿意，觉得自己的儿子会有更大的出息。

原本叶星川还很调皮不懂事，可自从周末开始做饭赚零花钱后，他逐渐懂事起来，还用赚来的钱去报了许多班，后来考上了北京一所很有名的大学。

故事到这里还是一个很励志的故事，可转折点马上就来了。

叶星川大一下学期就退学了。

转折点在于一次班级聚会，叶星川主动承担了做饭的职责，那次聚会他做的饭菜好吃到差点把全班同学整哭了。也是那次之后，班上许多女孩子对他……的厨艺暗生情愫。

那种非同一般的自豪感、满足感，让叶星川终于明白了自己的路，于是他毅然退学去学厨。

之后的几年时间，叶星川遍访名师，厨艺噌噌噌地往上涨。但这行的天花板实在是太低了，如果仅仅当厨师，就算做成米其林三星主厨也赚不了什么钱。

厨师固然是叶星川的理想职业，但他和他妈妈毕竟是要吃饭的。

好在现在是网络社会，一个真正有才的人是不会被埋没的。

再之后就是叶星川的崛起之路了。凭借着网络直播和媒体的炒作，他火了。借着热度，他开了首家创意餐厅，火遍北京城后又接连开了多家分店。赚到钱后他投资餐饮行业，不到三十岁就实现了财务自由。

临近而立之年的他开始思考人生价值。不久后，他提出了美食邀请会的十二年计划，今年是第三年。

了解完叶星川生平后，乐言沉默了好一会儿，心情非常复杂。说实话，在此之前，她完全没有想过叶星川会这么优秀。

　　这么优秀的人，追他的女孩子应该很多吧？自己的行为在他眼里究竟是什么样的？他是当生活的调味剂呢，还是认真对待呢？

　　乐言一方面开始担心起来，一方面又生出了莫名的自豪感，为叶星川在行业里的成就而自豪。

　　不过她很快就反应过来，追不到他的话，这些都是虚的！

　　傅诗也感叹道："这是个硬茬子啊。"

　　短短十来分钟的时间，她已经在微博看到两个有关叶星川和女孩子的帖子了，其中一个是小有名气的明星，一个是微博粉丝数百万的网红。

　　乐言赞同地点了点头，与傅诗对望起来。两人同时开启头脑风暴，思考着接下来的计划。

第 23 章

饭后

乐言从傅诗那边回来，坐在座位上，不复刚才的兴奋，而是继续沉思。

她之前的想法很简单，向叶星川释放好感，然后让他主动，可现在看来，以叶星川的身份地位和朋友圈子，他不像是略微接收到好感就能主动的类型。

所以自己要更主动一些吗？可她现在有些拿捏不准叶星川的心态。

"唉！"

乐言好久没有这种患得患失的感觉了。

十几分钟很快过去，叶星川、王旭和陈鑫回到包间。

王旭把手里端着的餐盘放下。

餐盘里盛放的仍然是黄绿色的小米汤汁，但竹笋肉眼可见地大了不少，仔细看的话，每块竹笋都被切成了独特的形状，看上去就赏心悦目，而且按照叶星川之前的说法，口感上应该会更清脆爽口。

不只竹笋的形状变了，餐盘中央的狮子头颜色也变了，变得更加乳白。而且不知怎么的，竹笋的清香比先前浓郁了少许。

果然不愧是师父。仅从表面功夫，叶星川就胜了陈鑫很多，只是不知道味道怎么样。

"尝尝。"叶星川示意。

乐言拿起勺子，飞快舀了一勺，送进自己嘴里，然后瞪大了眼睛。

借着咀嚼的时间，乐言在脑海中飞快地搜寻起她那少得可怜的夸人词汇来。从小到大，她都是被人夸，很少有夸别人的时候，何况是在做菜上？几秒钟后，乐言选择了放弃。这道菜实在是太好吃了，把多余的心思放在品尝这道菜之外，她觉得对它是一种亵渎！

意犹未尽地咀嚼完，乐言满足地又舀了一勺："太好吃了！"

"……"

"……"

对于乐言的评价，王旭和陈鑫相视无言。

叶星川问："能吃出区别吗？"

"说实话吗？"乐言赧然，"我说不上来，就是很好吃。"

顿了顿，她补充道："比先前那道好吃。"

叶星川向王旭和陈鑫示意："你们也尝尝吧。"

乐言听了内心有点幽怨，她本以为这盘菜全都是她的！

王旭和陈鑫听了叶星川的话，这才一一伸勺——勺子他们之前就准备好了。

几秒钟后，两人差点流下感动的泪水，望向叶星川的眼神充满了敬畏。

师父果然不愧是师父，只是小小的改动，这道菜的味道就比刚才强了不止一星半点。

"行了，我们还没吃饭，有事回头再说吧。"

没等王旭和陈鑫说话，叶星川就开始赶人了。他从头到尾都没忘记今晚的主题是和乐言吃饭，但他刚才实在是忍不了了。

"好的，师父。"王旭说完，就和陈鑫一起走了。

两人走后，包间陷入了短暂的沉默，只有乐言不停动勺子的声音。见她像仓鼠似的不断把菜往嘴里塞，叶星川忍不住笑。

乐言被他笑得有些脸红，不禁嗔道："干吗？"

叶星川说："没干吗，就是觉得你很可爱。"

乐言的脸更红了，她吃了两口狮子头，有点不好意思地道："我知道你是谁了。"

叶星川没反应过来："哦？"

"我跟我朋友说起过你，竹里就是她推荐来的。我刚才跟她说这家店的老板是你徒弟，她就好奇地查了一下，然后我就知道了。"乐言有些不好意思，"你不会介意吧？"

叶星川笑了笑："这有什么好介意的？"

乐言松了口气："那就好。我真的没有想到你居然这么厉害。"

叶星川笑了笑："很多人都没想到。"

说话间，两人吃得差不多了。乐言看桌上有扫码支付的二维码，不动声色地把账结了，然后颇有些不雅地瘫坐在椅子上。

"好饱啊！"乐言满足得不行。

不远处的傅诗看到这一幕直捂脸："形象啊！形象啊！"

这顿饭吃得不久，加上叶星川去厨房兜了一圈，总共也才一个半小时。

晚上八点半，正是夜生活开始的时间，乐言还不想回家，但同时她又知道，自己不能过于主动了。

好在叶星川不是对她毫无兴趣。

"你着急回家吗？不着急的话我们去逛逛？"

乐言"平静"地道："好啊。"

叶星川问："五道营你去过吗？"

乐言说："没去过。是什么地方啊？"

叶星川说："就是一条胡同，游客去的地方，主要是面向年轻人的，就在旁边。"

乐言站起身套上衣服："那走吧。"

叶星川今天穿得很简单，牛仔长裤，平板鞋，黑色毛衣和一件灰色长外套。可能是因为长得又帅又高吧，叶星川就算穿着如此简单也显得很不一般，站在乐言身边毫不输阵，即便见多了娱乐圈情侣的傅诗都不禁感叹郎才女貌。

出了餐厅之后，傅诗就不能再继续跟下去了，她的发色和身材太惹眼了，万一被狗仔拍到被粉丝看到，她找谁说理去？她可不想第二天早晨自己跟踪别人的新闻出现在微博热搜上。

有关乐言感情的事，回家再说，接下来就让他们自个儿玩去吧。

国子监街离五道营胡同真的很近，只隔了一百来米，中间有条箭厂胡同可以横穿过去。

箭厂胡同老北京人很多，外国人也很多，后者是叶星川一直搞不懂的事。

今晚的天气不错，虽然温度很低，但没风。北京的冬天最让人畏惧的不是温度，而是那刮骨刀似的寒风。兴许是因为没风，五道营胡同有不少游客正在闲逛。

乐言跟在叶星川身边，新奇地左看看右看看。

乐言平时的生活其实挺无聊的，前几年还经常到处跑，近两年不是在滑雪就是在工作，简直要退化成一个宅女了。

两人边走边聊着天。

叶星川本来还觉得，乐言知道自己是谁后，与自己相处起来会有些变化呢，谁知道她完全没放在心上。不知道为什么，他内心深处竟松了口气，之前想问却没问的话题也终于可以提及了。

叶星川说："你应该不是全职的滑雪教练吧。"

乐言说："不是啊，这就是爱好，兼职。"

叶星川问："那你平时做什么呢？要是不方便的话，可以不说。"

乐言笑道："没什么不方便的。我开了家淘宝店卖衣服，偶尔兼职模特。"

"厉害。"

乐言的回答是叶星川没想到的。

乐言说："哪有你厉害？"

叶星川笑笑："呵呵，彼此彼此。"

迟疑了几秒钟，乐言又道："我以前还做过一阵子艺人。"

叶星川没反应过来："啊？"

乐言说："就是女团。"

叶星川恍然："哦哦。"

他虽然平时不看综艺节目，但好歹生活在网络社会，微博也用着，对经常出现在热搜上的各种女团也不陌生。

"为什么是以前呢？"

叶星川转头看了看乐言，以乐言的长相、身材、声音，在女团中应该属于"颜值担当"吧？

乐言语气平静，言简意赅："我退出了。"

叶星川知道这里面肯定有故事，但乐言没细说，他也就没细问。这显然涉及深层次的隐私了。

叶星川安慰道："没事，现在这样也挺好的。"

"好什么啊！你知道我现在什么样吗？"乐言瞥了眼叶星川。

叶星川顿时有点尴尬，笑了笑："慢慢了解，慢慢了解嘛。"

"你想了解什么？你问，我可以给你说。"

乐言忽然目光灼灼地看着叶星川，看得他有些慌乱，一时间竟不知道该怎么回应。

不过乐言也没有逼迫的意思："其实我还是蛮喜欢站在舞台上的。现在的生活虽然悠闲，但怎么讲呢，太悠闲了！我才二十出头啊，天天的生活简直比我妈还无聊。"

叶星川说："我懂你。"

他真的懂。

他也是年纪轻轻就实现了财务自由，旗下有多家餐厅给他赚钱，社会地位有了，粉丝有了，钱有了，每天闲得跟什么似的。不过他很快就重新找到了自己人生的意义，正是因此才有了两人的相遇。

叶星川说："喜欢就回到舞台上去呗。"

乐言叹了口气："哪有这么容易啊？两年过去了，你不知道新出道的女团有多少，我这都算老人了。"

叶星川说："再试试嘛，反正输了也不会损失些什么。"

乐言想了想："再说吧。"

叶星川也没有再继续劝说，乐言肯定有她自己的顾虑。

乐言说："你呢？这段时间我教你滑雪，有给你想要的灵感吗？"

叶星川说："有啊，肯定有啊！"

乐言笑道："那我算不算你的缪斯啊？哈哈。"

面对年轻热情的乐言，叶星川总有种招架不住的感觉。他还有太多东西没想好，所以不敢贸然给予让她误会的回应，只能笑道："是是是，哈哈哈。"

乐言说："那等邀请会开始了，你得给我留个位置啊。"

叶星川说："必须有你。你要是不去，我绑都要把你绑去。"

乐言开心地道："那就这么说定咯。"

叶星川说："就这么说定了！"

一个晚上，一顿晚饭，一次饭后消食，把两人的关系拉近了许多，两人也互相了解了许多。

第 24 章

夜谈

乐言到家的时候，傅诗正坐在客厅沙发上边敷面膜边看剧。

"怎么样？"

其实傅诗觉得自己问得多余，从乐言那笑得合不拢嘴的样子就能看出来，她现在心情非常不错。

果然，乐言边在玄关脱鞋，边傻呵呵地笑着回她："挺好的。"

傅诗面无表情："恋爱使人变傻，古人诚不我欺。你们刚才干吗去了？"

乐言说："去五道营逛了逛，聊了聊天。"

傅诗问："聊了啥？"

乐言脸上的笑容依旧灿烂："就随便聊啊。"

傅诗无奈，冲乐言招了招手："行了，你过来。"

乐言乐呵呵地走了过去。

"坐。"傅诗侧身给乐言让了位置，盘腿看着她，"咱们得聊聊！"

"聊什么？"

傅诗认真地道："聊聊叶星川。"

"嗯？"

乐言看不清傅诗面膜后脸上的表情，但听得出她的认真，于是收起笑容，有些疑惑。

傅诗说："你的状态不对劲，我想知道你的真正想法，关于即将……不对，是可能开展的恋情。"

乐言听了傅诗的话，略有触动。她其实也没有想得特别清楚。

傅诗问："你喜欢他吗？你有多喜欢他？"

乐言陷入了沉默。

她其实也才认识叶星川不久，要说非常喜欢特别喜欢肯定谈不上，但好感和一般喜欢肯定是有的。

她知道傅诗想问的是：凭着这样的好感，她可以为追求叶星川付出什么样的代价？追上了之后呢？

傅诗见乐言久不说话，于是问："满分十分，一到十，你有多喜欢？"

乐言说："喜欢哪有这么算的啊？"

傅诗说："那你就用我听得懂的解释跟我讲，你有多喜欢他，喜欢他哪里。"

"喜欢他哪里……"

乐言沉思。

这还是她第一次认真考虑这个问题。

片刻后，乐言不自信地反问："喜欢他是个厨师？"

傅诗没忍住，伸出右手戳了戳乐言光洁的额头，没好气地道："你骗鬼呢！你是喜欢他这个长得帅的厨师吧？"

乐言脸微红："颜值只是加分项，你知道我不太在意这个的。"

傅诗面无表情："呵呵。"

乐言说："我就感觉这段时间跟他相处挺舒服的，他性格好，温柔，说话有深度，一点也不恃才傲物。"

傅诗说："你这些说了跟没说一样。不过爱情这个东西呢，我懂，没有道理可言的。"

乐言深以为然，点了点头："嗯。"

不过，对傅诗所说的"爱情"一词，乐言不太赞同。爱情嘛，暂时也算不上，毕竟两人认识时间还短，她对他也不是那种奋不顾身的一见钟情，只能说是有好感，有交往的冲动。

傅诗问："那你想好了吗？你可以为了追他付出多少？"

乐言疑惑地道："也没什么好付出的吧？"

"喀喀！"傅诗把左手放在嘴边，轻轻咳了两声，压低声音说，"这个我就很有经验了。"

乐言知道她说的是实话，她那个分分合合不知道多少次的男朋友，就是她主动追求的。说起来，两个女孩子在爱情方面胆子都不小，敢爱敢当，怪不得能成闺蜜。

傅诗说："他今年三十了，你考虑跟他结婚吗？"

乐言赧然："这也扯太远了吧！"

傅诗说："远吗？我觉得一点都不远。他要不是一个玩弄感情的人，想跟你认真谈的话，肯定是要考虑这个问题的。所以，你想好他就一定是你共度余生的人了吗？"

乐言不说话了。

在爱情荷尔蒙的冲击下，她最近晕晕乎乎的，哪有空去想那么多？可现在傅诗把未来明明白白摆在她面前，她不得不去考虑。

说实话，太突然了，她不知道。

傅诗见乐言一脸茫然的样子，继续说："不过，如果你只是单纯喜欢他，想尝试一下的话，倒也不是不行，但那样你就要做好心理准备咯——他抛下你去结婚之类的心理准备。"

乐言听了，忍不住想笑："咱们是不是过于乐观了？"

乐言本是一句玩笑话，傅诗却认真地点了点头："也是。"

傅诗说："说句大实话，厨师这个职业不太招女孩子待见，工作不太体面，工资也不高，但叶星川是个例外，我相信喜欢他的女生一定很多，你恐怕会有不少竞争对手啊，言言。"

"竞争对手……"

乐言这辈子都没想过，自己在恋爱方面会有竞争对手，而且还是在恋爱没开始谈的阶段。

这世界太奇妙了。

傅诗掷地有声："所以我们得制订计划！"

"啊？"

乐言见傅诗猛然间亢奋起来，有点没反应过来。

"等我洗完脸来跟你说。"

傅诗掐算着时间，把面膜揭了，去卫生间洗了把脸并飞快护了个肤，又回到沙发上："我刚才护肤的时候思考了一下，总结出了很多经验。"

乐言把手机拿出来，打开备忘录，认真地道："你说。"

"傻孩子。"

傅诗看到乐言这副模样，心里颇不是滋味儿。她跟乐言是艺考机构的同学，又是大学同学，向来把乐言当作自己家人，可现在乐言主动要去追人——虽然那个人各方面条件都不错，可傅诗仍然有些难受。

可她很快就又兴奋起来，因为她要教给乐言的，可不是追求叶星川的方法，而是让叶星川来追求乐言的方法。

"鉴于我个人的例子，以及我这些年收集到的例子，我总结出一个真理：女生即便真的很喜欢一个男生，也绝对不要毫无下限地主动追求。倒不是说不能，只是……唉，不太好就对了，你知道吧？"

傅诗叹了一口气，紧跟着说："以你的条件，你其实只需要向他释放出'我对你有好感，你可以来追我'的信号就行了，而不是非得上赶着倒贴。"

傅诗接着说："至于升级关系，亲密接触，甚至更进一步……嗯，你懂的，这些事情最好不要你来主动。我不是说这些行为不好或者是掉价，只是男人嘛，呵呵，你懂的。"

傅诗言辞之间从头到尾都在控诉自己那个不靠谱的男朋友，乐言知道他们两个人的感情纠葛，所以一句话都没说。

她以前管过，现在不管很久了。

"下面是释放好感的小技巧。第一个，主动示弱，而且多多益善。反正就是隔三岔五地找他帮忙，制造见面的机会，聊聊天。适当撒娇，这点特别重要！"傅诗看着认真记笔记的乐言，加重语气，"这里画重点，特别重要！"

乐言从善如流地点了点头："知道知道，你继续。"

"要给他留下独特的味道。香水不用我给你选了吧？"傅诗说，"要独特到他一闻到这种香味就想到你。"

乐言给傅诗竖起大拇指，直呼："内行。"

"千万不要总是你找话题，要学会让他先开口，就算冷场你也不要主动说话，反正温柔地笑就完事儿了，然后顺着他的话说。但也不要一直是他找话题，这个度你自己把握一下。如果他问你怎么老是笑，你就说'我也不知道啊，和你在一起就感觉莫名开心'。相信我，没有几个男人扛得住的。"

傅诗已经不是在给乐言建议了，而是直接递给她枪炮弹药。

乐言认真记下，对自己的闺蜜佩服得五体投地。

之后傅诗继续教乐言怎么追男人，两人从沙发上一直聊到了床上，甚至十二点多了还在聊。

刚开始她们还在聊追男人的经验，可是聊着聊着，不知道怎么的，就聊起了"渣男"。

"说实话，我很怕你受伤。"傅诗忽然没头没脑地来了一句。

"啊？"

乐言没反应过来。

"知人知面不知心。你认识他时间太短了，根本不知道他到底是一个什么样的人。"傅诗侧身看着乐言，眼睛明亮，"不过你放心，这点我会帮你把关的。我的感情生活已经这么惨了，我绝对不能让你步我的后尘。"

"抱。"

乐言忽然有点心疼傅诗。

"虽然提前说丧气话不好，但我还是想说，就算没追他也不要紧，天涯何处无芳草，何必单恋一枝花？"傅诗说。

乐言不想抱她了："我怎么觉得你突然变得比我还没信心呢？"

"无知是种快乐。"傅诗说。

作为一个八卦女王，傅诗平时闲得无聊最喜欢在各种论坛上看别人甜甜的爱情故事，当然，八卦消息她也来者不拒。先前叶星川和乐言出去逛的时候，她看了不少有关叶星川和其他女孩子的帖子。

不过，那些帖子里写的都没什么证据，全是些捕风捉影的玩意儿，傅诗也就没跟乐言提。

可是无风不起浪，傅诗只希望那些东西都是假的，希望老天对自己的闺蜜好一点。

乐言睁着眼睛望着天花板，说："突然有点期待呢。"

"期待什么？"傅诗问。

乐言说："追他啊，以前从没有过的经历呢。"

"……"

傅诗无语，道："行，保持这种心态就完事儿了，追不到也就当是一段非同寻常的经历。"

"……我这一个劲儿地给自己打气，我求你了，别再给我乌鸦嘴了！"

乐言的双手快忍不住摁到傅诗的腰上了。

感受到腰间凉气，傅诗立刻闭嘴了。

过了好一会儿，她才又说："加油啊，言言！"

"加油！"

已经很晚了，忙了一天的傅诗很快就睡了过去，乐言却有些睡不着。作为局中人，她不可避免地多想了。

患得患失是恋爱中的人的通病。

乐言不怕未来结局不好，也不怕失败，她也不知道自己究竟在担心些什么。

果然还是没有经验啊。

乐言深吸了一口气，渐渐睡去。

第 25 章

包场

晚上十点，叶星川回到家。

今天走的路略多，小腿隐隐作痛，他把鞋放进鞋柜里，踮脚走了几步，"砰"的一声瘫倒在沙发上，闭目养神。

好久好久，他都没有这种放松的感觉了。

想到刚才和乐言隐约间有约会意味的晚餐，以及饭后的散步和聊天，叶星川有些感怀。

自己有多久没有和女生这么亲密了？得有五年了吧。

正当叶星川感叹岁月流逝的时候，手机忽然振动起来。叶星川立刻拿起手机，看到消息不是乐言发的，顿时有点失望。

滕懿麟："哈哈哈哈哈，好不好？叶星川，你就说好不好吧！"

叶星川意识到滕懿麟在说什么，但仍抱着侥幸心理装傻："好什么？"

同时他也挺好奇：滕懿麟怎么会知道的？

就在叶星川疑惑的时候，王旭忽然也发来消息："对不起，师父！"

叶星川猜到是怎么回事了："说。"

王旭："刚才和滕哥排位的时候，随便聊了聊，就聊到你今天带朋友来吃饭。他就问我，那朋友是不是高高瘦瘦的，皮肤很白，长得很好看。我以为滕哥认识师娘呢，就说是啊。后来我们还仔细聊了聊，到最后他嘻嘻哈哈跟我说谢谢，我才反应过来我应该是被套话了。"

"……"

叶星川："行吧，没事儿。就是以后注意点，段位这么低，多找找自己脑子的原因。"

王旭回了一个捂脸哭的表情。

跟王旭聊完，叶星川这才切回与滕懿麟的聊天框。

滕懿麟："好什么？你说好什么？乐言好不好啊？"

叶星川还是那句话："挺好的。"

"说说吧，怎么关系突飞猛进到这地步了？等等，也别就咱俩在这儿说啊。"

手机振动了一下，叶星川退出滕懿麟的聊天框去看，发现滕懿麟拉了个群。

屏幕上显示："滕懿麟"邀请你和"吕佳明"加入了群聊。

群名：撩完就跑（3）。

"？？？"吕佳明第一时间发了几个问号。

滕懿麟："他今晚和乐言去竹里吃饭了，瘸着脚去的。"

吕佳明："哇，真爱啊！"

叶星川："没谱的事儿，你们跟这儿瞎起什么哄呢？"

滕懿麟："行，那你跟我说说吧，你私底下约我公司的员工去干吗了？"

叶星川："你们公司管得够多的啊，员工的私生活也要向你报备？滕懿麟，我看你为了打探我的私生活，脸都不打算要了啊！"

滕懿麟理直气壮："大丈夫何患没有第二张脸？"

吕佳明："叶星川，你还是老实交代吧，不然要是等我来说话，你知道的，我毁人清誉可是有一套的。"

"……"

叶星川无语："我真是倒霉，遇得到你们两个。"

不过他们三人太熟了，叶星川知道滕懿麟和吕佳明都是在开玩笑而已。

叶星川："今晚是她约我的，因为腿伤。"

滕懿麟："我滕懿麟好歹也是一分钟好几毛上下的人物，你这儿跟我挤牙膏呢？赶紧的，麻利儿的。"

吕佳明："就是，你可别逼我胡言乱语啊！"

叶星川："行吧，我觉得她对我有好感。"

滕懿麟："？？？"

吕佳明："？？？"

滕懿麟："然后呢？你呢？"

叶星川："说实在话，我对她也蛮有好感的。"

吕佳明："那你还在等什么呢？"

滕懿麟："就是啊，追她！哪有让人家姑娘主动的道理？"

叶星川："有顾虑啊……"

吕佳明："你有啥可顾虑的？"

叶星川："我都三十了，肯定得奔着结婚去，可她年纪还小，说不定只是一时兴起。"

滕懿麟："我以前怎么没觉着你是这么一个传统的男人？三十怎么了？结婚怎么了？一时兴起又怎么了？喜欢就去喜欢呗，以后的事以后再说。"

叶星川："哪有这么容易？"

吕佳明："……复杂。"

滕懿麟："我看你就是担心再被甩吧。"

吕佳明："扎心了。"

叶星川："没有的事。"

滕懿麟："你说没有就没有吧，但我还是要说，五年了，该放下的就放下吧。"

吕佳明知道叶星川对上一段感情比较敏感，怕两人聊出火气来，忙打圆场："那你们之后打算怎么办？"

叶星川："就之前那样办呗。"

滕懿麟："之前哪样办？继续对她好，给她做饭，向她释放好感，然后人家主动了你又不回应人家？渣男！"

吕佳明深有同感："渣男。"

"……"

叶星川仔细思考了一下，发现自己好像的确跌入"渣男圈"了，想了想说："我会把握好分寸的。"

滕懿麟："行吧，看你下一步怎么走，有进展随时汇报！"

结束了与滕懿麟、吕佳明的聊天，叶星川陷入了沉思。

他对乐言好已经成为他的下意识行为，很明显他对她有好感。

这也是理所应当然的事，那么一个青春靓丽而且脾气又好的女孩子对自己释放好感，除非是块石头，或者是头没有欣赏眼光的猪，否则怎么可能没点心动？

可因为家庭因素，他对待感情极度认真。他还不是特别了解乐言，不知道乐言对他到底只是一时兴起，还是认真地想要走很远。

想着想着，叶星川困极了，他强忍困意去洗漱完，躺在床上沉沉睡去。

第二天一大早，生物钟把叶星川叫醒，他翻身起床去洗漱完，这才把床头柜上的手机拿起来看一下。

有消息。

是乐言的消息。

"早安。"

叶星川微微一笑："早安。"

乐言："今天有什么安排吗？"

叶星川："去店里琢磨琢磨新菜品。"

离12月中旬越来越近了，叶星川有种紧迫感。

乐言："你的小腿没关系吗？"

叶星川："没事，我又不用小腿做饭。"

乐言："你说得好有道理，一时间我竟不知道该怎么反驳。"

叶星川："哈哈哈。"

乐言："我今天本来打算和闺蜜出去逛街的，但她临时有事去忙了，我只能在家闲着了。你准备去哪家店啊？晚上我去你店里吃饭啊，哈哈。"

叶星川："我去后海那边的总店，那里平时不怎么营业的。想来你就来呗，正好尝尝我做的新品。"

乐言："真的吗？那太好了！"

乐言一点也没有矜持的意思，又能见到叶星川，又能吃到好吃的，这日子简直不要太美好。

不过她有点疑惑："为什么总店不经常营业？"

按道理来说，总店不应该是生意最好、口味最正的那家吗？

叶星川："总店是卖餐位的，要预订。东西都是我做的，但我最近太忙了，索性就没开门。"

"……"

乐言发誓，叶星川是她认识的最任性的厨师，但她更多的是高兴："那我岂不是一个人包场了？"

叶星川说："是这样的，没错，哈哈。"

乐言心里美滋滋的："那我能早点去吗？"

叶星川："可以是可以，但挺无聊的。"

乐言："没事，反正我也没事做。"

叶星川："那好吧，我把地址发你。"

乐言收到地址，立刻从床上跳了起来，跑去浴室洗澡，边洗边感叹傅诗走得太早了，不然还能再帮她化一次妆。

她自从退圈就很少化妆了，毕竟她素颜也很好看。平时兼职模特的时候，也都有化妆师给她化。

得把化妆手艺拾起来了！乐言心想。

乐言竭尽全力化完妆，配好穿搭，这才下到地库去开车，一路上心情都不太平静。

叶星川刚才说店里没人，那他们今天岂不是要独处一天？虽然两人之前也是独处，但那是在滑雪场，四面八方多的是人，而且是教学场合，今天可不一样。

乐言忽然间有点忐忑，从没有过追男生经历的她，一时间不知道该怎么办才好。但车都快开到了，她也只能硬着头皮继续开下去。

叶星川最初开的那家店叫"行川"，后来开了几家连锁店，他就把总店改名叫"川"了。

总店在一条安静的胡同里，入口很小，富有历史气息的青石墙上，悬挂着一块小牌，上面写着："川"。

店门口停了一辆车，乐言认识，这是叶星川司机的车。这时，司机小陈正倚着车门抽烟，看到乐言停车下来，忙冲她招了招手。

"你好。"

乐言冲他笑了笑，推门走进了店里。

店很小，真的很小，大概五十平方米。

走进店里，映入眼帘的是一排吧台座，座位前就是厨房。这时，叶星川正穿着一身白衣服在里面忙活呢，看到乐言走进来，转头朝她笑了笑："来啦，坐吧。"

"嗯。"

乐言坐下后左右看了一下，似乎想看到这家店刚开时叶星川在这里努力工作的画面。

叶星川仅凭这么一家小店就能发展到如今的地步，真的厉害。不过，这种厉害天时、地利、人和缺一不可。

叶星川生在了好时代，当然，他的能力肯定也不差。

第 26 章

喜欢跟他在一起

乐言正在左看右看，叶星川已经走到她身前。

"先喝口水。"

"谢谢。"乐言接过水杯，说，"腿好点了吗？"

叶星川笑笑："好点啦。吃早饭了吗？"

乐言其实不想麻烦叶星川，毕竟她已经知道了他是一个很火的厨师，正常情况下根本约不到。她虽然没有具体了解过，但仅凭猜测也知道他做的每餐饭定价必然极高，况且他是给她一个人当私厨。

可刚才过于激动，她急着出门之下没来得及吃饭，现在"咕咕"直叫的肚子丝毫不给她面子。她最终没忍住，红着脸说："没呢。"

叶星川说："给你煮碗粥吧？"

乐言对吃的来者不拒："好。"

叶星川转头去切配料，洗砂锅。乐言坐在座位上，捧起脸盯着叶星川看。看着看着，她脑子里止不住浮想联翩起来。

她不由得脸红了，自己到底在想些什么呢！

十几分钟后，叶星川把砂锅端到乐言的面前。锅盖是掀开的，袅袅的热气混合着菌子的清香从砂锅里飘散出来。乐言忍不住深吸了一口气，看着叶星川赞叹道："好香！"

叶星川朝她笑了笑："有点烫，慢点吃。"

"好。"乐言点了点头。

乐言有了事做，叶星川这才转头去创新菜品。

"太好吃了！"

身后传来乐言的惊叹声，紧跟着是"咕噜咕噜"的吞咽声，叶星川听见后微微一笑，思路逐渐清晰起来。

"哎呀，又忘拍照了！"

吃到一半的时候，乐言忽然懊恼起来。

"没事，中午再拍。"

叶星川的声音传来。

乐言看了叶星川一会儿，感叹不已："我可太幸福了。"

叶星川笑了笑："呵呵。"

喝完热腾腾的砂锅粥，乐言早起的疲惫感尽去，坐在那里看了叶星川一会儿就觉得有些无聊了。

叶星川也不是一直都在做菜，有时候也会坐在椅子上思考，思考的时候一动不动，像根木桩。

乐言打了个哈欠，有点不好意思地问："我可以打游戏吗？"

叶星川本来就怕乐言觉得无聊："打啊。"

乐言听了顿时松了口气，她拿出手机打开游戏界面，才一登录就被人邀请了。

邀请人不是别人，正是她的老板滕懿麟。

乐言平时都是单排或者和姐妹打打，极少和男生一起玩，何况是老板。她本来打算装作没看见，可是抬头看了看叶星川，便低头飞快点选了接受邀请。

才一进队，乐言就听到了滕懿麟的声音。她忙把音量调到最低，在队伍频道里打字道："我现在不太方便听语音。"

滕懿麟："这大清早的，忙什么呢？"

游戏开了，这段时间不能发文字消息，趁着这短短几秒的时间，乐言想了很多。选英雄的时候，乐言打字道："我在他身边呢。"

"？？？"

"？？？"

"？？？"

滕懿麟一连发了三串问号。

他觉得不可思议，惊得连英雄都忘禁了："现在才十点啊，你们在哪儿呢？"

轮到乐言选英雄了，她反手选了一个镜，然后打字："在他店里呢。"

滕懿麟打定主意刨根问底了："这么早去他店里干吗？"

乐言也没有遮遮掩掩："我闲着没事做，就来了啊。"

滕懿麟："闲着没事干在家躺着打游戏不好吗？"

乐言："我喜欢跟他在一起啊。"

"……"

滕懿麟又惊了，惊得连英雄都忘选了。以前他可从来没看出来乐言是这种性格啊。太直接了！

游戏开始了，这局游戏滕懿麟打得没滋没味的，全场打完后，他给乐言发了微信。

"你喜欢他？"

乐言："嗯。"

隔了两秒钟，乐言又发去消息："你别跟他讲啊。"

滕懿麟无语："我多大人了？"

乐言："老板不是年年十八吗？"

滕懿麟："啊，你这么说倒也没错，年轻人就该多嘱咐几句。不过我挺好奇的，你对他到底是怎么个看法，是打算认真谈吗？"

乐言："不然呢？恋爱不认真，谈什么恋爱？"

滕懿麟："那就好。我会帮你的。"

乐言："那就先谢谢老板了！"

滕懿麟："老板什么的太生分了，凭你跟叶星川的关系，以后你就叫我滕哥吧。"

乐言："我想他比你大吧？"

滕懿麟想占便宜的念头被戳穿了，他也不尴尬，反而强词夺理："咱们年轻人之间的事，别说他了。我记得你不是年年十六吗？年轻得很，叫我一声'哥'不亏。"

乐言差点被滕懿麟逗笑了。

滕懿麟工作忙，打游戏只是抽空放松一下，他又跟乐言聊了几句就去工作了。

其实，乐言很想问问滕懿麟关于叶星川的事，但是她想了想，还是决定自己慢慢发掘。

之后，乐言又打了几局游戏，时间到了中午。

诱人的饭菜香味忽然飘入乐言的鼻尖，正在游戏里激烈厮杀的她顿时就觉得游戏不好玩了，眼睛不时朝叶星川那边望去。本来她的战绩不错，可到游戏结束时，已经一败涂地。

听到乐言手机传来熟悉的"defeat"，叶星川转头望向了她，发现她正在看自己。两人对视几秒，都笑了。

"是做的午饭吗？"

乐言忍了一会儿，但实在没忍住，还是发问了。

叶星川说："嗯，不过还得十来分钟呢。"

"啊……"

乐言顿觉失落。

叶星川本来以为乐言还没饿呢，毕竟距离她吃完那一大碗砂锅粥也才过去两个小时而已。

叶星川说："你这体质还挺好，光吃不胖。"

乐言容光焕发："这大概是我唯一的骄傲了吧。"

叶星川还能说什么，只是"哈哈"笑了两声。

枯坐干等是最难受的事，所以哪怕不在状态，乐言还是开了一局游戏。这局游戏打完，午饭终于做好了。

两菜一汤。

一道盐烤蝴蝶虾，一道炙烤羔羊里脊，一道白河鱼汤。

外加两碗粒粒晶莹的白米饭。

看着面前热腾腾的饭菜，看着对面比菜更下饭的脸，乐言觉得自己现在就是世界上最幸福的人了！

这次她终于没忘记拍照。

不过她拍得飞快，生怕面前三道菜凉了一丝一毫就会变味儿。

"那我就不客气啦？"

乐言拿起筷子，看向对面的叶星川。

叶星川冲她笑了笑："吃吧。"

话音刚落，乐言的筷子已经夹起一只虾。

伴着乐言呼噜噜的"好吃好吃"的声音，三道菜被飞快解决。

乐言的吃相让叶星川愈发觉得她可爱了。

两人吃完饭，叶星川开始收拾碗筷。

乐言忙站起来要帮叶星川收拾，但被叶星川坚定地拒绝了："这里的活儿都是我自己来的。"

乐言点了点头，有些不好意思："你看我在你这儿白吃白喝的……有点过意不去啊。"

叶星川冲她笑了笑："这有什么。"

乐言想了想说："那等你有空了，我请你看电影吧。"

以叶星川的身价，一顿饭恐怕值几十场电影了。乐言当然不是真的拿看电影来感谢叶星川，叶星川心里也明白。

他内心略有犹豫地点了点头："好啊。"

乐言直直地看着叶星川，问："那你今晚有空吗？"

"啊？"

叶星川被乐言直勾勾的眼神看得有些发慌。成年人之间的"有空"和"下次"，不应该指今晚吧？

叶星川又犹豫了几秒，然后答应了下来："有啊。"

乐言行动极快："那我订票咯？正好最近上了一部不错的电影。"

叶星川汗颜："都行。"

他本来打算慢慢了解乐言，慢慢相处，慢慢发展，可乐言的种种行为，完全不给他一丝一毫的喘息时机，他脑子里不禁有些乱。

乐言订票的时候，叶星川又坐回去思考了。

订完票的乐言又陷入了无聊状态，但她这次没再打游戏，而是静静地看着叶星川思考，渐渐地入了神。

忽然，叶星川抬头望向了她。

正出神的乐言被他盯了一会儿才反应过来，脸一下就红了，不好意思地低下了头。

叶星川收回看她的目光，心里也有点不好意思。

餐厅里渐渐弥漫着一种暧昧的气息。

隔了一会儿，乐言把中午吃的饭发了朋友圈，顿时收到了上百个赞和数十条评论，大家全都夸饭菜卖相好，只有极少数人认出来这是叶星川做的饭菜。

滕懿麟也在下面评论了："我嫉妒了。"

简简单单四个字，给了乐言无限的信心。看样子自己应当是特殊的那一个吧？好想知道他的感情经历啊。

傅诗也评论了："言言，无论如何，追到他，请我吃饭！"

乐言看了，不由得笑出声。

叶星川瞥了她一眼，微微一笑，继续思考做菜。

下午六点钟，叶星川总算结束了一天的工作。他稍微收拾了一下，抬头看向乐言："走吧。电影院订在哪儿啊？"

乐言说："就在附近。"

"有多远？"

乐言拿起手机搜索了一下，说："七百多米。"

"那咱们走着去吧。"叶星川说。

"好啊。"

相比起司机开车、两人坐后排，乐言更喜欢和叶星川走路。

第 27 章

了解

晚上十一点。

乐言打开家门，又看见傅诗敷着面膜坐在沙发上玩手机。

傅诗在北京当然有家，但她到乐言家来是常事，所以乐言也没惊讶。

傅诗放下手机，拿起茶几上的薯片："今天怎么样啊？"

"开心。"乐言眯着眼笑着朝她走来，猛地把她压倒在沙发上，"太开心了！"

傅诗无语："不是，你开心归开心，压我干什么啊！起来，快起来，薯片都撒了！"

乐言听她的话坐直身子，抱着抱枕傻笑起来。

"真的是傻了。"

傅诗静静看了一会儿，忽然拿出手机录起视频来。

乐言立刻发觉，抬头看着她："你干吗呢？"

傅诗说："录视频。等过段时间你情绪平复下来了，好好欣赏一下这段时间的自己吧。"

乐言听完，根本不在乎，继续把头埋在抱枕里，又傻乎乎地笑了起来。

傅诗彻底无语了，她把手机锁屏，问道："到底发生什么了？"

乐言说："不告诉你。"

傅诗瞪着眼睛："亏我还帮你出谋划策，这么快就忘恩负义了？"

乐言委屈道："怕你说我傻。"

傅诗说："放心吧，我不说你傻。"她心想：这还用她说？

乐言笑呵呵地道："刚才看电影的时候他买了份爆米花，我去拿的时候不小心碰到他手了。"

沉默。

死一般的沉默。

好几秒钟后，傅诗才在乐言傻呵呵的笑声中问道："没了？"

乐言说："没了。"

傅诗面无表情："就这？"

乐言说："就这。"

傅诗起身宣布："你没救了。"说完她就去洗脸了。她彻底受不了这个陷入恋爱中的傻子了。

乐言冲她傻笑了一声，跳起来跟上去一起洗漱。

第二天，乐言又去叶星川店里了。

今天乐言是吃了早饭来的。虽然她很想吃叶星川做的饭，但她也是真的怕麻烦叶星川。

叶星川看她来了，笑着问："吃早饭了吗？"

乐言说："吃了。"

叶星川不解："嗯？"

乐言不好意思地说："怕麻烦你，你还是专心工作吧，我今天带了电脑来，和你一起工作。"

叶星川说："不麻烦的，下次可以直接来吃早饭。"

乐言说："还是算了吧。"

叶星川说："你来就是了。"

乐言嘴上为难，心里却美滋滋的："好吧。"

叶星川问："最近滕懿麟没给你安排教练工作吗？"

乐言说："他说我的工作就是教好你，这段时间也不能让你丧失对滑雪的热爱。"

叶星川愣了一下，笑起来："哈哈，好的好的。"

跟叶星川聊完天后，乐言开始工作。她时不时抬头看看叶星川，有时看见叶星川也在看她，有时则看见他在专心思考或做菜。

叶星川也不时转头去看乐言，察觉到店里面的暧昧气氛，他心里有种说不清道不明的味道。

乐言工作累了会跟叶星川说，叶星川休息的时候，也会走过来看乐言工作。渐渐地，两人的聊天内容开始趋向于了解对方。

乐言会把电脑转过去，兴致勃勃地给叶星川展示自己初学滑雪时的视频、自己在国外比赛时的视频，以及一些场面比较炫酷的视频。

除了滑雪视频，还有跳伞、潜水等一系列极限运动视频，看得叶星川惊叹不已。

不过，最让叶星川对乐言刮目相看的还是她参加女团比赛时的视频，她的穿衣风格、她的气场神态、她的舞姿、她的歌喉……舞台上的她和教他滑雪时的她、平时相处时的她完全不像同一个人。

从乐言各个视频里的状态来看，她应该更喜欢舞台才对，她为什么会退出呢？

上次跟乐言聊到这个话题时，叶星川也生出了疑惑，但忍住了没问。这次还是一样，毕竟涉及个人隐私。不过和上次不同的是，乐言朝他笑了笑，说："没事啦，都过去那么久了。我退出也没有别的原因，就是'私生饭'和网络暴力问题。"

她语气平淡，但叶星川懂她当时承受的压力。

毕竟他算是半个公众人物，知道"私生饭"和网络暴力会给一个人带去多大影响。

刚开始的时候，他经常能在店里遇到粉丝，懂礼的，不懂礼的，惹事的，不惹事的，总会影响生意和他的个人状态。不过自从他曝光率减少后，这种情况就少很多了。

叶星川在逐步加深对乐言的了解，乐言何尝不是？

不过相较于乐言，叶星川的过去要简单许多，无非是艰苦的求学之路，以及直播初期的困难——不过那段时期真的很短。

乐言坐在那里看着叶星川以前的直播，不时发出笑声。叶星川又继续去想创意菜品了。

接下来的几天时间，乐言几乎每天都会来店里陪叶星川。两人各干各的事，互不影响，偶尔聊聊天，或是相视一笑，气氛好到司机小陈在店外都闻得到柠檬的味道。

在店里忙完后，两人还会去看电影或者散散步，晚上回到家甚至还会约好一起打游戏，基本上每天都在一起黏着。

傅诗已经不再往乐言家跑了，因为她觉得乐言已经没有困扰了，追叶星川这件事已经稳了。

滕懿麟那边也是这样认为的。

不过，两人始终没有捅破最后一层窗户纸。

问题还是在叶星川的身上。

滕懿麟在微信群里发出了针对叶星川的灵魂拷问："你到底还在犹豫什么啊？"

作为叶星川和乐言的共同好友，两人这几天的朋友圈他都是看了的，乐言几乎天天都在叶星川那里，叶星川也几乎天天给她做饭吃。

滕懿麟认识叶星川这么久了，吃他做的饭的次数加起来，恐怕也就和乐言差不多。他对她的好感或者说喜欢几乎是溢于言表的。

那还犹豫什么呢？

如果仅仅是朋友圈，滕懿麟也不会催叶星川，可关键是他私底下也会了解两人的状态。

两人正处于暧昧期，只需要一个人打破僵局就可以开始"撒狗粮"了。人家女孩子都那么主动了，总不能让人家告白吧？

乐言肯定不会的，就算她想，傅诗也不会让她这么做的。

叶星川说："想多相处一下。"

滕懿麟无语："说明白了再相处不行吗？"

吕佳明："其实我觉得暧昧期久点也没什么。以后恋爱结婚的时间长得很，久了就没有那种激情了，我现在反而很怀念那种脸红心跳的感觉。"

滕懿麟："你闭嘴！"

"……"

吕佳明无语。自己招谁惹谁了？

滕懿麟："别再拖了，人家女孩子也是要面子的，你这样拖来拖去，小心把好姻缘给拖没了。"

叶星川："知道了。"

他其实也知道这样下去的确不行。

可是他又能怎么办呢？

他已经三十岁了。虽然他并不像滕懿麟说的那样是一个传统守旧的人，但他的确想结婚了，所以他现在不能再随随便便谈恋爱——当然，他以前也没有像吕佳明那样随便过。

他现在谈恋爱是奔着结婚去的，可乐言才二十四岁。这个年纪挺尴尬的，不大不小。说她大，是因为的确挺多女孩子在这个年纪结婚了。说她小，是因为叶星川觉得，她未来还有各种可能性，不确定性还很多。

真是苦恼啊！

叶星川轻叹了一口气。

他成长在单亲家庭，是绝对不容许将来自己的婚姻出现波折的，他不想将来自己的孩子像自己小时候一样，只能感受到妈妈的爱或者爸爸的爱，而不是爸爸妈妈共同的爱。

"再看看吧。"他在心里这么对自己说。

十天时间过去了，叶星川的腿伤已经快好了，他和乐言也约好了，再过三天就一起去滑雪场继续学习。不过这次，叶星川的重心将会放在结合滑雪创新菜品上。

酒店里的厨房已经在滕懿麟的帮助下开始改造了，为此叶星川付出了请滕懿麟吃三顿饭的代价——当然都得是他亲手做的。

滕懿麟在国外忙了好一阵子，也回来了，不过这段时间，叶星川一直和乐言在一起，始终没机会跟他见面。

叶星川在纠结，乐言也挺纠结的。

经过一段时间的相处，乐言确信自己对叶星川的好感已经转化为喜欢了。

喜欢一个人难免患得患失。

今晚乐言就躺在傅诗的怀里，边绞动着自己的头发，边抬头看着在敷面膜的傅诗，轻蹙眉头问："你说他到底喜不喜欢我啊。"

作为局外人，傅诗看得清清楚楚的："喜欢，肯定喜欢。"

"那是我表达得还不够明确吗？他怎么还不表白啊？"乐言叹了口气，"他就是不喜欢我吧？"

"你表达得已经够明确了，不需要更明确了，再主动就是上赶着倒贴了，你不许这样。"傅诗低头瞪了乐言一眼，警告道。

乐言撇了撇嘴："我知道的。"

傅诗说："我看你就是太主动了他才会这样。"

乐言盯住傅诗："啊？怎么说？"

傅诗说："你太主动了，给了他安全感和暗示，所以他才有时间纠结，有时间胡思乱想。"

乐言吃了一惊，坐起身子，端正地请教道："那我该怎么办啊？你又说不能表白。这是快刀斩乱麻唯一的办法了吧？"

傅诗呵呵一笑："这多简单啊。"

乐言眼睛都亮了："傅老师，教我！"

第 28 章

外卖

第二天。

叶星川在店里等到十点半，也不见有人推门进来，心里不禁有些疑惑和失落。

她今天怎么没来？

虽说乐言本来就可以不来店里，可过去一周她有六天都来了，没来那天也提前告诉了他原因，但今天不一样。

她昨晚和今早都没说什么。

她就是没来。

十一点钟的时候，叶星川心烦意乱地拿起手机，打开乐言的聊天框。两人的聊天记录结束在他回复的一句"早安"，时间是七点半。

已经过去三个半小时了，她再忙也该有空说一声吧。

可人家来店里又不是义务，不说也正常。

要不问一下？叶星川脑子里冒出这个想法，紧跟着略有犹豫。

犹豫再三，叶星川终于没忍住，给乐言发去一条消息："在吗？"

乐言隔了一分钟回复："在。"

叶星川看到消息，愣了一下。在玩手机，说明不是在忙。可叶星川想了想，仍然发去一句："在忙吗？"

乐言说："没有啊。"

叶星川不知道该怎么回了。

问她为什么没来？人家没来就没来呗，有什么为什么，她也没说每天都会来吧。

他闷着头切了点东西，又拿起手机。乐言没再回复了。

叶星川心里闷闷的，莫名地闷。

算了！正事要紧！

叶星川强行按捺住自己找乐言问清楚的欲望，低下头"嗒嗒嗒"地切菜。

到十二点的时候，乐言仍然没有发来消息。

叶星川面无表情地做了午饭，坐在吧台食不知味地吃完了。

十二点半，叶星川又给乐言发了微信："吃了吗？"

乐言秒回："没呢。"

之前不忙，现在不忙。显然她没来不是因为工作和急事，那是为什么呢？

乐言又发来一句："不知道点什么外卖。"

看到这条消息，叶星川无名火起！合着自己做的东西连外卖都不如了？叶星川收回目光，不再回复。

又过去了两小时，乐言没联系他，他也没再联系乐言。不过，他登录游戏界面看了一眼乐言的登录时间。

她也没打游戏。

叶星川是真不懂了，无奈之下，只得寻求"情场达人"的帮助。

"人呢？"

他在群聊里发了条消息。

"干啥？"

"嗯？"

两分钟后，吕佳明和滕懿麟几乎同时回复。

叶星川："我需要帮忙。"

"说。"

叶星川："她今天没来，而且没怎么理我。"

滕懿麟："活该，让你优柔寡断。"

吕佳明："聊天记录发我看看。"

叶星川从善如流，截图了自己和乐言的聊天记录。

看完聊天记录，吕佳明说："两种可能：一、她对你没兴趣了；二、她在欲擒故纵。从她之前的表现来看，一的可能性不大，那就是二了。二也不像她的做法，她背后肯定有高人指点！"

滕懿麟："那你要不要跟她隔空斗斗法？"

叶星川看完吕佳明的消息，眉头微皱："可不可能是一呢？"

吕佳明："说了一的概率很小，二的可能性比较大。"

叶星川："那我现在该怎么办？"

吕佳明："简单啊，你直接表白，万事大吉。"

叶星川："还有吗？"

吕佳明："那你就跟她比谁沉得住气，但这个比较伤感情，没把握好可就凉凉了。"

叶星川："还有吗？"

吕佳明："别理会她的冷淡，主动点，重拳出击！"

滕懿麟："这个听起来靠谱。"

叶星川："我考虑考虑。"

滕懿麟："别考虑了，重拳出击就完事儿了！"

叶星川锁住手机屏，坐在那里思考。

吕佳明说的三个办法，第一个和第二个他直接排除了，第三个的确不错。可是要怎么主动呢？主动之后呢？

叶星川闭上眼睛想了一会儿，有些头痛地做菜去了。

十分钟后，他忽然想通了。

管他之后呢，先顾好现在再说！

做了决定，叶星川一扫此前的颓废，气势十足起来。

早晨七点二十，乐言被傅诗关门的声音吵醒，拿起手机找到叶星川的聊天框，给他发了个"早安"，然后就收起手机起床洗漱开始工作。

七点半的时候，叶星川回了个"早安"。

乐言听到手机振动，忙把手机从桌上拿起来，看到是叶星川的消息，微微一笑，想要回复，但想起傅诗昨晚的严厉告诫，乐言忍住了。

工作的时候，乐言两三分钟看一次手机。后来为了方便，她直接把手机设定成永不休眠模式，屏幕上显示着叶星川聊天框的界面。

一直到十一点，终于有消息发来了。

"在吗？"

看到这条消息的时候，乐言内心一阵欣喜，忍不住截了个图给傅诗发去。

隔了一会儿，傅诗回复："众所周知，外国人喜欢说'I love you'，中国人喜欢说'在吗'。他肯定喜欢你，你就放心吧。"

乐言："嘻嘻。"

傅诗："嘻什么嘻，我忙去了啊。"

乐言："等等！我该怎么回复啊？"

傅诗："你就回复'在'，然后见招拆招，总之别太热情就对了。"

乐言："好。"

傅诗："一定要忍住！"

乐言："知道！"

聊天框切换，乐言回复："在。"

叶星川："在忙吗？"

乐言："没有啊。"

消息到此为止。

又是一大段时间的沉默和等待，乐言心里想着事，根本没法儿好好工作。她有些担心自己的冷淡会让叶星川误会，然后两人就此冷淡下去。

昨晚傅诗告诉她对付叶星川这种男人要欲擒故纵的时候，她内心其实是拒绝的，因为她知道叶星川和其他男人不一样。可她最后还是没忍住诱惑，因为她感觉自己和叶星川的关系必须进一步了，必须有一个契机或者催化剂。

最后，她还是决定按照傅诗说的去做。

希望不要翻车。乐言心里祈祷着。

欲擒故纵这法子属于不稳定的招式。如果叶星川没那么喜欢她在乎她，或者他不接招的话，那最终撑不下去的肯定还是她自己，到时候之前怎么主动，以后得加倍主动，她面临的局面会更差。

"唉！"乐言叹了口气，不禁有些幽怨，"你就不能主动点吗？"

她才抱怨完，叶星川又发来消息。看到他的消息，乐言刚才的幽怨顿时散尽。

"吃了吗？"

众所周知，"吃了吗"这一问候方式也是一个人喜欢另一个人的表现。

"没呢。"

乐言回复的时候觉得肚子好饿好饿，好想好想吃叶星川做的饭，可为了以后能永远吃到他做的饭，她还要继续忍下去。

隔了几秒钟，乐言用尽全力打出一行字："不知道点什么外卖。"

世界彻底沉默清静了。

如果他真的在乎自己，现在肯定很受打击吧？他会做出反应的吧？乐言既忐忑又期待。

下午五点半，傅诗发来消息："怎么样了？"

乐言："不怎么样。"

傅诗："哟，还生气了？他要是不理你，晚上我带你去吃饭看电影。"

乐言："嗯。"

傅诗："真生气啦？他怎么这样对我们言言啦？要不要我帮你收拾他？！"

乐言："也没什么，就是没理我。"

傅诗："正常，给他点时间好好考虑考虑。"

傅诗这条消息发过去后，等了许久都没等到乐言的回复。

傅诗："人呢？"

又等了半小时，还是没回复。傅诗忍不住胡思乱想：该不会有人入室抢劫吧？当然，她也只是瞎想想，这种事显然不大可能发生。

另一边。

乐言家。

她正和傅诗聊天呢，门铃突然被按响了。

乐言有点疑惑，大声喊道："哪位？"

"您的外卖。"

门外传来声音。

乐言皱了皱眉："我没点外卖啊。"

她穿起拖鞋，边走边想这声音有点耳熟。走到门口，乐言掀起猫眼盖，向门外看去，顿时惊了。

她内心一阵欣喜，同时又有些慌乱。她站在玄关的立镜前照了照。一身毛茸茸的家居服，倒还算可以，头发没洗有点乱，幸好今天没爆痘，可也不能就这么直接见他啊！

没错，门口站着的正是叶星川。

之前他送过她回家，所以知道她家在哪儿。

乐言本来想让叶星川稍微等一下，可话到嘴边又止住了。算了，几分钟也捯饬不好自己。她扯了扯衣角，深吸了一口气，把门打开。

门口的叶星川左右手拎了两大包东西。

"你怎么来了？"

乐言边侧身给叶星川让位置，边要去拿他右手的东西，心里美滋滋的，表面上却装得很疑惑诧异。

叶星川面无表情："怕你有外卖选择困难。"

乐言一阵心虚："你生气啦？"

叶星川面无表情："没有。"

乐言不敢继续追问。万一叶星川真说他生气了呢？她从叶星川右手抢过一袋东西，低头看了看："这什么啊？还挺沉。"

叶星川说："食材。"

乐言把东西拿进客厅放在桌上，回头说："你等一下啊。"

放完东西回到玄关，乐言从鞋柜里拿出一双男鞋："我家里很少来男客人，这是我爸的鞋，你将就一下啊。"

叶星川说："没事。"

叶星川边换鞋边抬眼看向乐言家。

乐言家客厅着实不小，玄关正对着客厅，客厅尽头则是一个阳台，阳台外夜色撩人。

　　餐桌挨着开放式厨房，从厨房里的摆设来看，乐言应该是经常做菜的。

　　"饿了吗？"叶星川抬起头看了乐言一眼，边说边撸起袖子。

　　"饿了。"乐言红着脸说。

第 29 章

态度问题

　　乐言家厨具食材齐备，叶星川用起来非常顺手，忙活了四十分钟左右，便把一顿丰盛的饭菜端上了桌。

　　乐言提前摆好碗筷，看着面前的饭菜，深吸了一口香气，心情前所未有地好。

　　"那我就不客气啦？"

　　乐言拿起筷子，满脸期待地望向叶星川。叶星川面无表情登门而来，她心里欢喜，又自知理亏，面对叶星川有些小心翼翼的。

　　叶星川也拿起筷子："吃吧。"

　　得到准许，乐言如蒙大赦，立刻飞快地夹菜吃饭。

　　因为顾虑叶星川的心情，她一整天都魂不守舍的，中午点的外卖那叫一个食之无味，她吃了没几口，晚上本就饿得够呛，面前摆的又是叶星川做的饭菜，她哪里还忍得住？

　　乐言吃饭的样子一如往常，这让叶星川抑郁的心情稍微好转了些。

　　乐言吃得很快，叶星川吃得很慢，但两人几乎同一时刻吃饱。乐言满足地放下筷子，望向对面正看着自己的叶星川，脸颊微红。

　　"好吃。"

　　"嗯。"

　　听到叶星川的回复，乐言一时间不知道该说点什么了。

　　气氛逐渐转向尴尬。

　　乐言忽然站了起来："我去洗碗，你先在沙发上坐会儿吧。"

　　"好。"

　　叶星川心里松了口气，也没说去帮乐言洗。她家厨房不算大，两人一起的话稍嫌拥挤了些。

叶星川走到沙发前坐下，掏出手机来，神色镇定地在三人群聊里发了条消息："救命！"

吕佳明："咋了？"

叶星川："我在她家。"

吕佳明："可以啊，动作够快的，这就重拳出击了！"

叶星川："我没告诉她就来了，气氛有点尴尬。"

吕佳明："怎么尴尬了？等等，我问一下啊，她见你第一眼的时候什么反应，惊喜还是惊恐？"

叶星川想了想，打字道："挺平静的。"

吕佳明："呵呵。你到她家多久了？都干吗了？她有反感的表现吗？"

叶星川："一个小时了，就给她做了顿饭啊。反感嘛，应该没有吧。"

"……"

吕佳明沉默了一会儿："好，那我接下来就要说重点了啊。"

叶星川稍微坐直了身体。

吕佳明："你这周要是不给我做顿饭，你今晚就在她家尴尬死吧。"

叶星川看完，缓缓打了个问号，然后妥协了："好，答应你。"

吕佳明给叶星川发来一大段话："我觉得吧……喀，不是，结合我最好的朋友滕懿麟教导我的相关知识思考了下，我觉得吧，她应该蛮喜欢你的。你都突然跑人家家里去了，她还没有反感排斥，这个意义非同寻常啊！要是我……不是，要是我最好的朋友滕懿麟的话，接下来就好办了。但是你嘛，你想跟她好好谈的话，就聊聊天吧，聊聊文学、爱好、电影啥的，然后看时间该走就走。"

叶星川沉默了几秒："不用表示点什么吗？"

吕佳明："哥，表示了就被动了！而且你想明白了？表白谈恋爱？"

叶星川："没呢。"

吕佳明："那你想表示啥？打破今天一天的僵局？都跟你说了，她背后有高人指点，今天是特殊情况，你就这么跟她处着，她撑不了多久。但是你啊，我劝你也别考虑太多拖太久，别真把人家姑娘晾跑了，最重要的是，千万千万不要有任何你俩不合适的暗示，人家姑娘现在肯定想得很多。哥们儿言尽于此！对了，就算你真想跟她谈恋爱，表白的时候也别在人家家里。成功与否是一回事儿，万一以后你们真在一起了，回忆起来有你好受的。这表白和求婚一样，都得有点仪式感！"

滕懿麟忽然冒出来了："佳明说得有道理。女儿家在热恋的时候喜欢说没关系，等个五年十年回忆起来的时候，呵呵，就会问你为什么当时怎么怎么样。烦死了！"

叶星川凛然："都是经验之谈啊，受教了。"

跟吕佳明、滕懿麟两人聊了几句，叶星川心里总算有底了。他今天跑来乐言家也没经过深思熟虑，只是脑子一热的结果，现在回想起来都觉得惊讶，自己怎么变这么冲动了？

叶星川突然上门心有忐忑，正在厨房里洗碗的乐言何尝不是？

她擦几下碗就拿起一下手机，想看傅诗有没有给她回复，等到她都要放弃的时候，傅诗终于回消息了。

"哈哈哈，他这是急了啊！"

乐言："啊？"

傅诗："你这才冷了他一天，他就忍不住上门了，他对你什么态度还要我说吗？"

乐言："道理我都懂，但接下来要怎么办啊？气氛好尴尬啊，我也不知道说什么，他好像也不知道说什么。"

傅诗："呵呵。他还是端着呗，那就让他端着。你也别多想，一会儿正常跟他聊，反正别主动。主动了你就被动了。"

乐言："好。"

傅诗："有一点我必须警告你啊，他要留宿的话，绝对不行！"

乐言："我知道分寸啦！"

傅诗："两个头脑发热的家伙，谁知道呢？"

乐言："不理你了。"

傅诗的回复像是给乐言托了底，让她的心绪渐渐平复。她飞快洗完碗，擦了擦手向客厅走去。她看到叶星川正百无聊赖地玩手机，强忍着心头的紧张坐到了他旁边的位置，拿起桌上的遥控器打开电视，边找台边问："今天怎么样？有灵感吗？"

叶星川："还行吧。"

"……"

这让乐言接什么？

叶星川也意识到尴尬的气氛再度恶化，于是抬起左手看了眼时间，说："时间还早，看部电影吧。"

"哦，好啊。"

听到叶星川的提议，乐言松了口气。看电影的时候哪怕双方都不讲话，也至少不会尴尬了。

她问："你想看什么？"

叶星川反问："你想看什么？"

乐言想了想："我来决定，有意见没？"

叶星川说："没。"

乐言说："有部片子我看过，挺好看的，我想再看一遍。"

叶星川说："好。"

乐言立刻开始找电影。她家是激光电视，沙发正对着一百寸的抗光屏，得关了灯才能看清楚。于是乐言红着脸，略有忐忑地去把灯关了。

客厅的光线顿时暗了下来，只剩下抗光屏的光源。

她找到了片子开始播放。

电影开场就是一段热情洋溢的歌舞，但乐言没太大心思看。她坐在叶星川旁边，两人之间稍微隔了点距离。她不时用眼角余光去看叶星川，发现他很认真地在看电影——是真的很认真。于是她松了口气，也开始认真地看起来。

这是一部国外电影，女主是演员，男主是爵士钢琴师，电影的主要内容就是两人相识相爱，最后在各自追逐梦想的过程中逐渐分开。

冲突是爱情和梦想的抉择。

乐言经常自我代入，如果自己是女主的话，自己会怎么选择——选择坚守梦想，失去爱人，还是选择爱人，失去梦想？

她心中一直没有答案。不过今天坐在叶星川的身旁，她再次深思，终于有了答案。她应该会选择放弃梦想吧。她在内心深处笑了笑自己，自己果然还是比较感性啊。

影片渐入佳境，内心始终忐忑不安的叶星川依旧不时用余光瞟向乐言，至于电影内容，说实话他真没怎么看进去。

不过随着剧情的推进，他在男女主选择的带动下，也开始考虑自己接下来的选择。

是不顾一切跟乐言在一起，抑或是其他？

忽然，他听到乐言的声音："如果是你，梦想和爱情，你会选哪个啊？"

叶星川正在考虑自己和乐言的事，听到乐言的问题，他"啊"了一声，然后很快给出答案："应该是梦想吧。"

乐言愣了一秒："哦。"

乐言的口吻，让叶星川敏锐地察觉到不对劲。自己是不是说错什么了？

不过他觉得自己没说错什么，乐言又不是让他选她和梦想。如果是以前他的梦想没实现的时候，他肯定会选择梦想而不是爱情。但现在他的梦想都已经实现了，对他来说也就不存在什么选择的问题了。这在他面前根本不是问题。

接下来半小时，叶星川始终有点忐忑，想问乐言自己是不是说错话了，但又不太好意思。

看完电影，已经九点半了。叶星川没理由待在人家家里，自然是找了个借口回家了。回家路上，叶星川在群里问出了自己的疑惑。

吕佳明："唉，叶星川，你平时不挺聪明的吗，怎么在这件事上就是个猪脑子呢？人家女孩子听的是一个态度，需要你这么理性的答案吗？"

叶星川依旧满头问号："这样的吗？"

吕佳明："你上段感情谈哪去了？"

如果不是见过叶星川的前女友，吕佳明都有点不相信叶星川谈过那么久恋爱了。

叶星川："那接下来怎么办？"

吕佳明："不怎么办，又不是什么大事儿，明天就好了。"

叶星川松了口气："好吧。"

当天晚上回到家，叶星川一如往常跟乐言互道晚安。

但是第二天，问题就来了。

第 30 章

想念

乐言要走了。

叶星川刚睡醒，拿起床头的手机，就看到乐言发来的消息："负责一个重要客户的同事受伤了，我要去接替她。"

叶星川眉头一皱："在哪？去多久啊？"

乐言："蒙特利尔。去多久不一定呢。"

"……"

加拿大蒙特利尔，和北京有十几小时时差，乐言去了之后，两人的联系必然会减少很多，才建立起来的关系也肯定会受到冲击。

叶星川沉默了一会儿，给滕懿麟发去消息："不能换别人吗？"

滕懿麟很快回复："不行啊，人手抽调不开了。不过，不是我说啊，如果你在这件事上干脆点，我肯定不会让她去的，我再招个人都行。"

叶星川发了个"？"。

滕懿麟："你这样态度不明地和她相处，我怕你伤到人家，正好给你点时间，让你想想清楚。"

叶星川："……行吧。"

他也不知道该和滕懿麟说什么了。生气？还真没有。滕懿麟花钱雇乐言做教练又不是来陪他玩过家家的。而且就像滕懿麟说的那样，他的态度的确不太明确，他自己也意识到了，可是感情这种东西很难控制。

兴许一段时间的分别，可以让自己想清楚吧。只是一想到要和乐言分开那么久，叶星川心里就颇不是滋味儿。

叶星川切换聊天框，继续给乐言发消息："什么时候走？我去送你。"

乐言："不用啦，我已经在机场了，这次真挺匆忙的。"

叶星川愈发失落：“好吧，那一路平安。”

迟疑了一会儿，叶星川又补了一句：“到了跟我讲一声。”

乐言：“好。”

等了一会儿，不见再有消息发来，乐言收起手机，转头看向身边的傅诗，一脸委屈巴巴。

傅诗戴着黑口罩，不知道是什么表情：“你有啥好委屈的啊？”

乐言说：“一想到很久见不到他，就委屈啊。”

傅诗说：“听我劝，离开一阵子对你们俩都好。你老板不也说了吗，他现在就差点刺激。再说了，现在网络那么发达，谁能阻碍你俩联系？”

乐言道：“时差啊……”

傅诗看着乐言，不说话了。

“好吧好吧。”乐言只能屈服。

又磨蹭了一会儿，乐言才与傅诗告别，过了安检。路上，她一直犹豫着要不要多跟叶星川聊聊天，最终她没有，只在起飞前给他发了条微信：“起飞了。”

发完等了一分钟没有回复，乐言就开启了飞行模式。接下来的飞行时间长达十四小时，不管有什么情绪，她都只有下机后才能表达给想表达的人了。

叶星川穿好衣服拿起手机，看到一条未读消息，来自乐言：“起飞了。”

叶星川回了句：“好，到了说。”紧跟着他就去洗漱了，接着下地库，出发去工作。

去总店的路上堵车，叶星川望着窗外趋于静止的车流，眼神渐渐涣散。不一会儿，他拿出手机打开微博，搜索了乐言的名字。

因为工作需要，乐言必须运营微博，所以她的微博内容远比微信朋友圈多得多，里面大多是她给自己店铺当模特拍的照片，与工作无关的微博较少，但也有不少。

乐言的粉丝有三百多万，基本上是她做女团那段时间积攒起来的，几年过去了，他们中的一部分依旧活跃在乐言的微博上。

通过看乐言的微博，叶星川对她的了解渐渐增加，也缓解了一点对她的想念。

等到店子的时候，他继续往下翻，看到了乐言做女团之前大学时发的内容，有校园生活、日常感悟、吃过的美食、走过的路，不过最多的还是滑雪照片和视频。

看着这些照片和视频，叶星川脑子里的灵感逐渐完整。他收起手机，穿起白色制服开始创作。

其间累了，叶星川就拿起手机看看乐言的微博，看完微博又看起通过其他途径搜索到的一些信息来，对乐言的思念得到了极大的缓解。

下午五点多，许久不见的滕懿麟和吕佳明前后脚来到店里。

他们事前约过了。

坐上吧台椅，吕佳明和滕懿麟对视一眼，同时探头去看叶星川，想看看他的表情，推断他的心情。

感受到两人的目光，叶星川回头瞥了他们一眼，说："今天尝尝新品吧。"

吕佳明搓了搓手，兴奋地道："我只是来蹭饭的，啥都行！"

滕懿麟下意识想点自己最喜欢吃的菜，但犹豫了一下，最后还是说："我一个戴罪之人，就不挑了吧！"他一副痛苦不堪的表情，边做表情边盯着叶星川看。

叶星川没转头，呵呵一笑："好，不挑那就闭嘴吧。"

滕懿麟有些失望的同时也松了口气。从叶星川对他的态度来看，叶星川没有生气。虽然滕懿麟觉得自己调走乐言是对的，但这几年来叶星川毕竟是第一次燃起爱情的火苗，他多少有点担心叶星川会对他有怨气，所以才和吕佳明约着来试探一下。

既然没事，滕懿麟也就不再拘谨，和吕佳明、叶星川讲话也随便起来。

没过多久，叶星川端来几盘菜，都是为邀请会所创的菜品。

吕佳明和滕懿麟对这些菜品样式稍作点评就开始品尝了，可才吃第一口，滕懿麟就皱起了眉头，吕佳明则放下筷子，叹了口气，抬头看向叶星川："感觉怎么样？"

叶星川眉头一皱，表示不解："什么意思？"

吕佳明说："她走了啊，你心情如何？有没有心如刀割什么的？有没有立刻飞去蒙特利尔找她的冲动？"

"……"

如果是在微信上聊天的话，叶星川很想给吕佳明发三个问号，三个问号足以表达他的意思。

吕佳明翻了个白眼，把面前的一盘菜朝叶星川推了过去："别装了好吗？你自己尝尝。"

叶星川看了吕佳明一眼，又看了看滕懿麟，这才伸出筷子去夹菜。只吃了一口他就放下筷子，然后神色如常地把菜倒了。

把糖当成盐了。

这是他有生以来第一次犯这种低级错误。他以前还觉得小说里电视剧里犯这种错的厨师都没长脑子，现在却明白了。

原来思念真是一种病。

倒完第一道菜，他又去试别的菜，幸好没什么问题，于是他重做了那道菜。

叶星川做菜的时候，吕佳明和滕懿麟两人私底下嘀嘀咕咕的，还不时看一眼叶星川。想都不用想，两人肯定是在揣测他的心态和感情。

叶星川懒得理他们，等把重做的菜品端上桌，他这才看向滕懿麟说："过两天还要继续学滑雪，再帮我找个教练吧。"

滕懿麟点了点头："行。"

吃完饭，滕懿麟和吕佳明就都走了。他们这次来第一是为了蹭饭，第二则是看看叶星川的状态。

这状态的确不怎么好。

当天晚上，滕懿麟给叶星川发来一个微信名片，叶星川加了微信，跟新教练互报了姓名。

新教练叫董璐，叶星川不认识她，她却对叶星川很了解。因为乐言教叶星川那阵子，董璐也在崇礼，两人时常见面，偶尔会谈论到叶星川。听董璐说起的时候，叶星川其实很想问问她们当时都聊了些什么，但又觉得不太好，于是决定过两天当面旁敲侧击地了解一下。

与董璐约定了去滑雪场的时间后，叶星川就去看书了。但他的心思显然不在书上，他不时拿起手机看看时间。

大概半小时之后，他的手机终于振动了一下，他立刻放下书拿起手机。

乐言："到啦。"

叶星川："好的。有人来接你吗？"

乐言："有的呀，老板安排了司机。"

叶星川："那就好。"

乐言："嘻嘻。"

叶星川："坐了那么久飞机，累吗？"

乐言："还行吧，习惯啦。"

叶星川："滕懿麟又给我推了个教练，叫董璐，说是你朋友。"

乐言："哦哦，璐璐呀。是的呀，我们认识蛮久的了，她人挺好的，教你绰绰有余。"

叶星川："……嗯。"

乐言："先不跟你说啦，我要眯一下，下午就得开始工作呢。"

叶星川："好。也挺晚的了，那我先睡了，晚安。"

乐言："晚安。"

放下手机，叶星川闭上眼睛，心里有些沉闷。果然像他之前想的那样，工作加时差会阻碍他们的联系，真是麻烦啊。不过他毕竟不是二十来岁的小伙儿了，明天还有工作，他想了会儿也就睡了。

另一边，坐在车里的乐言看着发亮的手机屏幕，陷入了沉思。她想的不只是时差和工作，还有：等她回去的时候，叶星川要是已经学好滑雪了，以后都不学了怎么办？要是他们的感情没有进一步的发展，接下来怎么办？

良久都没有得出答案，乐言只能把问题先压在心底。

之后的两天时间，叶星川照常去店里创作新品。第三天下午，他再次坐高铁去崇礼的熊猫滑雪场学习滑雪。要创作出更多更好的新菜品，对滑雪和滑雪文化的了解必不可少。

　　在这几天时间里，叶星川每天都会和乐言保持联系，但由于时差和双方工作的关系，联系不是很稳定，而且因为身份关系，两人聊天时都很克制，中间始终有些隔阂。

第 31 章

举办日期

时间已经步入12月，熊猫滑雪场内依旧游人如织，处处一片嘈杂。

叶星川灵巧地穿行在众多初学者中间，轻松抵达坡底平地。董璐早已经在这里等他了，看到他后不由赞叹："要不是从一开始就知道你，我真的不敢相信你没学过滑雪。言言把你教得可真好啊！"

听到乐言的名字，叶星川脑海中闪过她在蒙特利尔广阔的滑雪场自由驰骋的画面，忍不住出神，但他很快就反应过来，朝董璐笑了笑："谢谢。"

董璐说："我制订了一个学习计划表，咱们下一步的目标就是高级道。"

叶星川点了点头："好的。"

滕懿麟的熊猫滑雪俱乐部是一个高端俱乐部，旗下所有教练不论技术是否拔尖，教学经验都很丰富。

在董璐的帮助下，叶星川的技术又一次有了提升。不过在他的刻意控制下，他现在的学习进度远不如跟乐言学习的那段时间。他的理由也很冠冕堂皇：距离美食邀请会举办日期越来越近，他得把重心放到菜品的创作上。但真正的目的大概只有他自己知道吧。

嗯，滕懿麟和吕佳明也能猜出来一些。

这天晚上八点多，叶星川从厨房回到酒店房间，坐在沙发上看电视。他右手握着手机，不时侧过头去看手机屏幕。

"叮！"

忽然，手机传来清脆的消息提示声。声音有些刺耳，叶星川下意识地皱了皱眉头。他平时很讨厌手机的有声模式，那尖锐的响声会打断他的思绪，不过这几天他把有声模式打开了。

不出意外，消息是乐言发的。

"晚上好啊。"

叶星川嘴角上扬："早安啊。"

乐言："今天学得怎么样啊？"

叶星川："挺好的。"

他顿了顿，迟疑了几秒，又发了条消息："就是没你教得细致。"

乐言："哈哈哈，璐璐很厉害的啦，就是性格比较大大咧咧。"

叶星川回忆着乐言的细致与温柔，笑了笑："感觉到了。"

乐言："菜品创作得怎么样啊？"

叶星川："也挺好的，邀请会应该可以如期举行。"

乐言："应该？"

叶星川："……行吧，肯定可以。"

乐言："哈哈哈哈，绝对可以。记得给我留个位置啊！"

叶星川："留了的，就是怕你回不来。"

乐言："唉，还真说不好。"

叶星川眉头一皱，把电视关掉，半躺在床上："为什么呢？"

乐言："昨天跟客户聊了下，她的学习目标比较高，而且还有她妹妹跟她一起，要转不少地方。"

叶星川："这样啊……"

乐言："我尽量吧！你的邀请会举办日期定了吗？"

叶星川拿着手机，沉默了十几秒钟："定了。"

乐言："什么时候啊？"

叶星川："31号。"

乐言："啊，那不就是今天？"

叶星川："日子过傻了吗？我说12月31号。"

乐言："哦哦哦，哈哈哈，我这里今天就是31号啊。"

叶星川疑惑："11月只有30号吧？"

乐言："哈哈哈哈，行了，我们换一个话题！"

叶星川的嘴角又忍不住上扬了："你今天怎么计划的啊？"

乐言："啊，上午三个小时，下午四个小时，一天都有教学计划。啊，好累啊。不过我客户的妹妹是真的好可爱啊，给你看看她的照片。"

叶星川："好啊。"

快乐的时间总是短暂的，两人聊了差不多一个小时，乐言就说要出门了。

叶星川："嗯？你不用洗漱吃早饭吗？"

乐言："我已经洗漱完吃完了啊！"

叶星川看到乐言发来的消息，忍不住笑了。他几乎可以想象到乐言单手刷牙单手回他消息，右手吃饭左手拿起手机不停去看的画面，今天本来因为灵感不足而忧郁的心情顿时变好了。

"那你快去吧，有空了找我，我十一点多才睡。"

乐言："好。"

结束与乐言的聊天后，叶星川在微信里找到一个名为"啊又想吃东西了"的人，给她发去消息："陈姐，时间定了，31号。"

陈姐是他公司的员工，职务有点像明星的经纪人，负责场地沟通与布置、对外宣传等。

接到叶星川的消息，陈姐很快有了回复："好的，时间没问题。不过想问一下，为什么是31号？如果是菜品问题的话，咱们可以推迟，理由我来想。"

叶星川想到乐言，笑了笑："不是菜品问题。"

陈姐："那就行。好，那我去安排了。"

叶星川："去吧。"

美食邀请会具体时间确定的消息，第二天就登上了微博热搜，被一众关注者广为转发。

看到消息，滕懿麟和吕佳明第一时间在群聊里聊起来了。

"啊，不会吧，不会吧，叶星川你选31号，不会是想等乐言回来吧？"

"啊，不会吧，不会吧！"

对于滕懿麟和吕佳明两人的调侃，叶星川只回了一个字："滚。"

滕懿麟"伤感不已"："唉，多年兄弟情啊……"

吕佳明："救兵，快把乐言微信推给我，我要让我家小雅去套套近乎，要是她俩成了闺蜜，我蹭叶星川饭的途径不是又多了一条？"

滕懿麟："有道理，我现在就让我老婆去加她微信。"

吕佳明："我老婆呢？"

滕懿麟："你先把她变成你老婆我再给你，不然你俩分了岂不尴尬？"

"……"

吕佳明："一会儿你家门铃要响，要开门啊。"

叶星川懒得理这两个活宝，他正和乐言聊天呢。乐言那边现在是晚上八点半，她刚结束了一天的工作瘫在床上，同时和叶星川、傅诗聊天。

傅诗自从知道叶星川的真实身份后，就偷偷用小号关注了他，顺便帮乐言搜到了很多八卦消息。所以美食邀请会确定具体时间的时候，她就找上了乐言。

"让我猜猜，他把时间定到31号是为了你！"

乐言本来没有想太多，但看到傅诗的消息，忍不住回头去看了下聊天记录，发现从她问举办时间到叶星川回复，中间间隔还不到一分钟。她不太相信叶星川会在那么短的时间里就定下那么重要的事情，于是回道："没有吧，可能他本来就定到31号呢？"

傅诗："我不信这种巧合。啊，我可太羡慕了！这大概就是恋爱的感觉吧？"

乐言看了傅诗的消息，裹在被子里傻呵呵地笑起来，心里忍不住想：傅诗说的该不会是真的吧？

傅诗："难怪都说确定关系前的暧昧期是一段恋爱中最好的时期，古人诚不我欺啊！我现在有点希望你们能晚点确定关系，我想看看他还能做出哪些浪漫的事来。"

乐言被傅诗说得心都有些乱了，最后她没忍住，直接发消息给叶星川。

"你把举办时间定在31号，不会是为了我吧？"

叶星川秒回："不然呢？"

看到消息的那一瞬间，乐言只觉得心在狂跳。她忽然大叫一声，抱着被子滚来滚去，还伴着一阵欣喜的笑声。

好半晌过去，她才按捺住自己激动的心情，脸色有些潮红："可是这么重要的事情，你不会是昨天晚上临时决定的吧？"

"是啊。"

叶星川好像开了窍似的，一字一句都那么朴实无华，但字字句句都在敲打乐言的心，让她难以自持。

叶星川的直接，让乐言不知道该怎么回了。她想了想，直接截图给傅诗。傅诗看完有些无语："他要是早这样，你还用去蒙特利尔？"

乐言既激动又忐忑："那我现在该怎么办？"

傅诗："该怎么办就怎么办呗，可以顺着他的话，聊得更深入点，回复更直接点。但如果说到确定关系这种话题，你绝对不能答应！哪有在网上确定关系这么草率的？等回去再说。"

乐言担心道："那他不会多想吧？"

傅诗："只要你把该传达的情绪和感觉传达到了，相信我，不会的。"

乐言："怎么传达啊……"

傅诗叹了口气："唉，我的傻姑娘啊。就偶尔表达一下你很想他啊，他要是主动，你要给予回应啊。最主要是分享，分享每天的想法啊、日常生活啊。嗯，偶尔语音或视频一下。反正把这种暧昧的关系维持到你回国就完事儿了！"

乐言："嗯，大概懂了。"

傅诗："不过有一句话我提前警告你啊。不要那么敏感，太敏感的人肯定会不快乐的，别人随便一句话，你都要胡思乱想一整天。相信我，这男人肯定喜欢你，绝对，百分之百！"

乐言："好！"

因为叶星川临时定下邀请会举办日期，两人的关系在一夜之间突飞猛进。在之后的一段时间里，两人每天都会进行高频率的聊天。

因为时差关系，两人聊天通常是在晚上八点到十一点，早上八点到十一点。从开始的聊天到后来的语音或视频，两人几乎已经无话不谈。在傅诗、吕佳明和滕懿麟看来，只要不出什么意外，乐言一回国两人就能确定关系。

不过很遗憾的是，乐言不确定自己31号能不能回国。

滕懿麟为了朋友的爱情，也很努力地想要调乐言回国，但客户态度比较强硬，滕懿麟也没办法，只能不时向叶星川服软道歉，希冀他不要对自己进行打击报复。

那样会饿死人的！

第 32 章

美食博主

时光飞逝，转眼便来到12月29号。

两周前，叶星川暂停了滑雪学习，全身心投入冰雪主题菜品的创作中，并在两天前的晚上正式宣告完成。

在此期间，美食邀请会的举办场所也已经搭建完成，邀请会的受邀者只剩下最后一批等待开奖的微博幸运儿。

一切都在有条不紊地进行。

唯一遗憾的是，乐言还没有确定回国时间。

对此，叶星川只能无奈接受。

好在邀请会将持续三天，乐言没办法当第一批食客，做最后一批也可以，不然叶星川单独给她开一次似乎也不是不行，反正每次为邀请会准备的餐厅都会作为他名下的连锁餐厅继续存在。

30号清晨，叶星川被闹钟吵醒，他拿起枕边的手机，眯着眼睛给乐言发了条消息："早啊。"

乐言秒回："早啊！我在吃饭。"

叶星川揉了揉眼睛："吃什么啊，这么开心。"

乐言："没有，开心别的呢。"

叶星川："嗯？"

乐言："不告诉你，嘻嘻，等回国了当面跟你讲。"

提到回国，叶星川一阵意兴阑珊："行吧。我今天会很忙，所以有的时候可能没办法回你消息。"

乐言："了解。"

叶星川解释道："举办地正好是在滑雪场，有不少人提前来了，想滑滑雪什么的，我得接待一下，然后还有不少记者采访。"

乐言恍然："好呢，没事。"

叶星川："那就好。"

叶星川的美食邀请会，受邀者共由四部分组成。

第一部分是他的粉丝和店里的食客。粉丝主要来自微博和线上抽奖，食客则来自线下。

第二部分是记者以及网络自媒体人，比如一些美食博主。作为一个网红厨师，叶星川个人以及旗下品牌餐厅的成功和火爆，都离不开舆论的推动。

第三部分是美食评论家。这些评论家都是经过他精挑细选的，是真正懂得品评美食的。

第四部分比较简单，那就是叶星川的朋友。

美食邀请会一共持续三天，每天下午六点开始，十二点结束，每天三场，每场两小时。

因为邀请会的美食都是叶星川亲手做的，显然没办法做成一场面向大众的活动，不过它依然可以引起大众的注意。邀请会上呈现的菜品，将会登上叶星川旗下饭店，进而影响到许多私房菜馆和主题菜馆，到那时自然就与普罗大众息息相关。

一大早，第一批受邀者就陆陆续续来了。叶星川当然没空去迎接每一个人，只能挑重要的接待一下。

今天中午来的这位是一个粉丝七百多万的著名视频博客博主，微博名"一大碗米线"，真名叫沈志超。他半年前就和叶星川约好，要给叶星川今年的美食邀请会做一个主题视频博客了。

如果是其他人想请沈志超做视频博客宣传，少说也得十几二十万，不过他给叶星川的邀请会做视频博客则完全免费。

一来他是叶星川的粉丝，对叶星川的厨艺佩服得五体投地；二来以美食邀请会的热度，他做专题视频博客是帮叶星川宣传还是蹭热度都说不定呢。

沈志超体重超过两百斤，不过因为身高一米八几，看着倒也不是特别胖。关于沈志超的身材，他粉丝一直很想知道，他究竟是当美食博主后吃胖的，还是之前就很胖呢？对此，沈志超始终讳莫如深。

"你是不是瘦了？"

叶星川见到沈志超的第一眼就说出了一句让他眉开眼笑的话来。

"这都被你看出来了？"沈志超笑得眼睛都眯起来了，"从我上次见你到现在，瘦了两斤吧！"

叶星川的表情凝固了。如果他记得没错，他和沈志超已经一年没见了。

"两斤啊，我已经很满足了。"沈志超摸了摸自己圆滚滚的肚子。

"行吧。"

叶星川还能说什么？只能说减肥对沈志超来说真是一件天大的难事。据沈志超说，他大一那年，他妈曾制定减一斤给他一万元的激励措施。为了自己美好的大学生涯，沈志超痛定思痛，下定决心——一年后，他的体重成功飙升了八十多斤。从此，他自暴自弃，在变胖的道路上一去不复返。

沈志超说："那我就开始拍了啊。"

叶星川点了点头："有什么需要我注意的吗？"

沈志超拿起相机，边走边说："没事，就随便聊聊，最后我根据素材剪片子。"

叶星川说："行。"

沈志超兴致勃勃地说："咱们先去举办地看看呗，我还挺好奇的。"

去年叶星川的美食邀请会主题是"深海"，餐厅选在海平面下三十多米的地方，全玻璃构造，透过弧形屋顶可以欣赏到一百八十度的海洋景色，在当时引起了不小的轰动。

正是因为上一次的特殊，沈志超对这一次的举办地也很期待。

不过这次，沈志超有点失望。

他看着不远处的木质建筑，忍不住说："就这？"

叶星川点了点头："嗯。"

沈志超抿了抿嘴，问："可以跟我说说吗，为什么要在山顶建这么一座屋子？"

叶星川说："这是我仿照查卡塔雅的滑雪者小屋建的。"

沈志超显然不是滑雪爱好者，他对叶星川的话无动于衷，等了好久不见叶星川继续，才出声提醒："然后呢？"

"啊？"叶星川闻言，醒过神来。他刚才有点出神，想到自己跟乐言交流查卡塔雅滑雪者小屋的时候了。

叶星川拿出手机，把照片展示给沈志超看，并把查卡塔雅滑雪者小屋的故事告诉了他。

听完后，沈志超没有太大的感觉。作为一个美食博主，无论是滑雪还是全球温室效应，他都觉得离自己太远了。

但他毕竟是来蹭饭的，还是很有职业素养地问了叶星川一些问题，以用作后期素材。

沈志超问："所以，查卡塔雅滑雪场的消失，就是你确定这届邀请会主题的原因？"

叶星川说："一小部分吧，最重要的原因是——2022年北京不就要召开冬奥会了吗？北京是我的家乡，我应当为家乡做个宣传。"

沈志超给叶星川比了个大拇指，说："原来如此，难得你有心了，那咱们就在这里预祝2022年北京冬奥会成功举办吧！"

聊了会儿2022年北京冬奥会，沈志超又说道："其实我来之前想了很久，实在想不出冰雪主题能催生出什么样的菜品。这才是我最期待的。"

叶星川沉默了几秒钟："其实这届邀请会的菜品，有一部分只是勉强跟冰雪沾边。"

沈志超满头问号："怎么说？"

叶星川说："就是中途跑偏了，不过肯定是有联系的。"

沈志超依旧不解："好吧，那咱们就等明天，看看这届冰雪主题邀请会的菜品究竟怎么样吧！"

叶星川前后陪了沈志超两个多小时，才又去接待别的食客，一直到晚上九点多钟才得空休息。不过，明天白天叶星川就不用再去接待人了，他要以最好的状态去准备明晚的美食邀请会。

忙了一天，叶星川只想跟乐言聊聊天放松一下，不过这个时间点，乐言已经开始工作了。叶星川给她发去消息："今天累死了。"

他本以为至少要半个小时才能等到回复，没想到乐言居然秒回了："啊，这么累吗？"

叶星川："嗯，要忙的事太多。"

乐言："没事没事，现在闭上眼睛休息休息吧。"

叶星川："又累又不困，生物钟害人啊。"

乐言："那就做点能休息放松的事吧。"

叶星川："我这不是在跟你聊天吗？"

乐言："哈哈哈，行！"

叶星川："今天没去工作吗？"

乐言："现在没有呢。"

乐言有点含糊其辞，但叶星川也没多想："什么时候去工作啊？"

乐言："你睡的时候吧。"

叶星川："那我尽量晚点睡。"

乐言："那可不行，哈哈哈，早点睡，明天那么多人等着吃你做的菜呢。"

叶星川轻轻叹了口气："只可惜你不在。"

乐言："那你也要早点休息，要像我在一样超常发挥。"

叶星川："必须的。"

乐言："嘻嘻。"

跟乐言聊天的时间总是过得很快，十点半的时候，叶星川耷拉着眼皮去洗漱，之后便跟乐言道过晚安上床睡觉。

第二天一大早起来，叶星川给乐言道过早安后就去忙了，乐言照常秒回了他。不过一个要睡觉，一个要忙白天的工作，所以两人也没能说上几句话。

尽管心里有些遗憾，但毕竟是美食邀请会的第一天，叶星川强行撇开心中多余的情绪，开始准备起来。

下午五点半，邀请会首日三批食客中第一批十二人陆续入场，吕佳明和他女朋友小雅，沈志超正在这十二人中，滕懿麟则因为有其他工作，被排到第三天去了。

仿照查卡塔雅滑雪者小屋建造的邀请会举办地暂时被命名为"冰雪餐厅"，室内一张红木质地的圆形吧台围着叶星川的工作台，所有食客都能清楚地看见他在里面忙活。此时，他们全都目不转睛，惊叹不已地看着叶星川展现自己的刀工和厨艺。

第 33 章

惊喜

第一道菜是冷盘。

稍微显大的黑色圆盘里，一片片由白转蓝的渐变色"羽毛"环绕重叠，吸引了十二位食客的目光。

"这道菜叫'冻羽'，材料是……"叶星川和两名打下手的帮厨一起，把前菜端到众食客的身前，介绍起来。

食客们略显惊奇地观察着盘中菜品，低声交流了几句后开始品尝起来。整个过程安静恬然，没人大声喧哗和肆意评价。

叶星川把冷盘呈上后，开始做第二道开胃汤。

再然后是副菜，主菜……

每道菜都创意十足，别具一格。

来自世界各地的食材，以完全不同的形式呈现在这场邀请会中，食材、创意与冰雪的混搭盛宴，让十二位食客的舌尖皆被征服。

在品鉴美食的过程中，也有食客会出声询问叶星川有关食材以及创作灵感的问题，叶星川都耐心地一一作答。

比较让食客们感兴趣的是"粉雪"——一道洒满淡粉色细末，其上点缀着食材的菜品。

这道菜的灵感显然来自滑雪术语"粉雪"。

其次是甜品"雪包"——纯白色的雪包裹着糯甜的冻柿子果肉。

还有摆放在冰片上的一个个晶莹剔透的饺子。

这道菜的灵感来源于乐言的讲述。

她有几个固定的雪友，前些年每年都会组织一起出游，滑雪时的晚餐通常都是包饺子——戴上滑雪镜拌洋葱馅儿，再用滑雪板来盛放饺子。这都成他们那群朋友的默契了。

吃完餐后的果品，邀请会的第一场圆满结束，食客们陆陆续续向外走去。

12月的晚八点，天色早已漆黑，黑暗中点缀着零星的光点。山顶风大，把刚从冰雪餐厅里走出来的食客们吹得打了个哆嗦，却吹不散他们交流品鉴的热情。他们一个个开始大声交谈起来。

第二批十二位食客听到他们的交谈，带着好奇和期待，鱼贯走入屋子里。

邀请会第二场正式开始。

"也太好吃太有创意了……"小雅坐在缆车上，还在回味刚才的菜品。

一旁的吕佳明右手扶住下巴，陷入深思：自己究竟该不该立刻结婚呢？有了老婆，以后能多蹭几顿饭啊！

他沉思的过程中，有一搭没一搭地跟小雅聊着，同时拿出手机在群聊里发了消息："我觉得我们很快就要有个弟媳了！"

滕懿麟："？"

吕佳明："你后天就知道了。这次邀请会算什么冰雪主题啊，叫'狗粮'主题算了，我从每道菜里都吃出了'柠檬'和'狗粮'的味道……叶星川，你的灵感来源真的是滑雪和冰雪？我看是乐言和爱情吧！"

滕懿麟："这么劲爆？"

吕佳明："就是这么劲爆！"

滕懿麟："那就再好不过了！"

吕佳明："啥意思？"

滕懿麟："今天他有个惊喜，怕他看到，咱们私聊去。"

吕佳明："走走走。"

两小时后，邀请会第二场结束，然后是第三场。第三场结束的时候，已经是深夜十二点，食客却感觉不到困意似的，仍然在热烈地讨论着。

整整六小时的连轴转，让叶星川疲惫不堪，但从食客们给予的即时反馈来看，这次邀请会不出意外，应该相当成功。

"那就辛苦你们了。"叶星川换好衣服，向工作间的两个帮厨说道。

接下来他们会初步打扫一遍卫生，明天他自己也会来检查并再打扫一次。

"没事，没事。"

"晚安。"

叶星川朝两人摆了摆手，转身推门而出。

深夜风更大了，叶星川紧了紧羽绒服，快步走向缆车。

缆车上有暖气，叶星川掏出手机，登录微博搜索关键词"叶星川、美食邀请会"，立刻出现不少热门微博，转发量从数千到数万不等，其中转发量最多的自然是沈志超拍的vlog。

网友们虽然只能看到图片，闻不到香味，尝不到味道，但仍然在各大平台给予了充分的肯定。仅从表面的舆论导向来看，叶星川这次邀请会相当成功。

他心情大好，切换到微信，找到乐言的聊天框。奇怪的是，乐言没有给他发任何消息。

根据时差推算，乐言那边现在正是中午。她从早上到中午都没空给自己发消息？叶星川有些疑惑，但还是第一时间跟她分享了自己的喜悦："邀请会很成功！"

乐言："真的吗？那太棒了！"

乐言的秒回，让叶星川安心了不少，同时分享欲得到了极大的满足。他再一次感叹："要是你在就好了。"

乐言："我在会有什么不一样吗？"

叶星川被乐言问得愣住了，想了想才说："心情不一样算吗？"

乐言："哈哈哈，当然算。"

叶星川笑了笑："逗你的。你要是在的话，我有个惊喜要给你。"

乐言："真的啊？什么惊喜啊？"

叶星川卖了个关子："等你回来的时候我再告诉你吧。"

乐言："这样吗？那行！"

叶星川微怔，他本来以为乐言会朝他撒娇让他告诉她的，没想到居然没有，这不符合她的性格。

他怔住的这一秒，乐言又发来消息："其实我也有个惊喜给你。"

叶星川的注意力立刻被转移："什么惊喜？"

乐言："要不咱们交换交换，你告诉我，我告诉你？"

叶星川没有犹豫："那还是算了，我情愿你给我惊喜。"

乐言："嘻嘻，我才不要。"

跟乐言聊天的期间，缆车到坡底了，叶星川坐上滑雪场为他准备的雪地车返回酒店。在此期间，乐言不停旁敲侧击打听他的惊喜，他也予以反击，但无论是他还是乐言都守口如瓶，没有泄露丝毫。

又过了一会儿，叶星川回到酒店房间，"砰"的一下子倒在床上。

这一晚上他真是累坏了。

他刚刚躺上床，门铃忽然响了。

"谁啊？"叶星川疑惑地喊道。

这么晚了，谁会来找他？食客？还是吕佳明？

门外没人吱声儿。叶星川也没多想，翻身起来去开门。

打开门的那一瞬间，叶星川愣住了。

门口站着两个女生。

两个女生身材都高挑纤细，一个穿着粉色短款羽绒服，一个穿着白色短款羽绒服。穿粉色羽绒服的女孩子不是别人，正是乐言。穿白色羽绒服的女孩子叶星川不认识，这时她正紧盯叶星川上下打量，有种审视的味道。

"你怎么回来了？！"看着眼前的乐言，叶星川既惊又喜。他飞快打量了一下两人，她们的羽绒服上残留着还未干的雪水，身边放着行李箱，滚轮在廊道的地毯上留下了微湿的痕迹。

"想回来就回来了啊。"乐言的脸有些红，也不知是刚从室外进来热的还是羞的。

站在乐言身后的傅诗忍不住想翻白眼，她一把握住乐言行李箱的握柄，转身走了，头也不回地说："早点回来洗澡休息，一身汗臭。"她这也是在提醒乐言要矜持。

乐言站在叶星川的面前，抬头说："她是我闺蜜，叫傅诗。你认识吗？"

"不认识。我应该认识吗？"叶星川脑子转得很快，想到乐言以前的职业，一下子就转过弯来，"哦，她应该挺有名的吧？"

"嗯，看样子不认识，不过没事。"乐言笑了笑，忽然伸手指了指门内，"你不请我进去坐坐吗？"

叶星川如梦方醒，忙让开身子："进，进，快请进。"

乐言双手背在身后，有些紧张地捏弄着手指。

叶星川关上门后，立刻给她倒了杯开水。

乐言的双手已经被冻得发红了，捧住水杯的时候，她舒服得眼睛都亮了。

叶星川坐在乐言的身边，再次问道："你怎么回来了，不是走不开吗？"

乐言握住水杯的双手紧了紧，沉默了两秒才抬起头，看着叶星川笑了笑："客户本来是不让我走的，但我跟她动之以情，晓之以理，最后她还是让我走了。"

通过一个多月以来日夜不停的聊天，叶星川当然知道乐言那个客户有多难缠，她口中的"动之以情，晓之以理"绝对不像表面上听起来这么简单。

叶星川明知故问："你这是刚到？"

乐言喝了口水，心有余悸道："差点就赶不及了。蒙特利尔那边下大雪，飞机晚点了四个多小时，到北京的时候等行李又等了四十分钟，本来我打算坐高铁过来的，最后没办法，只能让我闺蜜送我来了。"

从住处到蒙特利尔机场，经过漫长的等待，飞行时间长达十四个小时，到北京后又要赶着来崇礼……多么惊心动魄的一次经历啊，乐言只这么简单几句话就讲完了，傅诗在她身边的话，绝对可以给她补充三千字，好让叶星川知道，她为了给他这个惊喜，付出了多少！

不过不需要傅诗讲，叶星川也知道乐言这一趟有多么折腾，他心里不禁生出阵阵暖意，沉默了半晌才看着她说："辛苦你了。"

乐言脸颊微红，装作毫不在意地笑了起来："有什么辛苦的啊，我这不也是为了蹭你一顿饭吗？还有，我闺蜜可说了，她这次送我来也是要收费的，费用就是你做的一餐饭。我说我没这么大面子答应下来，她非说我答应也得答应，不答应也得答应。你说我该怎么办啊？"

乐言故意做出一副愁眉苦脸的模样，但她语气轻快，哪有一丝发愁的感觉？

　　叶星川笑了笑："别说一餐了，三餐我都给她！"

　　乐言开心地笑了："那就这么说定了啊！"

　　说完这件事，两人沉默了十几秒钟，叶星川忽然问道："这就是你说的惊喜吗？"

　　乐言说："是啊！怎么样，还满意吗？"

　　叶星川毫不犹豫地点点头："满意，不能更满意了！"

第 34 章

冰雪恋熊猫

北方的暖气向来很足，乐言跟叶星川聊了会儿后就开始冒汗了，但现在已经很晚了，脱掉外套继续聊显然不合适，可她又不想就这么走了。

毕竟一个多月没见，她有些想念。

最后还是傅诗发了好几条微信催促，她才不情不愿地结束话题——当然，她不会表现出很不情愿的样子。

乐言放下水杯："太晚了，我要回去休息了。"

叶星川点点头："你这一天是够累的，快回去吧。"

"那我先走啦，晚安。"

乐言站起身朝门口走去，叶星川先她一步把门打开："晚安。"

听见身后传来的关门声，乐言加快脚步走过廊道，坐电梯上了两层楼，回到自己的房间。

傅诗已经洗漱完敷起面膜半躺在床上等她了。

看到乐言回来，傅诗面无表情地说了句："哟，你还知道回来啊，我还以为你要住他那儿了呢。"

乐言脸羞得飞红，拿起沙发上的抱枕扔向傅诗："瞎说什么呢！"

傅诗侧身躲过抱枕："聊了些什么啊，看你一脸不高兴的。"

"有吗？"乐言愣了一下。

傅诗无语："你就差直接写在脸上了。"

乐言撇了撇嘴："也没聊什么，就是没聊我什么时候去参加邀请会。"

"嗯？"傅诗挑了挑眉。

乐言低声说："也怪我回来太急了，没给他时间安排，现在每个时间段的食客都定下了，没法儿安排我也正常。"

"我看你是被风吹傻了吧！"傅诗说，"邀请会就开三天，但三天后山顶那座房子就拆了吗？让他单独给你做一顿呗。"

乐言闻言，眼睛一亮。正在这时，她的手机忽然振动了一下。

这个时间点，也只会是叶星川了。乐言飞快地拿起手机，果然是叶星川发来了消息。

"后天中午有空吗？"

乐言脸上止不住地浮现出笑容："有啊。"

叶星川没有说更多，只回了一句："好。"

"哈哈哈哈。"

锁上手机屏幕，乐言抱起被子在床上滚来滚去。

傅诗无奈地看着她："又怎么了？"

"他问我后天中午有空吗，嘻嘻嘻。"乐言一下子扑向傅诗，隔着被子抱着傅诗的大长腿傻笑起来。

"没救了，没救了。"傅诗无奈地摇了摇头，但紧跟着又为自己的姐妹找到爱情开心起来，"你让他可别忘了我那一份啊！我可是推了三天工作专门跑来蹭……送你的啊！"

"知道啦，知道啦。"乐言满口答应。

第二天白天，叶星川一大早就去山顶的冰雪餐厅准备了。

大概上午十点的时候，乐言睡醒，第一时间向叶星川道了早安。两人聊着聊着，乐言说她想上山顶的餐厅看看，叶星川当然不会拒绝。

同行的还有傅诗。

昨晚叶星川已经搜过傅诗的资料了，知道她是一个不大不小的明星。

对于傅诗的身份，叶星川没有感到惊奇。他已经在心里打定主意要和傅诗搞好关系了。

他收集到的那些信息表明，傅诗不仅是乐言艺考机构的同学、大学同学，还是与她同期的女团成员，不出意外也是她最好的朋友，所以他跟傅诗搞好关系是非常必要的。

傅诗和乐言来到冰雪餐厅的时候，叶星川正在煮什么东西。看到两人后，他招呼了一声："坐。"

因为是初次正式见面，叶星川又朝傅诗挥了挥手："你好啊。"

傅诗傲慢地抬了抬下巴："你好。"

傅诗内心其实对叶星川挺满意的，只是一想到自己从高中开始就认识的乐言居然比他更主动，傅诗就一阵来气。

叶星川问："吃点东西吧。早饭？午饭？"

乐言想了想："午饭吧。"

傅诗轻哼一声："怎么，觉得我俩身娇体弱，吃不了一顿早饭一顿午饭？"

叶星川笑了笑："行，吃得了，吃得了。"

傅诗心里顿时笑开了花。

因为邀请会的关系，冰雪餐厅里的食材又多又全，但时间点不同，叶星川当然不会按照邀请会的菜品给她们做菜，于是临场发挥，随便做了些。

不过，就算是他随便做的，也依旧让傅诗差点把舌头吞下去。她可是跟乐言不相上下的"吃货"。但无论内心深处掀起了多么狂暴的惊涛骇浪，她表面上始终很平静。

绝不能让这个家伙得意，绝不能让他知道自己很容易被美食收买！

下午叶星川要为晚上的美食邀请会做准备，乐言就拉着傅诗去滑雪了。临走时，乐言还笑着说等邀请会结束了，要考核一下叶星川的滑雪技术呢。叶星川当然是笑着答应。

晚上，又是六小时的连轴转，叶星川完美地完成了邀请会第二天的三场，更多的信息也被透露在网上，让网友们分外期待。

叶星川的辛苦，乐言看在眼里，但是没办法帮忙，只能把种种情绪按捺在心中。

一想起明天中午要跟叶星川单独见面，而且可能会发生点什么，乐言就翻来覆去睡不着。她的动静搞得傅诗也睡不着，傅诗只得恼火地竖起枕头，抱着双手偏头看着她："说吧，又想什么呢？"

乐言用被子捂着半张脸，又忐忑又期待："你说，他明天会不会跟我表白啊？"

傅诗说："表白就表白呗，那不是如你所愿了？"

乐言想了想："话是这么说没错，但事到临头，总觉得有点怕。"

傅诗无奈道："怕什么啊，真的，别想太多了，睡吧。"

乐言还是睡不着，但为了不打扰傅诗睡觉，她没有再翻来覆去了，一直到凌晨一点多才终于睡过去。

她一觉睡到大天亮，拿起手机一看，已经十点半了。傅诗正半躺在她身边玩游戏呢，见她起床了，立刻把声音打开，手滑动的动作也激烈了起来。

乐言翻身抱住傅诗的腰，可怜兮兮地看着她："求帮忙。"

"哎呀，等我打完游戏给你化。"傅诗看都没看乐言一眼，就知道她要请自己帮什么忙。

"嘻嘻。"

得到承诺，乐言立刻起床去洗漱了。

傅诗打完一局游戏，把行李箱里常备的化妆品一一放在桌子上，等乐言洗漱完给她化了个绝妙的淡妆。

"加油。"

乐言搭配衣服的时候，傅诗又开了局游戏，等她出门的时候才抽空给她做了个手势。

乐言朝傅诗挥了挥拳头，刚拉开门，傅诗着急的声音又响起了："记得给我打包点吃的回来啊，我好饿。"

"……"

乐言深深地怀疑起傅诗撮合她和叶星川的目的了。

从酒店到山顶的冰雪餐厅并不算远，只是坐缆车要花点时间。在短短的二十来分钟里，乐言一直在做心理建设，以应对一会儿可能发生的突发事件。

"呼！"

站在餐厅门外，乐言深呼了好大一口气，这才推门进去。

"来啦。"

叶星川正在工作间里忙呢，听到推门声转头看了一眼，脸上浮现出笑容。

"嗯。"乐言低声答应了一声，几步走到吧台前坐下，又脱下羽绒服挂在一边，露出里面纯白色的毛衣来，"找我来什么事啊？"

虽然心里早已经有数，但始终需要一个话题开头，于是乐言就红着脸问出来了。

"之前答应过你要给你留位置的，但位置全都排满了，所以就单独给你开一场咯。"

叶星川嘴上说得轻松，可在乐言看不见的地方，他握住筷子的手都微微出汗了。

"哇！这么好啊！"乐言的喜悦都要溢出来了。

叶星川的声音继续传来："而且，还有一道专门为你准备的菜。"

乐言的心跳"扑通扑通"地加快。通过网上的搜索以及和叶星川的聊天，她已经知道了这次邀请会有好几道菜的灵感来源都是自己，比如那道冰片上的饺子。那个都不是专门为她准备的，那还有什么更加惊喜的菜品呢？一转眼，乐言的忐忑就被期待所替代了。

接下来，叶星川开始按照顺序一道道地上菜。乐言边品尝边等待，终于等到了那道专门为她做的菜。

看到菜品样式，她根本不用向叶星川求证，就清楚地知道，这绝对是为她而做的。

这道菜共由两部分组成。

第一部分是用冰雕成的熊猫，熊猫的手里握着几根笋尖。熊猫底下的盘中铺满了淡粉色的细末，边缘地带放了点淡黄色的蘸料，也不知道具体是什么。第二部分是蘸料正前方两个用某种白色嫩肉捏成的小人，从形象上来看是一男一女。

"这……"乐言抬起头望向叶星川，眼睛里闪动着光芒，想说些什么，但最后只是问道，"这道菜叫什么？"

叶星川注视着乐言的眼睛，笑着说："冰雪恋熊猫。"

扑通！扑通！

乐言几乎可以听见自己心跳的声音，脸飞快地红起来，低下头什么也没说，好半晌才回过神，拿起筷子："那我吃咯？"

"吃吧。"叶星川期待地看着乐言。

第 35 章

热搜

说实话，仅凭这道菜的样式以及命名，它的味道还重要吗？

已经不重要了。

事实也正是如此，乐言在品尝这道"冰雪恋熊猫"的时候，整个人都是蒙的，脑子里乱得不行。

"他这不会是在向我表白吧？"乐言心跳极快。

"怎么样？"

叶星川的声音打断了乐言的胡思乱想。

"很好吃啊。"乐言下意识地说了一句。

"那就好。"叶星川笑了笑，转头继续去做菜。

"他这也不算是表白吧……"

乐言有点慌，不知道叶星川具体是什么意思。一直到吃完最后的果品，叶星川也没有任何表示，这让乐言更加不知所措。

就因为那一道菜，乐言整顿饭没吃好。

似是看出乐言状态不对了，叶星川轻蹙眉头问道："怎么了？"

"啊，没什么。"乐言愣了一下。

"真的没事吗？"

乐言的样子，显然不像没事的样子。

在叶星川的追问下，乐言有些犹豫地道："其实有……"

"嗯？"叶星川把工作围裙摘下，坐到了乐言的对面。

乐言一时间不知道该怎么开口，因为按照傅诗的说法，她接下来的话无论如何都会让她变得被动，可能是一时的，也可能是长久的。

不过经过深思熟虑后，乐言还是决定向叶星川问清楚。她不想再这么不明不白下去了。

"就是在想，你做那道菜的用意……"乐言迟疑着说。

"嗯……"

乐言一下子把叶星川问住了。

他做那道"冰雪恋熊猫"的时候，其实并没有想太多，只是单纯为了纪念两人在熊猫滑雪场的经历，同时也稍微向乐言表达一下自己的心意。现在看来，乐言似乎有些误会了。

也是，经过前段时间每天不停的聊天，两人的情感已经积蓄到了一个顶点，任何波动都会让情感溢出。

只是，叶星川并没有打算借用那道菜，或是短期内向乐言表白。

是的，其实他心里已经下定决心了，也已经有表白计划了。

在他看来，恋爱是一生中最重要的，也最需要慎重对待的事情。特别是他现在谈恋爱是奔着结婚去的，也就是说，乐言是他的结婚对象，是他未来会相处许多年的伴侣。他希望自己的伴侣能在年轻时有一个完美的被追求过程。

他不想等以后别人问起，都是乐言在那里笑着说，其实一开始是她追的他。这件事本身没什么错，但她内心深处肯定还是会有遗憾吧。

诸多念头在脑子里一闪而过，叶星川飞快地组织着语言，但乐言的情绪随着叶星川的沉默开始变得低落起来。

越是着急解释，叶星川的思绪就越迟滞。在感情方面，他从来都不是一个聪明人。

就这样表白吗？叶星川轻叹一口气，刚要说些什么，眼睛忽然掠过乐言身后的窗户，看到一个戴着鸭舌帽和口罩的人正拿着手机对着他们。他眉头一皱，大声喊道："是谁？"

他的喊声把对面的乐言和窗后的人都吓了一跳，一阵激烈的磕碰声后，那道人影夺路而逃。

乐言转头看了眼窗户，又回望叶星川："怎么了？"

"刚才有人在拍我们。"叶星川皱眉道。

"拍我们？我们有什么好拍的？"乐言无语。

她以前虽然算是个明星，但退圈好几年了，早就没了人气。

叶星川是网红博主，算半个公众人物，但也没到那种被狗仔偷拍的地步。

所以乐言实在搞不懂刚才那个人究竟在拍些什么，为什么盯上了他们。

不过经过那个偷拍者的打岔，刚才有些尴尬的气氛消失了。

叶星川看着对面的乐言，说："我做那道菜，其实是……"

他话还没说完，乐言忽然冲他摆了摆手："算了，突然不想知道了。"

叶星川愣了："啊？"

乐言站起身，拿起羽绒服："感觉有点累，我就先回去了，祝你晚上的邀请会顺利呀。"

乐言冲叶星川笑了笑，叶星川却觉得她笑得有点勉强。

"……"

乐言态度的骤然转变，让叶星川有些不知所措，也不知道该说什么，所以他最后什么也没说，就这样看着乐言走了。

乐言走后，叶星川在原地坐了会儿，才拿起手机在群里发了条消息。

"我刚才好像又做错事了。"

吕佳明："啥事？"

滕懿麟："放。"

叶星川整理了一下语言，把刚才发生的事给吕佳明和滕懿麟两人简单描述了一下。

看完叶星川的描述，吕佳明难得地发语音骂了叶星川一句，然后说："现在你只有一个选择——去表白，以免后患无穷。"

滕懿麟："赞同。"

叶星川："表白没问题，但我想问一下，我错哪了？"

吕佳明："太简单了，乐言期望值过高，你让她失望了呗。不过你是想给她一个更好的追求过程和表白仪式，这点值得表扬而且情有可原，你解释的时候跟她讲明白，她也就原谅你了。"

叶星川有点无奈："好吧。"

这下子一切计划都被打破了，不过他还是准备按照吕佳明的指点，去找乐言表白。

叶星川这边下定决心的时候，乐言已经回房了。

回房后，乐言把脱掉的羽绒服恨恨地甩在沙发上。正在床上打游戏的傅诗看见这动静，忙起身问道："怎么了这是？"

乐言嘴巴一噘："不高兴。"

傅诗柳眉一竖："他欺负你了？等着，我打完这局就帮你收拾他去！"

乐言朝傅诗伸出手："我来帮你打，你现在就去帮我收拾他！"

傅诗张了张嘴："他还真欺负你了啊？快跟我说说，到底怎么回事。"

傅诗嘴上说得好，但手上一直不忘记操作。

乐言轻哼了一声，转过头去不理她。这下子傅诗也顾不得打游戏了，忍痛关掉游戏界面。

大概是注定要掉星还要被扣分的缘故，傅诗脸上都带着杀气了："说吧，怎么回事。"

乐言立刻把心里的苦水向傅诗大倒了一通："我本来以为他已经开窍了，没想到今天他又没向我表白，刚才的气氛多好啊，真是的。"

"究竟发生了什么啊？"傅诗都快被乐言纠结死了。

乐言简单给傅诗说了下刚才发生的事。作为女生，傅诗立刻就反应过来乐言在气什么了，她也搞不懂叶星川究竟在想什么。

思前想后也想不通的傅诗，忽然生出一个恐怖的念头来："他该不会是感情骗子吧……"

有了这个想法后，先前叶星川一切不合理的行为，似乎都合理了起来，比如他一直不主动。

可是对叶星川颇为了解的傅诗又觉得他不像是那种人。叶星川毕竟小有名气，如果有类似的行为，微博上肯定会有蛛丝马迹，但问题就在这里，微博上一点类似的消息都没有。

抱着怀疑的心态，傅诗拿起手机，又一次搜索起叶星川的名字来。这次，她抱着目的去搜索，肯定能找出不少有用的东西来。

很巧的是，她才刚搜索叶星川的名字，立刻就出现一大堆微博，内容还都是新的。

按理来说，叶星川这几天在举办美食邀请会，能搜到很多有关他的内容是理所当然的。可傅诗刚搜到的内容，跟美食邀请会没多大关联，反而是有关自己和叶星川的。

傅诗直接蒙了，有种"吃瓜"吃到自己头上的迷惑感。

"怎么回事啊……"傅诗愣了愣神后，开始飞快地滑动屏幕。

"咋了？"乐言也注意到傅诗的情绪不太对头，便凑过去看，当即惊了，"这什么啊？"

只见微博上全都是叶星川和傅诗的八卦消息，不但有长达数百字的文字，还有照片，有模有样的，不过乐言一眼就看出来，叶星川和傅诗两人的照片就是昨天中午被偷拍的。

傅诗转过头去看她，哭丧着脸："言言，我对不起你啊。"

"嗯？"乐言没反应过来。

傅诗无语："我刚才看了，最先发布消息的是一个经常黑我爆我料的营销号，估计是他们公司的狗仔跟踪我，不小心看到你和叶星川了，觉得是个话题，所以就这样了。"

此时此刻，微博上全是她和闺蜜秘密来参加叶星川美食邀请会的消息。

营销号为了流量，硬是把傅诗和叶星川拉在一起，把乐言写成了帮傅诗打掩护的闺蜜。

傅诗自带流量，叶星川又是近期热点，加上两人一个长得美一个长得帅，职业又天差地远，各种爆点直接让网友们兴奋了，关于这件事的微博才发布不久，已经登上了微博热搜。

"这下麻烦了。"乐言轻蹙起眉头。

她就是被网络暴力和谣言击垮的前车之鉴，她不希望自己的闺蜜在这件事上受伤或者蒙受损失，也不希望叶星川在这件事上遭到攻击。

这一切的发生实在是太巧合了，谁也料不到。

傅诗这边有公关有经纪人，所以乐言开始为叶星川担忧起来。她想了想，把转发量最多的那条微博发给了他，并附言："你快看看这条微博，出大事啦！"

乐言这边火急火燎的，叶星川看完后，却回了一条让她陷入沉思的消息。

他转发了一个微博链接给她："还是有明白人的嘛。"

第 36 章

计划

　　叶星川转发给乐言的那条微博另辟蹊径，不谈叶星川和傅诗的绯闻，反倒是大谈叶星川和乐言的关系，还附上了八张照片。

　　八张照片都来自熊猫滑雪场内滑雪游客发布的微博，他们无意间的自拍及他拍，把叶星川和乐言给拍了进去，从衣着可以判断出时间跨度不短。

　　相比起叶星川和傅诗捕风捉影的绯闻，稍微有点分辨能力的网友都更相信这条微博里有理有据的内容。因此，这条微博引起了不少网友，包括叶星川的粉丝、乐言曾经的粉丝以及对她略有所知的网友的关注。

　　但两人毕竟不是什么大明星，微博内容也不是什么爆点十足的新闻，所以没有掀起太大的风浪。

　　看完叶星川发来的微博内容，乐言的心情顿时有些复杂，她不太清楚叶星川想要表达的意思。

　　他这样时而主动，时而退缩的行为，让乐言有些心累。

　　大概是这段时间主动学习过相关知识点的关系，叶星川开窍了，从乐言的沉默中察觉到了什么。于是在短暂的思考过后，他编辑了一条消息："我为我今天中午的所作所为向你道歉，嗯，还有之前的一些事吧。你明天有空吗？我有件事想跟你聊一下。"

　　乐言看完叶星川的消息，心跳忽地加快。

　　他总算开窍了吗？

　　短暂的欣喜过后，乐言心情平复下来，心里还是有一丝担忧，怕自己又会失望，不过她手上没忘记打字："有空啊，不过今天有事要回趟北京。"

　　叶星川："好，那明天下午咱们约个地方吧。"

　　乐言："好的。"

乐言没有说什么"预祝你今天的邀请会圆满成功"之类的话，因为她清楚地知道，两人肯定会不间断地联系。

跟叶星川聊完后，乐言想了想，把叶星川的那段话给傅诗看了一眼。傅诗看完后，抬起头看向她，肯定地道："他明天要跟你表白了。"

"是吗？"其实乐言也猜到了，脸不禁有些红。

"不过这样提前告诉你，就没惊喜了啊。"傅诗叹了口气，但语气很快又激昂起来，"就是不知道在什么地方，以什么方式。我很想见证一下这个伟大的时刻啊！"

"嗯……"乐言有点出神，压根没有搭理傅诗的心思。

"不过……"傅诗把手机伸到乐言的面前，"这些微博，你们觉得没关系吗？要怎么处理啊？"

傅诗给乐言看的微博，内容是关于乐言和叶星川的。

有关傅诗跟叶星川的谣言倒是很好处理，她工作室会发声明的。她跟叶星川本来就没什么，身正不怕影子斜，就是肯定会冒出一群自作聪明的网友说她炒作什么的，她已经习惯了。

乐言想了想说："如果明天他要表白的话，这个倒也没什么关系吧。"

顿了顿，她又说："我问问他吧。"

对于微博上的消息，叶星川不怎么在意，毕竟热度不高，影响不到他，最主要的是这条微博以及相关消息都是正面的，就算有负面消息也是极少数，于是他和乐言商量过后，决定顺其自然。

叶星川可以不在乎，但傅诗不行，她想了很久，还是对乐言说："你把他的微信推给我吧，我亲自跟他道个歉。"

这件事毕竟是因为她才发生的，她道歉理所应当。当然，这肯定不是她加叶星川微信的主要原因。

乐言说："我问问他。"

说完，她给叶星川发了微信："我闺蜜想加你微信，给你道个歉。我可以把你微信推给她吗？"

叶星川下意识打字"当然可以"，可就在要发出去的那一瞬间，他犹豫了，然后删除了两个字，消息便变成了"可以"。

他毕竟也是有恋爱经验的，只是尘封已久，在意识到自己马上要开始谈恋爱的时候，这些尘封的经验逐渐开始解封了。

跟女孩子，特别是自己喜欢的女孩子聊天的时候，一定要注意细节。刚才他要是发"当然可以"，显得不太淡定，显得另有所图——虽然的确是这样。

认识了傅诗，他就可以从她那里得到很多乐言的信息，甚至一些不为人知的信息！这将有助于他们的感情发展。

"那我推给她了。"

乐言说完也就十几秒钟，叶星川的通讯录那里就突兀地出现了一个红点。

叶星川通过了傅诗的好友申请，紧跟着有消息发来。

傅诗："你好，我是傅诗，言言的好朋友。"

叶星川："你好你好。"

傅诗："今天的事抱歉了，如果后续对你造成了什么不良影响，请及时告诉我。"

叶星川："没事，都是小事。"

傅诗也没有在这件事上纠缠的意思，话锋转变得极快："你明天是要表白吗？"

"啊？"叶星川被问得愣住了。

傅诗："我不会跟她讲的。"

叶星川犹豫了一下，说："也不算吧……"

傅诗："什么意思？"她有些恼火了，在她看来，叶星川优柔寡断，磨磨叽叽，简直无法理解！

"我只是打算跟她坦白说我喜欢她，好让她安心，但我没打算直接跟她表白，跟她在一起。因为我觉得这样太仓促了，太平凡了……"叶星川顿了顿，想了想，"我希望我跟她确定关系的那一幕，是她未来半生很值得回忆的画面，我不想那么随便。"

傅诗沉默了好久才回复叶星川："我羡慕了，真的……"

说实话，傅诗偶尔怀疑过叶星川是个感情骗子，但看完叶星川这段话，忽然就理解他了。他只是太在意这段即将开始的感情了，而且他是一个很有仪式感的男人，是一个虽然不怎么浪漫但想浪漫的男人。

傅诗嫉妒了，自己怎么就遇不到这样的男人呢！

叶星川："所以一直以来，我都挺纠结的。"

傅诗："你不用纠结了！我会帮你的！"

叶星川："怎么帮？"

傅诗："让言言有一个可以铭记一生的表白仪式啊。"

不过傅诗想说：表白仪式都这么郑重，将来求婚仪式有他好受的。当然，这不是她要担心的问题。

"嗯……"傅诗摸了摸下巴，"我们需要好好计划计划。"

叶星川："其实吧，我是有考虑过的。"

傅诗："你说说看。"

叶星川整理了一下思绪，把自己脑海里一些模糊不明的想法给傅诗说了说。

傅诗听完，猛地拍了下大腿。

"啪"的一声响彻房间，惹得正在跟叶星川聊天的乐言抬起头："怎么了？"她看了看傅诗光洁的大腿，上面淡红色的手掌印缓缓浮现。

"没事，就是有点……怎么说呢，太复杂了！你继续聊你的吧！"傅诗看着乐言，想了很久，最后还是忍住了。

乐言满头问号。

傅诗低下头，继续给叶星川发消息："你这个计划可以啊！"

叶星川说："其实这只是计划的前半部分。"

傅诗眉毛一挑："快说，快说！"

于是，叶星川把后半部分计划也说给了傅诗。

这次傅诗听完，不再像之前那么激动了，反而沉默了下来。她抬起头看了一眼乐言，这时乐言正趴在床头，细长的小腿跷起，前后不停地摆动着，脸上一直挂着笑，也不知道在跟叶星川聊什么开心事呢。

她是一点都不知道，叶星川为她考虑了多少啊。

"后半部分的计划，嗯……很好，真的很好，虽然我知道没必要，但我还是想替言言感谢你一下。"傅诗说，"这段时间有什么需要我配合的，直接告诉我就行，我有空肯定帮忙！"

叶星川："感谢！"

傅诗："小事！"

在跟傅诗聊完后，叶星川整个人的心都静了下来，念头一下子就通达了。于是他点开群聊，把自己的计划告诉了滕懿麟和吕佳明。

两人听完后先是一顿调侃，羡慕，然后都表示会帮叶星川。

计划是确定了，但有一个巨大的难题摆在叶星川的面前。

滑雪技术！

表白计划第一步的前提，就是叶星川得有不低的滑雪技术。这让叶星川有点头痛，因为这么久过去了，他还是没有很喜欢滑雪。

不过一想到接下来又可以找乐言教自己滑雪了，叶星川就阵阵开心，对滑雪的抵触也减少了不少。

他也知道，既然决定要跟乐言表白了，那么自己接下来也有必要喜欢上滑雪，毕竟这是乐言喜欢的运动，这辈子最喜欢的运动。

叶星川准备深刻地去研究、去感受滑雪究竟有什么魅力！

当晚，在叶星川心情大好的情况下，这一年度的美食邀请会终于圆满收官，接下来就是菜品的改进工作，那会占用他部分时间，但不会太多，主要工作属于公司的工作人员。

回到酒店房间，躺在床上，叶星川开始思考明天和乐言的见面。

他原本想向乐言坦白自己对她的感受，然后告诉她，自己要给她准备一个表白仪式，也想主动追求她，让她不留遗憾。但跟傅诗聊完之后，他知道这个计划需要取消了。

得在乐言不知情的情况下，给她一个惊喜才行！

那明天的约会该怎么办呢？

第 37 章

滑雪短片

叶星川和乐言现在的相处模式像极了情侣，只差用表白来捅破最后一层窗户纸而已。

相比起叶星川从纠结转化为肯定的心态，乐言有些不安，容易胡思乱想。叶星川只要稳住她的心态，就能如愿实施自己的计划，而这就需要傅诗的帮忙了。

如果她最亲近的闺蜜，每天都在肯定叶星川的行为，她就不会想太多了，而是心安地享受与叶星川的相处时光。

"需要帮忙！"

傅诗一大早起来看到叶星川发来的消息，毫不意外。

叶星川："今天下午我打算跟她说下短片的事，我怕她多想，觉得我心不定什么的。如果她找你，你帮我解释一下。"

"没问题，但是……"傅诗忍不住笑了，"费用为一顿饭不过分吧？"

叶星川沉默了好几秒："不过分。"

似乎又引"狼"入室了啊……

睡醒洗漱完，叶星川就收拾东西回北京了。一路上，他都在想着下午的见面，他怕自己昨天的话给了乐言过高的期待，见面后又让她失望甚至生气，想想多少还是有点忐忑。

不过再怎么紧张，总归是要见面的。

下午三点，叶星川和乐言约在北锣鼓巷一家叫小时光的咖啡厅。

这是一家出名的猫主题咖啡厅。乐言非常喜欢猫，但很可怜的是，她对猫过敏。

她一直以为自己是对猫毛过敏，为了养猫，她尝试过斯芬克斯无毛猫以及德文卷毛猫。这两种猫，一种无毛，一种毛非常短。

但更可怜的事来了——她并不是对猫毛过敏，而是对猫皮屑过敏。皮屑里有一种微小的蛋白质，存在于猫的脂肪腺中，通过皮脂散发，附着在干燥的皮肤上。

换言之，对于对猫皮屑过敏人士来说，无毛猫更容易让他们过敏。

太惨了！

叶星川听完，直想摸摸乐言的头。

小时光的老板是叶星川的朋友，看到他和乐言的时候，过来打了个招呼，最后对他露出一个意味深长的笑容，就忙去了。

两人坐下后，叶星川轻咳了一声，开门见山道："滕懿麟有件事儿想请你帮忙，让我来问下你的意见。"

乐言问："什么事啊？"

她老板让叶星川来问，那肯定不是分内工作。

叶星川说："这不是马上要开北京冬奥会了吗，他准备做个滑雪短片宣传宣传，想请你当女主。"

乐言愣了一下："啊？"

叶星川说："是我推荐的。你长得好看，滑雪又好，我觉得很合适。"

乐言听完笑了，然后思考起来："也不是不行，就是……"

叶星川打断了她的话："我还毛遂自荐当男主了。"

乐言一脸惊讶地看着叶星川，几秒钟后，她端起抹茶拿铁抿了一口："那这个短片的拍摄难度应该不高吧？"

叶星川有点想伸出手去敲乐言的脑门儿："还挺高的，所以接下来一段时间，可能得请你当我的教练了。"

"真的啊？"乐言惊喜出声。

她本来还以为叶星川以后再也不会接触滑雪了呢。不对，如果两人在一起，他肯定会接触的，只是不会再主动地去学习和深入了解了。

看乐言很开心，叶星川当然也很开心："真的。"

乐言稍微收敛了一下自己的惊喜神情，努力平静地说："滑雪短片的拍摄需要什么动作啊？要什么特殊场景吗？有什么要求吗？欸，你现在技术不行啊，得多练练。咱们什么时候开始啊？"

说到最后，乐言又忍不住激动起来。

叶星川看她兴致勃勃的样子，没忍心打断她。

好一会儿，乐言才意识到自己失态了，再次收敛神情，脸色微红。

叶星川这才说："滕懿麟说了，动作、场景什么的需要你参与讨论，我的技术由你负责，开始时间由你定，至于拍摄费用，这个他说他也不了解，让你自己报，只有一点要求，拍摄地点都得在国内。"

听完叶星川这段话，乐言眯着眼睛看着他，总觉得不太对劲。

滕懿麟给自己的俱乐部拍宣传短片这么随意吗？什么都交给她来定，甩手掌柜也不是这么当的吧？她有点怀疑滕懿麟是故意搞这么一出来给他俩制造机会的。

不过，叶星川现在直接表白不就完事儿了吗，整这么多！

想是这么想，但乐言心里还是非常高兴的。接下来很长一段时间，她都会这么高兴的。

乐言开心地说："嘻嘻，其实我一直有想过，把自己的滑雪视频做成一个短片。"

每一个酷爱滑雪的人应该都想过吧？

那种从上至下俯瞰整座雪山的画面，那种一个人在广袤雪山之间穿梭滑行的画面，那种从直升机上跳跃下去的画面……只是短短一瞬间，乐言脑海中已经浮现出了很多场景。

乐言抑制不住心中的激动："我们现在就来讨论讨论吧！"

叶星川从善如流："好啊。"

乐言原本准备接受表白的期待，立刻就被滑雪短片的事给盖过了。

乐言既兴奋又为难："这个短片预算多少啊？不瞒你说，虽然才这么会儿，但我脑子里已经有很多场景了！"

"预算挺高的。"

叶星川其实想说，不够的他补上，但这样说就显得目的性太强了，所以他忍住了，一切锅都让滕懿麟背就完事儿了。

一下午的时间，乐言和叶星川都在咖啡厅里面讨论滑雪短片的事，中途两人还把滕懿麟拉进一个群里聊起来，滕懿麟又拉来了摄影师、制片人、导演，整得叶星川一愣一愣的，私底下有点惊讶地问滕懿麟，他这都哪里找来的人。

滕懿麟很无语："我以前好歹也是个滑雪大神好吧，你没看过我的滑雪视频？"

说完，滕懿麟顺手甩来十几个链接。显然，那些全都在他的微信收藏里，他时刻准备拿来震慑一下小伙伴们。

一直到晚上七点钟，乐言才意犹未尽地结束了讨论，两人边聊边吃饭。

乐言已经完全忘记今天来这里的目的了。

吃饭时，乐言一脸认真地看着叶星川："接下来你要接受一场特训了！"

叶星川心情沉重："没问题。"

按照乐言和导演、摄影师的讨论，短片里作为男主的他高难度动作可不少，完全不是他现在能掌握的。

必须特训，只能特训。

虽然这个滑雪短片的创意是叶星川提的，目的是什么就不用说了，但滕懿麟也明确地告诉叶星川，他最近的确在计划制作一个宣传短片，既然叶星川要求做男主角，他只能勉为其难地接受，所以叶星川的压力更大了。

乐言干劲十足："吃完饭咱们就回家吧。你这几天有没有事啊？我晚上制订特训计划，明天咱们就开始吧！"

"好。"

叶星川总觉得，自己好像给自己挖了个坑啊。

晚上回到家，傅诗给叶星川发来消息。因为叶星川的请求，也为了防患于未然，傅诗今天是住在乐言家的。

傅诗多少有点无语："你完全不用担心，她现在满脑子只剩下你的特训和滑雪短片了……"

叶星川早有预料。

乐言也发来消息："明天咱们到了之后，先看看你的技术吧，然后再……"

上次乐言走后，叶星川在董璐的教导下又学习了一阵子，多少有点进步。

"OK！"

叶星川已经完全落入乐言的"魔掌"了，现在她说什么就是什么。

晚上十一点的时候，叶星川有点困："我要睡了，你呢？"

等了一会儿，乐言回消息："我还在做计划呢，得等会儿，你先睡吧。"

"好。"叶星川无奈。

乐言好像过于兴奋了啊。

傅诗也意识到了，她本来还以为乐言是因为叶星川才这么兴奋，但后来觉得好像不是，不至于。

她在乐言面前没有忍耐的习惯。

"你到底怎么回事啊？"

乐言转过头看向傅诗："实话就是，再面对镜头，有点开心吧。"

"哦……"傅诗瞬间就懂了。

滑雪是乐言的爱好，但做偶像站在舞台上是乐言的理想，她当初意外退出，其实一直很后悔。

傅诗内心很为闺蜜高兴，因为她参与了叶星川的计划，知道一些乐言不知道的事。

不只是滑雪短片背后隐藏的计划，还有更深层次的原因。

第二天早晨十点钟，叶星川到乐言家里接到她，两人一起去了北京北站。

两人之前把滑雪装备和衣服都留在滑雪场了，所以这次几乎是两手空空去的。

高铁上，乐言不停地给叶星川讲述着接下来的计划。

首先自然是要熟悉所有基础的、进阶的以及部分高阶的滑雪技巧，其次就是教一些拍摄宣传短片会用到的技术，这个是选择性教导的。

乐言安慰道："你也别太担心，时间上咱们不急，实在不行，拍摄的时候也可以找替身嘛，事后也能做特效。"

话是这么说，但叶星川还是希望宣传短片里只有他和乐言，这在将来可是一个美好的回忆呢。

　　乐言没有意识到，因为要一起拍摄滑雪短片，两人虽然没有捅破最后那一层窗户纸，但是关系居然更进一步了，聊天毫无隔阂。

第38章

两人游

"嗖！"

熊猫滑雪场的高级道上，两道轻盈的身影正以"S"形的轨迹飞快冲下。两道身影一道动作流畅，一道则稍显迟滞，两人都穿着白色滑雪服，一男一女，正是叶星川和乐言。

乐言轻松跟在叶星川的身边，观察着他的滑雪动作。

几分钟后，两人来到坡底。滑到安全的区域后，叶星川摘下头盔，额头微微见汗。

乐言赞叹道："不错啊，之前的技术巩固得很好，点杖也学得不错，就是滑得有点慢了。"

之前叶星川滑得慢，乐言不会去计较，因为她知道叶星川的薄弱点在哪里，只要慢慢巩固技术，建立信心，他最后肯定可以在高级道完成陡坡速降。但滑雪短片的目标横在前面，乐言对叶星川的要求就变高了。

乐言说："来吧，咱们再滑一次，我录下来，一点点指正。"

在乐言面前仍然相当于滑雪"小白"的叶星川点了点头："好。"

两人排队坐缆车的时候，叶星川注意到有几个年轻人正兴奋地冲着他和乐言指指点点。叶星川疑惑地朝他们望去，发现他们的注意力在乐言身上，有两个女生还掏出了手机，应该是在拍照。

叶星川微微皱了皱眉头。可能是注意到了叶星川的目光，那几个年轻人顿时作鸟兽散。

"没事，让他们拍吧。"

乐言也注意到了那群人，她看得比较开，那群人顶多私下里议论一下，又能怎么样呢？

"嗯。"

乐言都不在意，叶星川当然也不在意了。

坐缆车上山期间，乐言简单说了几个要点："在陡坡滑行的时候，不要向后倾。向后倾会让滑雪板更深入雪地，这会让你在内侧回转时感觉被拖拽，下滑的加速度增加，就很难控制滑雪板瞬间的变化了。"

"好的。"

叶星川琢磨回味。

这一早晨，叶星川就在乐言的指导下，进行着高级道滑行技巧的学习和巩固，为下一步的训练做准备。

因为关系不同了，学习滑雪时的感觉也不同了，相比起一个多月以前，叶星川觉得自己的积极性都要高一些。

果然爱情比邀请会还重要吗？

叶星川笑着摇了摇头。

之后的一周，叶星川、乐言每天都在滑雪场学习训练，叶星川的技术一天高过一天，他对速度和坡度也不再那么恐惧了，甚至对更高级别的滑雪道隐隐有了期待。

与此同时，两人都注意到熊猫滑雪场来了不少陌生人，大概率是乐言的粉丝。

前段时间，乐言因为傅诗和叶星川的绯闻上了微博热搜，激发了不少网友的记忆。

对于这些热情的粉丝，两人都没有主动干涉，只要不打扰到他们的正常训练就行。

不过，借着乐言粉丝的由头，叶星川向乐言发起了试探："看来你还是很有人气的嘛。"

"哪有？"乐言没有听懂叶星川的深意，笑了一声。

叶星川看了她一眼："感觉大家都很喜欢你，都想让你复出呢。"

"有吗？"乐言仔细回忆了一下，"没有吧。"

叶星川说："你自己不是也想过吗？"

乐言怔了一下："想是想啦，但也只是想想啊，而且也没机会啊……"

叶星川说："没有机会就创造机会啊。"

乐言总算反应过来了，转头盯住叶星川："你在打什么主意呢！"

"没什么，哈哈。"叶星川打哈哈道，"我是想说，现在短视频啊直播啊什么的这么火，你也可以试一下嘛，说不定能再找到机会呢。"

乐言说："我有什么好播的。"

叶星川脱口而出："滑雪啊。"

乐言闻言沉思了一会儿，摸着下巴说："嗯，我刚才想了一下，我直播没什么看点，还是你比较有看点，嗯！"

说到最后，乐言忍不住笑了起来，她肯定是想到叶星川那一次次摔倒的场面了。

叶星川没好气地说："我跟你认真的呢。"

乐言说："我也认真的啊，我不觉得我直播有什么看点。"

叶星川觉得她没认清现实："长得好看，还会滑雪，哪里没有看点了？"

乐言说："我考虑考虑吧。"

叶星川知道乐言的顾虑有点多，所以没有强求，慢慢来嘛。

这天晚上，叶星川洗完澡躺上床，听到手机振动，拿起来一看。

乐言："咱们接下来得换个场地了。"

叶星川："嗯？"

乐言："短片拍摄需要的一些动作，在这里不太好练，得去野雪场。"

叶星川看到"野雪场"三个字，心跳都慢了半拍："哦，这样，那咱们去哪儿啊？"

乐言："长白山。"

叶星川："好的呀，正好可以去天池玩玩儿。"

乐言眯着眼睛笑："嘻嘻，好。"

当晚两人做出决定后，立刻收拾行李，第二天早晨坐高铁回京，在机场订了最近一趟航班的票。

去机场的路上以及在飞机上的时间，乐言都处于亢奋状态，给叶星川看了不少她滑野雪的视频。视频里的乐言轻盈得像一只雪豹，在雪海中恣意穿行。

近六个小时的行程，因为有了乐言，一点都不显得无聊，反而很有趣。

叶星川很喜欢乐言在他身边叽叽喳喳的。

不过等下了飞机，坐车去长白山一个度假区的滑雪场时，乐言就没那么精神了。

因为是雪季，车上坐满了全国各地慕名而来的雪友，大家都满脸兴奋，吵吵嚷嚷的。

在车上坚持了没多久，乐言就开始瞌睡了，脑袋东倒西歪的，最后没忍住，还是靠在了叶星川的肩膀上。

感受到肩膀上缓缓增加的重量，叶星川挺直了背，尽可能让乐言靠得舒服一些。谁知道这么一靠，就靠到了两个小时后。

乐言醒来的时候，眼前有些花，当意识到自己正靠在叶星川的肩上时，她当即面色微红地抬起头，坐正身子。

"醒啦。"叶星川转头看向她。

"嗯。"乐言脸红红的，看到叶星川有些不舒服地伸展身子，心里暖暖的，对即将到来的二人世界充满了期待。

接下来这段时间，会发生些什么呢？

到达度假区后，两人先休息了一个半小时，等精神恢复了，才通过微信约好时间去吃晚饭。

叶星川和乐言都没来过长白山，吃什么全靠乐言此前查过的攻略。

吃饭的时候，乐言美滋滋地拿出手机给叶星川看："天气预报说，今晚有大雪！"

"运气这么好吗？"叶星川感到很惊喜。

"是啊，嘻嘻。"乐言笑着说，"那明早咱们起早点吧，去道内的树林雪道练习练习。"

"好。"

听到乐言的话，叶星川有些紧张。

其实，相较于两人这次行程的最终目标——前往西坡滑雪场高级野雪道滑野雪，道内的树林雪道根本算不了什么，但叶星川毕竟是第一次，紧张是在所难免的。

乐言看得出叶星川的心态，笑道："你现在的技术已经很好啦，按照之前教的正常滑就行，道内的树林雪道根本不难，相信我。"

"好。"

叶星川微微定神。

当晚，叶星川和乐言都早早睡去，第二天早晨六点钟就起来了。这时，雪已经停了，地面铺满了未被踩踏过的厚厚的白雪，不过从酒店到缆车的路，已经被游客们踩得快结冰了。

山下缆车处，有黑压压的一群人在排队。

天没亮，温度还很低，乐言裹在厚厚的羽绒服里，脸上挂着笑。那是不同于平时去滑雪的笑。

叶星川看着她，也在笑。

两人排队上了缆车。坐缆车从坡底到坡顶耗时十五分钟左右。缆车外，黑暗笼罩着大地，只能隐约看见那铺展向视线尽头的雪地。

叶星川和乐言两人来到山顶时，这里已经挤满了人。

乐言带着叶星川走到一个较为偏僻的角落，从地上捧起一抔雪，低下头深深地吸了一口气，然后满足地抬起头："这雪也太棒啦！"

叶星川早已经不是往日的"小白"了，对雪的分类有了相当的见识，知道以这种质地的雪，滑起来肯定会特别顺畅，摔跤也不会很疼。这种情况下，就连他都敢滑得飞快。

他对树林野雪的紧张感渐去，反而生出期待之情来。

当意识到这一点的时候，他有点惊讶。自己居然期待滑雪了？这可是一个巨大的转变。

东方的天渐渐亮了起来，温度缓缓升高。

暖黄色的熹微晨光洒落在一片洁白的雪地上，泛着点点金光，放眼望去，远方是绵延的群山和覆盖着白雪的灰色枯树，灰色与白色相间，构成了仿佛水墨画一样的绝美景象。

乐言静静地看着太阳升起，感叹了一声："好美啊！"同时，她从兜里掏出手机来拍了几张照片。

叶星川在一旁也觉得心旷神怡，他蓦然转身，看到金色的阳光照在乐言脸上，那泛着光的侧脸让他有些沉迷，好几秒钟后他才醒过神来："要不要我帮你拍几张？"

"好啊。"

乐言高兴地把手机递给叶星川。

说实话，叶星川的拍照技术真的不怎么样，但他熟知男生给女生拍照的精髓——反正一直按快门就完事儿了，拍一百张总有一张好看的吧？一百张不够那就拍个两三百张。

不过叶星川多虑了，以乐言的颜值，随便拍拍也差不到哪里去。

第 39 章

野雪

天终于足够亮了，有雪友开始迫不及待地向山下滑去。这群人大多技术高超，滑得飞快，各种炫技。

为安全起见，叶星川和乐言没有第一时间往下滑，主要是怕人多，叶星川紧张而摔跤或者被撞到。

"走吗？"

乐言滑到坡顶边缘，望着下方一览无余的白色雪面。

"走。"

叶星川深吸了一口气，轻轻推动滑雪杖。

一阵丝滑的感觉从脚下传遍全身，他按照过往所学，保持着身体的屈曲度，不时侧身，轻点滑雪杖，以极快的速度朝下方冲去。

乐言本来还控制着速度跟在叶星川身边，但很快就发现叶星川这次速度非常快，她脸上浮现出笑容，也加快速度往下方冲去。

这和在熊猫滑雪场是完全不同的感觉啊，长白山不愧是中国的滑雪胜地之一。叶星川在心中感叹。

这还是滑雪场里的滑雪道，在那种一望无际、空旷无人的野雪场滑雪又该是什么样的感觉？叶星川有些期待。

此时此刻，从天空俯瞰，滑雪场像是一张巨大的白色毛毯，数十个小黑点在"毛毯"上飞快地滑落，一次又一次。

有的雪友直到累了，或是觉得今天的雪已经没那么舒服了，才逐渐散去，或者转去别的地方。

"舒服啊……"

叶星川总算有点明白为什么有人会痴迷于滑雪了。

正当整个身心都觉得享受时，叶星川看见在前面领滑的乐言停在滑雪道边缘一个岔路口，路口内是一望无际的灰黑色的枯树，上面堆满洁白的积雪，风轻轻吹动，积雪扑簌簌地往下掉落，砸在地面的积雪上，扬起雪花。

叶星川停在乐言的身边，身后不时有雪友滑入其中。叶星川望向那狭窄的滑雪道，心中隐有怯意。

一旁的乐言看出了他内心的恐惧，她想了想，轻推滑雪杖，滑到他身边，隔着手套握了握他的手掌。

叶星川侧头看了一眼乐言，心中一暖："走吧！"

"好。"

乐言说完，推动滑雪杖，滑入林中。

叶星川深吸一口气，紧跟其后。

这条滑雪道的粉雪是纯天然状态，没有经过任何人工修饰。

昨晚的雪下得不算大，但地面也足足积了二十厘米厚的雪。滑雪板接触到粉雪表面时，叶星川有一种漂浮的感觉。滑雪板破开雪面，雪花轻轻拍打着滑雪板和他的腿部，他整个人像船只在水面上前行一样，上下起伏。

叶星川按照乐言所说的那样，重心略靠后，让板头浮在雪上。这和正常的滑雪是不太一样的，所以叶星川不是很适应，但还好控制得住。

前面有一个弯道。

粉雪不像机压雪道那么坚硬实在，滑雪板与粉雪接触时，滑雪者完全感受不到路况，也没有震动的感觉，转弯的时候脚下是空的，没办法直接用力，所以得借力。

叶星川有些紧张，有些新奇，他按部就班，渐渐地，视野开阔了。

远方是清朗的蓝天白云，稀疏的树木上覆盖着新雪，放眼望去一片雪白。他穿行在雪中树间，起起伏伏，脚下的雪柔得像是丝绸。

叶星川轻轻一脚刹车，眼前顿时白茫茫一片，飘起的雪雾扑面而来。

太爽了！

叶星川第一次感受到了滑雪的乐趣。

"还来吗？"一眼看出叶星川意犹未尽的乐言笑着提议。

“来。”叶星川回望了一眼刚刚滑下来的树林雪道，语调略有上扬。

那是喜悦。

机压雪道和野雪道，带来的果然是两种不同的感受。

在去坐缆车的路上，乐言问："感觉怎么样啊？"

叶星川想了想，说："难以形容。"

说实话，这次滑雪有点囫囵吞枣的意思，他还没来得及真正享受，就已经结束了。

乐言笑道："多滑几次就能形容了。"

叶星川点了点头。

两人坐缆车上山，又一次滑到树林雪道的岔路口。这次，叶星川没有犹豫，直接冲了进去。刚才的经验和感受让他的信心有所增加，速度也提升了不少，问题自然也一个个冒了出来。

"砰！"

前方有茂密的树丛挡路，叶星川必须转弯，但高速下在虚不受力的粉雪上很难操作，于是他一头扎入了雪里。

"哈哈哈哈！"乐言停在他身边，看着他坐起来拍打身上的雪，边笑边说，"记住，粉雪滑行和机压雪道滑行的技巧几乎是相反的，重心一定要往后脚压，把前板头压得翘起来，绝不能把重心压在前脚上，不然很容易卡前板然后侧空翻；也绝对不要动刻滑的念头，只能用搓雪的方式换刃，不然会侧趴加滚翻。"

这些道理叶星川其实都懂，但实际操作起来哪有这么简单？

在二十厘米厚的粉雪上较快滑行时，有很强的起伏感。随着滑雪板角度和雪的挤压力度的变化，他时而像在波澜不惊的湖面上航行，时而像在巨浪里上下颠簸，强烈的失重感让他肾上腺素激增，无法有效操控。

这还只是道内的树林雪道，野雪区域难度更高。

技术还得练，信心也需要建立。

叶星川从雪地里爬起来后，继续在树林雪道上滑起来。

和机压雪道不同，树林雪道里粉雪很厚，摔下来根本不疼。所以阻碍叶星川练习的只有两个因素：对高速滑雪的恐惧以及对前方障碍物的恐惧。

接下来的两天时间，叶星川和乐言几乎一直在道内的树林雪道上练习。抱着和乐言一起去道外滑雪执念的叶星川，抵御住心里对进阶滑雪技巧的排斥和恐惧，刻苦学习，滑雪技术有了长足的进步。

这天晚上躺在床上，叶星川终于没忍住给乐言发了微信："明天咱们去野雪区吧。"

看到叶星川的消息，乐言没怎么思考："行啊。"

野雪区也是分难度级别的，其实以叶星川的技术，他早就可以尝试低级的野雪区域了。乐言之所以没主动提出，是怕叶星川信心以及主观能动性不够。对他来说，建立信心，对抗对高速和失重的恐惧是非常重要的。

他主动提出了，说明他有自信；连野雪他都敢主动去尝试了，说明他对滑雪的态度有了极大的改变——这是更重要的事。

要是早早地带他去野雪区摔来摔去，撞来撞去，估计他内心会生出放弃的念头吧。

手机屏幕上亮着乐言的微信聊天框，叶星川心中开始期待起来。他终于要涉足野雪区了！

第二天，两人起了个大早，收拾好行李，在度假区内坐上前往长白山西坡滑雪场的环保大巴。

相较于长白山的其他几家滑雪场，西坡滑雪场有些特殊。

它是全中国唯一一个开放式天然滑雪场，那里没有上山的索道、缆车，雪友们返回山顶只能坐雪地摩托或者压雪车，整个滑雪场内没有任何机压雪道，只有纯粹的野雪，而且那里的粉雪雪质足以媲美世界各大顶级滑雪场。

滑雪场内有初、中、高三级野雪区，可以让初涉野雪的雪友们很好地学习、进步。

环保大巴的终点站是位于半山腰的木屋别墅区，两人入住后，在微信上聊了几句，乐言就拿着三件东西来到叶星川的房间。

"这是野雪三件套，也叫雪崩三件套。"

乐言把三件东西放在叶星川的床上。坐在床边，她先指向一个形似登山杖的东西："这是探杆，是用来探测遇险者位置和深度的。"

紧跟着她又指向一把小铲子："这是雪铲，用途不用我多说了吧。"

最后她又指向一个表面覆盖着塑料的印刷电路板薄片："这是雪崩探测仪的反射体，和探测器是配套的，作用是发出信号。它可以贴在身上任何地方，不需要电池和开关，可以永久使用，而且很轻。"

乐言把其中一片贴在了叶星川的左手臂上："就这样。"

叶星川拿起探杆和雪崩探测仪操作了几下，就表示了解了。至于雪铲，三岁小孩儿都会用吧？

给叶星川介绍完野雪三件套后，乐言拿出手机查看起明天的雪崩情报来。

作为雪山上的头号杀手，雪友们遭遇雪崩的概率虽然不高，但毕竟还是有可能的，所以必须防患于未然。

听着乐言念出雪崩信息，各大野雪区域的开放情况，哪个区域发生过雪崩死过人，叶星川的心情陡然开始忐忑起来。

野雪区果然还是和滑雪道有差别啊，给人心理上的感觉就不一样！

叶星川压抑着心中的纷乱情绪，问："明天咱们去哪？"

乐言说："先去初级野雪区。虽然我觉得以你的技术已经可以去中级区了，但保险起见，还是先练习练习吧。"

在选择野雪道路这件事上，叶星川显然是没什么发言权的，他所能做的就是做好心理建设，明天正常发挥，不要拖乐言的后腿。

这一晚上，叶星川很是忐忑，睡也没睡好，早晨起来的时候精神状态略差。

乐言一眼就看出来了："别紧张嘛，其实以你的技术，早就可以滑野雪了。"

乐言一直在暗示他的技术已经很好了，他也听在心里，但还是有点忐忑。

他毕竟不像乐言，天生就很喜欢极限运动。

第 40 章

暴风雪

叶星川和乐言昨天入住后，就打电话预约了一辆雪地摩托。车主黄翔既是骑手也是向导，他是吉林人，开朗善谈，一路上都在给两人介绍风景和雪况。只不过天色较黑，两人暂时也看不清什么。

等两人来到初级野雪区的制高点时，已经有不少雪友在摩拳擦掌了，他们身后也不断有雪友跟进。

随着天色渐亮，吸引着全国各地雪友的道外野雪也呈现在了叶星川的面前。

广袤，洁白，天然。

微风吹拂，花粉似的雪花轻轻飘荡，卷积而起，像是农家袅袅升起的炊烟。

"今天的雪至少有四十厘米厚。"乐言有点兴奋。

四十厘米厚的粉雪，滑起来的感觉肯定与之前不同。

叶星川有点兴奋，但还是有点紧张。

乐言看着叶星川，认真地说："这次我们先滑。这么好的雪，一定要多滑两次。"

"嗯！"

叶星川点了点头。

"速度一定不能慢，否则会陷进粉雪堆里的，到时候再想爬出来就难了。"乐言说，"速度快了摔了也没事。"

叶星川继续点头。

当然没事，这种厚度的雪，从几米高的地方摔下去，也就是砸出一个坑而已吧。

几分钟后，在一声声兴奋的惊呼中，有人开始往下冲了。

叶星川顺着声音看去，只见一个个雪友像是陷入了雪堆里面，滑雪板化作乘风破浪的舰船，厚厚的粉雪被劈成两半，向雪友们身旁、身后散去。

"走吧。"乐言看着叶星川说。

这个季节的粉雪都是靠抢的，再愣下去等别人滑过了，可就没意思了。

"走！"

叶星川深吸一口气，向下方滑去。

顿时，滑雪板乘着粉雪开始"航行"，他的小半个身体都被淹没在雪堆里，滑雪板和身体冲起的雪浪扑面而来，让他沾了满身的白雪。

这些白雪就像超市里的面粉，细到可以从手指缝中滑落。

在这样的粉雪上滑行，叶星川觉得自己像是在柔软顺滑的丝绸上滑动，他的身躯随着雪地的起伏而上下浮动，如同飞翔一般的快感把他包围了。滑雪板划开雪面，没有一点抵抗力。

细碎的白雪扑面而来，像是浪花，又像是阳光。

叶星川觉得自己在飞，浑身没有了重量。

他沉浸在里面了。

最后叶星川都不知道自己是怎么到的坡底，就在他发愣的时候，乐言已经拉着他的手往雪地摩托等待的方向去了。

得抓紧时间再多滑一次！

坐在雪地摩托上的时候，叶星川回头看了一眼乐言，说："我终于理解你为什么喜欢滑雪了。"

"嘻嘻，这就知道了？慢慢来吧。"乐言笑道。

驾驭滑雪板在厚度达四五十厘米的粉雪上滑行，没有重量，仿佛在飞，没有失重感，没有对摔跤的恐惧，前方只有一望无垠的雪面。

这种感觉真是太爽了！

现在想想，树林雪道里那点厚度的粉雪又算得了什么啊！

"再来一次！"叶星川朝乐言说。

滑雪真的会上瘾，特别是滑粉雪。

叶星川几乎能够想象，品尝过粉雪后，再让他去滑机压雪，他肯定提不起劲来。他现在大概可以理解乐言教他时的感受了，真的很无趣，就这她还教得这么耐心细致，这大概就是热爱吧！

初级野雪区虽然是西坡滑雪场简单的野雪区域，但仍然让叶星川碰到了不少麻烦，特别是在大量雪友滑过几次后，滑雪道上形成了不少天然的蘑菇包。这些蘑菇包动辄有半米高，一米甚至齐人深，让叶星川看得心都有点发慌。

除了蘑菇包，谷底还有被雪堆遮盖的溪流和缝隙，得靠技术避开，不能有丝毫失误。

叶星川不时看到，一些艺高人胆大的雪友直接从那些又高又大的蘑菇包上腾空翻跃，或是完美落地，或是一头栽进雪堆里。

虽然知道大概率不会疼，但叶星川还是惊了。

他现在虽然已经喜欢上滑雪了，但像那种超常规的动作是绝对不会做的。

乐言注意到了叶星川的眼神，有些惊讶地道："你想学空翻？"

"开什么玩笑！"叶星川摇了摇头。

"看你还挺感兴趣的。"乐言笑道。

"我只是觉得他们胆子很大……"叶星川说。

"大吗？"乐言"羞涩"一笑，"其实我也会。"

叶星川说："猜到了。"

乐言开心地说："嘻嘻，其实我还会很多，有机会展示给你看啊。"

叶星川点点头："好啊。"

乐言说："这两天咱们根据你的问题重点训练一下，然后就去中级野雪区。"

"好！"

两天后，两人去了中级野雪区，在中级野雪区待了三天后，又转场到高级野雪区。

两人来到西坡滑雪场制高点的时候，这片区域已经站满了人，大家正在等天亮。

山顶的风很大，比之前叶星川遇到的所有的风都要大一点。

"感觉可能要下雪啊。"

乐言望了望天，深邃而暗蓝的天穹涌现一团团巨大的云，有部分呈现阴沉的暗色。

长白山的天气变化很快，瞬间就能从大晴天变成暴风雪天，大雾弥漫、能见度为零的情况更是家常便饭。

叶星川拿出手机看了下天气预报。

乐言看了他一眼："不准的。"

叶星川收起了手机："哦。那咱们怎么办？"

"再等等看。"乐言想了想说。

在数十名雪友的期待下，天终于渐渐亮了，粒粒晶莹的白雪铺成的大地呈现在众人眼前，雪原中有针阔混交林带以及高山苔原带，风景奇特、巍峨雄伟的长白山时隐时现，仿佛虚悬于天上，壮美至极。

"呼！"

看着山下白色丝绸似的雪面，叶星川深感震撼，一想到自己待会儿就要融入其中，既兴奋又紧张。

两分钟后，雪友大军开始欢呼着朝下冲去。

天已经亮到这种程度，温度升高，天上的云层也渐渐散去，应该不会下雪了。

乐言把滑雪镜按下，跟叶星川说了一句："跟着我啊。"

"好。"

叶星川话音刚落，乐言已经冲向下方，叶星川紧跟其后。

滑雪板破开雪浪，那种恍若身在云端的感觉再次包围着他，让他心里生出极大的欢悦。他一边小心操控着自己的身体，一边望向乐言。

可就在叶星川享受着被粉雪环绕的乐趣时，天空中一阵风起云涌，天色瞬间就暗了下来，浓浓的雾气把四面八方的视野全部隔绝。

叶星川差点就看不清乐言的身影了，心里有些慌乱，滑雪板不稳，差点栽倒在雪堆里。关键时刻，乐言的速度慢了下来，她的身影回到他的视野中，他这才稍微放下心来。

"呼——"

短短十几秒钟的时间里，风速猛增，鹅毛般的大雪从天而降，卷积着环绕在叶星川四周，令他的视野变得更差。

"跟紧我。"

乐言的声音透过面罩，透过风雪，传到叶星川耳边，安抚着他忐忑的心情。

风大雪大，影响了叶星川对滑雪板的操控，不少次他都摔倒在雪堆里。

高级野雪区海拔高，雪比初级、中级野雪区厚许多，叶星川扎进雪堆后，整个人几乎都被埋了进去。他要脱下滑雪板并把它翻过来卡住雪才能爬出来，每次爬出来都极费体力。

如果不是乐言每次都来帮他，他可能会被埋很久。

这一趟野雪滑行，叶星川再也没有了先前那种爽到爆的感觉，而是全身心都陷入了慌乱中。

也不知道过去多久，雪终于小了下来，风也渐渐停了，前方的滑雪道趋于平缓，叶星川沉下去的心这才终于恢复了正常。

风雪止住了，乐言和叶星川两人停下，乐言艰难地迈过雪堆走向叶星川。

"你没事吧？"

"你没事吧？"

叶星川和乐言同时问了出来。

"没事。"

叶星川摔了几下，但雪很厚，他没有受到任何损伤。

"我也没事。"

两人相互确认身体状况后，乐言开始四顾，发现有点不对劲。

"我们好像迷路了……"

叶星川听到乐言的话，悚然一惊，不过他没有环顾四周，而是从兜里拿出手机。

叶星川抬起头看向乐言："我手机没信号，你看看你的。"

乐言也拿出手机，看完抬起头："我的也没有……"

叶星川脸色有些发白，他环顾四周，四周一片白茫茫，除了雪就是树。

他闭上眼睛，深吸了一口气，强行让自己镇定下来。几秒钟后，他睁开了眼睛，脸色依旧有些苍白，但语气很沉着："你别怕，咱们带着信号器呢，救援人员肯定能找到我们的。"

"好的。"

乐言恍惚地点了点头，像是没听见叶星川的话，实则是在思考接下来该怎么办。

她压根没有怕。

在近二十年的滑雪生涯里，她遭遇风雪迷路，甚至遇到雪崩都不是一回两回了，也算是经验丰富。所以，她知道在遇到这种突发性事件时，心态是非常非常重要的。

叶星川说："幸好现在是早晨。"

位于东北的长白山冬天平均气温达到零下二三十摄氏度，最冷的时候甚至能达到零下四十摄氏度，晚上更冷。如果是晚上，两人肯定会被冻死的，不过就算是白天，失温的可能性也很大，所以他们不能在原地坐以待毙。

然而，该怎么做呢？

第 41 章

迷路

"虽然温度低，但我们穿得厚，只要不入夜，不刮大风，失温也就不会太快。

"雪水可以喝，人在有水的情况下，最长可以三周不进食。"

叶星川强行镇定，从脑海中翻找出为数不多的野外求生知识。

"我们要先挖一个雪洞。"乐言的声音忽然响起，她的声音很镇定，不是叶星川的强行镇定，"雪洞可以防风，而且空气是热的不良导体，咱们散发出来的热量是可以被保存的。我们在原地等两个小时，如果救援人员没到，咱们再想办法去手机有信号的地方。"

乐言条理清晰的安排让叶星川下意识地信服，但多年来的独立自主，让他仍然抱有一丝质疑。

"我们去那边吧。"乐言指了指不远处的树林边缘，"树木断裂的地方比较容易挖洞。另外，你把你的手机关机吧。手机在寒冷的情况下掉电太快，咱们必须保证一个人的手机能用。"

"你以前经历过？"叶星川有所意识。

乐言点点头说："有那么三四次吧。"

叶星川有些惊讶，好半晌才说："那你胆子可真大。"

这才刚刚遇险，叶星川滑野雪的念头就动摇了，而乐言已经遇到三四次了，这是多么强大的内心啊！

既然乐言有经验，叶星川也就不再瞎想了，听她的就行。

乐言辨别了方向就要往前走，叶星川忙说："我先走吧。"

谷底雪厚，可能会有雪坑，掉进去可不是闹着玩儿的。

乐言本想说些什么，但看到叶星川那不容置疑的表情，最终还是点了点头，心里暖暖的。越是在这种危险时刻，越能看清一个人的本性。

两人把滑雪板拖在身后，深一脚浅一脚地走向树林边缘，果然找到了断裂的松树。两人都带着雪铲，叶星川把滑雪板扔到边上，拿出雪铲就要开挖："我来挖吧。"

乐言也放下滑雪板拿出雪铲，说："一起，这样节省体力，也可以维持温度。"

叶星川想了想，点点头："好。"

两人一齐使劲，渴了就抓把雪吃，只用了半小时就挖出了一个可供两人钻进去的雪洞。叶星川本来想挖更大的，但乐言拦着不让，一是为了节省体力，二是雪洞越小，两人在一起的时候越暖和。

两人钻进雪洞后都觉得很挤，如果是在正常情况下，他们肯定会害羞或是多想，但现在情况特殊，他们都没有这样的心情。

寒风在雪洞外"呼呼"地刮，洞内两人的呼吸声清晰可闻。

"你不要害怕。"

乐言听出叶星川的呼吸有点急促。

"我……没有。"叶星川不承认。

在这种身陷险境的情况下被女生安慰，他总觉得怪怪的。

见叶星川兀自硬撑，乐言笑了笑，也没说什么，只觉得他可爱。

"要是两小时内救援人员没找到我们，我们该怎么办？"叶星川不想打击自己和乐言的信心，但这件事必须考虑。

"首先，雪太厚了，咱们不能循着来时路走。"乐言想了想说，"其次，咱们得去个高处。高处视野会好很多，说不定我们就能找到正确的路。另外，高处的手机信号也会好点。"

"早知道就换国产手机了……"叶星川看着雪洞外面，悠悠说道。

"哈哈哈。"乐言被叶星川给逗笑了。

"我这不是乱说啊。"叶星川无奈道，"之前打电话聊工作的时候，好几次听人说他们在电梯里。我当时就很无语，心想找借口都不会找，电梯里能有信号？直到有一天，我在电梯里碰到一个外卖员，才发现他居然真的能在电梯里打电话。"

"哈哈哈哈哈哈。"乐言大笑，"我曾经也有类似的疑惑，后来才知道是手机问题。"

叶星川见乐言在笑，心情稍微好了些。

乐言也看得出来，叶星川是故意逗自己笑，担心自己心里害怕。那种暖暖的感觉再次浮上她的心头。

"你以后不会不敢滑雪了吧？"乐言忽然问道。

"啊？"叶星川闻言，有点犹豫。

乐言说："今天真是意外，按常理来说概率很小。"

叶星川摊了摊手："算我倒霉，就这么遇到了，唉——再说吧。"

见叶星川没有正面回答自己，乐言心里叹了口气，换了个话题。

为了不让恐惧在内心滋生，两人故意大声聊着天，保持良好的心态。可外面风声不停，时间逐渐流逝，救援人员依旧没有到来。叶星川的心渐渐沉了下去，说话的声音都小了不少，反倒是乐言看得比较开。

转眼间，一个半小时过去了。

两人没有再聊天，气氛和空气一样冰冷。

忽然间，外面有一道黑影蹿了过去。

"谁？"

叶星川被惊到了，他话音刚落，就听见一阵树枝断裂的声音。

"应该是什么小动物。"乐言指了指不远处一个新出现的脚印。

"这山上应该没有什么大型食肉动物吧。"叶星川忽然想到什么，脸色苍白。

乐言抿了抿嘴，没有说话。有肯定是有的，但还是不跟叶星川说的好。

在煎熬的等待中，又过去了半小时。

乐言钻出了雪洞，在雪地里活动了一下身体。她和叶星川一起蜷在雪洞中，身子都有些发僵了。

"咱们不能再干等了。"

"嗯。"叶星川也钻了出来。

"我们往那个方向走吧。"乐言站在原地观察了一下，指了个方向。

"好。"

叶星川一马当先，走在前面。

这时正是早上十点，万里无云，太阳高悬，温暖的阳光倾洒而下，让叶星川本来沉郁的心情略有好转。

才十点钟，距离天黑还有六七个小时呢，出去的希望很大，自己不能这么悲观。

他回望了一眼乐言，见乐言神色如常，走路的时候四下环顾着。

在这种时候，自己不能连人家女孩子都比不上！叶星川暗想。

在上山寻找信号的路上，叶星川和乐言看见不少动物的脚印，估摸着是雪兔、貂之类的。

"怎么样？"又往上走了一截路，叶星川回头问。

乐言举着手机转了一圈，朝叶星川摇了摇头："没有信号。"

"没事，咱们再找找。"叶星川没有气馁。

之后的一个多小时，两人不断换地方寻找信号，但都失败了。

悲观的情绪再一次出现在叶星川心头，就连乐言心里都有些负面情绪了。

冬天的东北，天亮得晚，黑得早，三点半四点的样子太阳就落山了，到时候温度骤降，情况可就危险了。

在雪地里行走不比在平地上行走，一个多小时的时间，两人都有些筋疲力尽了，吃的早饭也已经消耗得七七八八，现在肚子干瘪，"咕咕"地叫着。

"不能再这么无目地走了，得回去休息一下。"乐言说。

"好。"叶星川沉默了一下，没多说什么。他当然不想盲从，但他是第一次遇到这种情况，没什么经验。

转身前，他望了望不远处的雪坡，说道："再去那里试试吧，还是不行的话，咱们就回去。"

"嗯。"乐言应了一声。

两人沉默着往前走。这个雪坡很高，站在上面俯瞰下方，可以看见灰白相间的雪地林间，但还是没有人的痕迹。

"怎么样，有吗？"叶星川看了一眼乐言。

乐言高举手机，眯着眼睛看了看，脸上忽然涌现惊喜："有一格信号！"

"啊？"叶星川本来没抱希望，听见乐言的话，也开心得不行。

"微信没信号，我打电话试试。"

乐言刚来西坡滑雪场就把当地的救援电话记住了。她打过去大概两秒钟时间，电话接通了！

"通了！"

乐言激动地摇起叶星川的左手来。

叶星川也很激动，任由乐言摇着自己的手，同时靠近乐言去听她和救援人员的通话。

山谷的信号实在是差，通话时断时续，断联了三四次，双方才交流到必要的信息。

救援人员让两人在附近挖个雪洞等待救援，半小时打一次电话保持通信。

因为位置的关系，他们没办法在雪坡上挖洞，万一挖的地方不对引起雪崩就后悔莫及了。于是，两人下到不远处的谷底找了个地方。

有了刚才挖洞的经验，这次两人只用了二十五分钟就挖好了一个雪洞。雪洞挖好后，两人钻进去蜷在一起取暖。

因为已经联系上救援人员了，这时两人相处的气氛略有变化。

乐言朝叶星川笑着："咱们这也算是生死之交了吧。"

叶星川无奈："你还笑得出来，刚才都吓死我了。"

乐言笑道："哈哈哈，你总算承认了！"

叶星川轻叹一口气，看着乐言，于是乐言笑得更大声了。

乐言笑完后，想了想，忽然问道："你刚才有没有想过，万一我们没脱困，你最遗憾的事是什么？"

"还挺多的。"叶星川说。

乐言说："我说最遗憾，最。"

"最啊……"叶星川想了想，边想边看乐言，看得乐言都有点脸红了，最后才神色如常地说，"不能告诉你。"

乐言本来正期待着，听到叶星川的话，差点翻白眼："哼，小气鬼。"

叶星川问："那你呢，你最遗憾的事是什么？"

乐言想了很久，应该是有答案了，但她冲叶星川"哼"了一声："我也不告诉你。"

叶星川无语："小幼稚鬼。"

第 42 章

获救

乐言说："那要不我们交换？你先说，我再说。"

叶星川摇了摇头："不要。"

如果真的没法儿脱险，那他肯定会说的，但现在绝对不行。

"哼！"

乐言又不满地"哼"了一声。

乐言忽然抬起头，看了一眼叶星川："那你以后还滑雪吗？"

叶星川沉默了，半晌后，他不答反问："其实我有点好奇，为什么你经历了那么多次迷路，都还在继续滑野雪？你不怕出事吗？"

乐言毫不犹豫地说："怕啊，当然怕。但我不能因为害怕就裹足不前吧。突发风雪本来就是小概率事件。我滑雪十几年了，各种各样的情况都碰到过。我也不是为找刺激才去滑野雪的，我只是爱好这个。我事前会做充分的准备，不会故意去做冒险的事。可即便这样，我还是遇到了危险，那只能说是命中注定有此一劫，努力战胜它不就好了？"

"这样……"叶星川问，"你有多喜欢滑雪？"

"我把它视为我的半条生命吧，我觉得我后半生也是离不开它的，哈哈。"乐言笑道。

叶星川没在意那么多，而是继续问："那舞台呢？"

乐言忽然怔住了，她看着叶星川，过了好一会儿才道："原来你是在给我挖坑啊！"

"你要是在这件事上也这么执着勇敢就好了。"叶星川说。

乐言支吾了两声："那不一样。"

"不说这个了。"叶星川摇了摇头，"我应该还会继续滑野雪，因为我有一个必须达到的目标，而要达到这个目标，滑雪技术得很好才行，而且只有在野雪区域才能做成。"

如果他只是喜欢滑野雪，为了生命安全，他可能不会再继续了，但有的事他必须做。

"啊？"乐言有点疑惑，"是什么啊？"

"秘密。"叶星川笑了笑。

乐言噘了噘嘴，有点不想理叶星川了。

两人又聊了会儿，叶星川钻出雪洞，回头说："我去联系一下他们，问问他们到哪儿了。你在这儿等我吧。"

"还是一起吧。"乐言也钻了出来，"温度高了，这种山谷说不定会有暗河，而且雪被晒化了容易出雪坑，还是小心为妙。"

"那好吧。"叶星川点了点头，走在前面。

没多会儿，两人回到雪坡联系上了救援人员。

救援人员正在积极地搜寻中，可因为手机信号不足以发送定位，他们不知道两人的具体位置，四周也没有什么显眼的标志物，他们只能朝大致方向地毯式搜索。

按照他们的速度，快的话一个多小时，慢的话三四个小时也有可能。

还没有到真正可以放下心的时候。

打完电话，两人又往谷底雪洞的方向走去。

距离雪洞还有二十几米的时候，乐言忽然发出一声惊呼，同时身子一矮，竟跌了下去。

叶星川虽然走在她身前，但时刻都关注着她，眼疾手快一把拉住了她的手，这才看见她脚底下居然有一条小溪，溪水在雪堆下流动，竟没有发出声音。

"你没事吧？"

叶星川赶紧把乐言拉了上来。

"没事，就是鞋子进水了。"乐言摇了摇头。

"这还没事？"叶星川的脸色一下子难看起来，"走，我们赶紧回去。"

零下三十摄氏度的大冬天，鞋子进了水后还要在雪地里走，那感觉简直不可想象。才走出几步路，乐言就觉得脚底板像在被针扎一样。

才回到雪洞里，叶星川就说："快把鞋子脱了。"

乐言有些害羞，但还是照做了。

乐言脱鞋的时候，叶星川把外套的拉链拉开，又把保暖衣和速干衣从裤腰拽了出来。

等乐言脱完鞋，他也没经过她同意，就直接握住她的右脚，把沾了水的裤脚拧干，又拧干左裤脚，最后把她的双脚往自己的肚子上塞。

"啊！"

乐言惊呼出声，整张脸瞬间就红了，下意识想要抽走双脚，但叶星川死死地拽住她的脚腕，让她无法挣脱。

叶星川说："别动。"

叶星川的语气微重，乐言听了嘴巴一噘，但没再挣扎了。

叶星川说："只能这样了，不然你的脚就没了。"

零下三十摄氏度的天气，沾了水的脚不及时保暖，肯定会被冻伤的，轻一点是冻伤，重一点说不定得截肢。

乐言知道问题的严重性，只是这场面实在是太令她感到害羞了。而且她的脚掌脚踝现在多凉啊，放在叶星川的肚子上，他肯定很冷，但他眉头都没皱一下。乐言近距离看着叶星川，心里暖暖的，脸上红红的。

叶星川说："咱们不能再去雪坡了，就这么等着吧，救援队已经知道大概位置了，应该很快就会过来。"

乐言的鞋子湿了，短时间内肯定没法儿穿，一会儿她的脚就算被他的肚子暖干了也没地儿放，直接暴露在空气里同样会被冻伤的。

乐言听话地点了点头："嗯……"

叶星川怕乐言会因为他给她暖脚而自责，庆幸道："刚才幸好你跟着我去了，不然我一个人去掉进那里面，那就完了。"

乐言笑了："我机智吧？嘻嘻。"

叶星川笑道："机智，机智，你最机智了。"

乐言忽然道："这次幸好有你在。"

叶星川说："不是我，你也不会来这儿啊。"

乐言说："那我也会去别的地方啊。"

乐言心里其实想说：要是以后你都在就好了。但她哪里敢？

叶星川想了想，说："的确，去别的地方同样会有意外。意外不可避免，而且不知道什么时候就来了，要我说啊，有些心心念念的事，该做就去把它做了吧！"

乐言被叶星川的话逗笑了："你这话题转得也太生硬了吧。"

叶星川硬着头皮说："有用就行。"

乐言还在笑："好吧好吧，念在你这次给我暖脚的分上，我就听你一回！就从直播或者视频开始吧，好吗？"

叶星川差点想拍手："好啊！"

他真诚地希望乐言可以勇敢做自己喜欢做的事。

时间一分一秒流逝，渐渐地，夕阳的暖光从西边洒落到雪洞前，光影渐移，黑暗即将降临。

风更大了，温度更低了，乐言身体的温度却升高了。

感受到这种异常现象，叶星川皱着眉，伸出手摸了摸她的额头，很烫。

"有点发烧啊……"叶星川本就很急的心情更焦急了，照这样下去，乐言很可能撑不过晚上。

"乐言，乐言，言言，言言。"

短短半小时，乐言的精神状态就变得极差，原本半睁半闭的眼睛已经全部闭上了。

叶星川轻轻拍了拍乐言的脸，但乐言没说话，只是昏昏沉沉地应了一声。

叶星川看着她，咬了咬牙，直接把她整个身体给揽了过来，拥在自己怀里。他拉住自己解开的外套，把乐言整个包裹起来。

"没事，救援队一会儿就来了。你别睡，千万别睡过去。"叶星川心急如焚，"你不是想知道我觉得最遗憾的事是什么吗？我告诉你，我告诉你……"

"在这边，在这边！"

就在叶星川大声呼喊乐言的时候，有一束光朝雪洞的方向照过来，紧跟着是阵阵呼喊声和密集的脚步声。

不到一分钟，雪洞外面就挤满了救援人员。

叶星川忙把乐言抱出去交给救援人员，他自己也被救援人员扶上了担架。

他其实没多大事儿，就是有点饿有点冷，同时有点担心乐言。不过，这都只是他自己这么认为而已。

才上担架没多久，叶星川就睡着了。等他睡醒过来，已经是第二天早晨。

他睁开眼，发现自己在病床上，但并没有打吊瓶什么的，完全就是正常睡醒时候的样子。

他想了想，按了呼叫系统，没多会儿，一个护士就推门进来。

"你醒啦？放心，就是精神有点疲惫，睡醒就没事了。"护士像是知道叶星川要问什么。

叶星川坐起身："昨天和我一起入院的那个女孩子呢？"

护士说："哦，她啊，就是有点发烧，也没什么事儿。"

叶星川问："她在哪间病房啊？我可以去看她吗？"

"就在隔壁。"

护士说完，叶星川就推门出去了。

他们所在的地方应该是滑雪场的医务站，就是一栋两层小楼。

叶星川来到隔壁病房的时候，乐言正坐在床上边输液边低头吃早饭呢。她看见叶星川进来，顿时笑靥如花："早啊。"

见乐言还有力气吃饭，叶星川这才松了口气。

"早。"

他在乐言床边陪她坐了好一会儿，那种没有落在实处的虚无感才渐渐散去。直到这个时候，他才想起自己已经消失一整天了，于是回到自己病房去找手机，给需要联系的人简单说了下昨天的情况，完了又去陪乐言坐着。

跟乐言聊天的时候他才知道，在昨天那场突如其来的暴风雪中，有六个人失踪了，他们两人是最后被找到的，因为雾气太大，他们偏航得实在厉害。

乐言聊天的时候看着一旁的叶星川，想起昨天他用自己的肚子给她暖脚，就忍不住一阵脸红和欣喜。

她那不时转头傻笑的模样，让叶星川也忍不住笑了起来。

他也不知道自己在笑什么。

第 43 章

视频拍摄

暴风雪迷路事件对叶星川的内心世界造成了极大影响，但对乐言近二十年的滑雪生涯来说却只是一个小插曲。

两天后，身体恢复健康的乐言拉上叶星川，再次上到高级野雪区的坡顶。

"放心吧，我不只看过天气预报，就连空气湿度、每小时温度、风向风速都具体查过啦，不会再出现大前天那种事的。"

虽说叶星川肯定是要继续滑野雪的，但面对才发生过事故的高级野雪区，他心里免不了有些犯怵，乐言一路上都在安慰他。

天刚蒙蒙亮，四周已经站满了来自全国各地的雪友，其中就有三天前和他们一起遭遇过暴风雪的人，他们和乐言一样，没受到太大影响。

不过，这并没有给叶星川带来多少安全感。

经历过那件事后，他清楚地知道，滑野雪时遭遇天灾，人再多也没用。想要不再遭遇类似的事，只有不再滑野雪甚至是道内雪。但他办不到，所以必须硬着头皮上。

天色渐亮，雪友们纷纷开始下滑，叶星川却始终下不了决心。乐言也不催促，就在旁边陪着他。

昨晚的雪势非常不错，今天的雪友出奇地多，在叶星川犹豫的时候，完整的野雪越来越少。

叶星川瞥了一眼一旁的乐言，深深吸了口气："走吧。"

乐言轻"嗯"了一声，推动滑雪杖缓缓下滑。

叶星川紧跟其后，再一次被雪浪包围。

不过，这次他没有前几天那种发自内心的舒爽感了，而是既紧张又担忧。在这种情况下，他的技术自然得不到完美发挥，他前前后后摔了好几次，从及腰深的雪里爬出来费了好大劲。

这一早晨的时间，乐言都在帮叶星川重建信心。

叶星川自己有目标和坚持，再加上乐言在一旁鼓励，"虚假的信心"很快就建立起来。

只要不再遭遇暴风雪或者类似事件，他还是可以乐在其中的，毕竟滑野雪实在是太爽了，那是他从未体验过的感觉。

下午。

叶星川的心态逐渐恢复，心思也活泛起来。

两人坐在雪地摩托上时，叶星川忽然没头没尾地来了句："你觉得直播、短视频和短片哪个好呢？"

"啊？"乐言一下子没反应过来，紧跟着恍然，"哦，你说那个啊。"

三天前两人在雪洞里的时候，虽然叶星川话题转得很生硬，但最终乐言还是答应了。

叶星川可是记在心里的，他知道乐言想重新回到舞台，只是有许多担忧罢了。

在这种不用拿生命安全去冒险的事情上，叶星川的态度一向很简单——喜欢就去做呗，管它有多难。

"都行啊。"因为决定做得太仓促，乐言没什么计划。

叶星川想了想说："那短片和短视频一起做吧，滑雪的话直播好像不太方便。"

乐言说："都听你的。"

她顿了顿，有点好奇地问："我怎么觉得你比我还在意这件事啊？"

叶星川盯着乐言看了几秒钟，说："总要有人来替你考虑这件事吧。"

这话说得乐言有点不知道该接什么了，她面色微红，心里甜甜的。

"那咱们怎么拍啊？"

过了一会儿，乐言从那种害羞的情绪中走了出来。

"我还真没研究过，不过大概也猜得到吧。"叶星川说，"你自己拿个运动相机，我身上再带一个。先试试吧，要是我技术不行，我们可以专门请个人来拍，到时候再请个人来剪辑。"

见叶星川说得那么认真，乐言知道，他是真的把这件事放在心上了。于是，她看似无奈地点点头，实际上心里满是甜蜜："行吧行吧。"

叶星川的确很上心，才上到坡顶，他就掏出手机买了最新款的极限运动专业相机，行动力十足。

网购平台的送货速度很快，第二天下午货就到了。收到货的叶星川试好机器，立刻拉上乐言去拍摄。

用运动相机拍摄运动场面其实没什么技术含量，主要看被拍摄者的技术。被拍摄者要技术好，能做出吸引人眼球的动作。拍摄者可以跟上被拍摄者的节奏，把画面完美记录下来，这就行了。

"走吧。"

坡顶滑雪道边缘，叶星川转头看向乐言，微微扬了扬头，示意她按计划行事。

乐言对拍摄滑雪视频不是太重视，只当是为了让叶星川高兴，因此颇有些无奈地笑了笑，这才朝下方滑去。

拍摄滑雪视频时乐言的滑雪方式，自然和她教导叶星川时以及陪他滑时有很大的不同。

来之前两人已经简单商量过拍摄画面的风格了，尽量向炫酷的方向靠，滑到坡底收尾的时候，一定要充分展现乐言的颜值。

叶星川深知，单一的炫酷不足以吸引人，毕竟全球的滑雪大神太多了，每天上传到各大平台的视频不知凡几，网友凭什么看你的？要想火，乐言的视频内容必须有特色，长得好看、滑雪又好就是她的特色。

计划很完美，具体实施起来却出了问题。

"我还是得多练练啊。"

两人正朝雪地摩托的方向走去，叶星川边走边低头看相机里的视频内容，不时抬头看看身边的乐言，羞惭不已。

"怎么了？我看看。"乐言从叶星川手里拿过相机，看了十几秒就笑得不行，"哈哈哈哈哈，你这拍的，哈哈哈。"

视频中，乐言和叶星川时近时远，飘忽不定，完全没拍出那种飘逸炫酷的感觉来，还不时被飞雪蒙了镜头，一片白。

也没什么别的原因，就是叶星川滑雪技术太差了，跟不上乐言的节奏。

"没事，没事，正好我看看你哪里有问题，我们慢慢来嘛。"乐言边笑边安慰道。

"行吧。"

叶星川还能说什么呢？

重新坐雪地摩托到坡顶，两人开始了第二次尝试。

这次乐言为了配合叶星川的节奏，刻意控制了回转和转弯的速度及幅度，但拍摄出来的画面还是不太理想。

叶星川说："这样不行啊，你太将就我了。"

太将就的结果就是，乐言压制了自己的技术，导致炫酷属性降低，这样就算乐言长得好看，视频也达不到出彩的要求；就算意外火了，往后也会有人说乐言只是靠脸，技术不行。叶星川不允许这样的事发生。

"那怎么办呢？"乐言歪了歪头，笑看着叶星川。

其实办法也很简单，叶星川努力提升技术就是了，但这不是一朝一夕的事。

还是那句话，得慢慢来。

乐言希望可以慢慢来，这样她就可以多和叶星川待在一起了。

叶星川摸着下巴想了想，又低头看了看他们拍摄的视频内容，说："其实剪辑剪辑也能用，就是得多拍点素材。"

乐言无奈地笑了："好吧，好吧。"

之后的两小时，叶星川把设想中需要的画面一段段地拆分让乐言去呈现，终于得到了他想要的素材。回到酒店后，叶星川一股脑地把这些素材交给了剪辑师。

等待成品的时间里，滕懿麟给叶星川发来微信："我这边准备得差不多了，后天就要开始拍摄了。你准备得怎么样了？"

叶星川："还行吧！"

滕懿麟："你加个感叹号啥意思？我看着有点慌啊。"

叶星川："就是还行吧。"

"……"

滕懿麟："更慌了！你最好给我好好练，要是拍出来的效果不理想，呵呵，我就换男主。"

叶星川本来想顶回去的，但想了想还是决定安安滕懿麟的心："你放心吧，我可以的。"

滕懿麟："那最好！"

跟滕懿麟聊了会儿，叶星川就去和乐言聊天了。差不多一个小时后，成片出来了。

叶星川看了一遍，第一时间转发给了乐言。

叶星川问："怎么样？"

"还行吧。"

乐言看了看，给出了一个中肯的评价。

她的技术毕竟摆在那里，而视频里又是她好几次滑雪的精彩时刻，怎么会不行？

"那就行。"

叶星川觉得很满意。

他没想第一次就拍出特别完美的片子，那不现实。

饭要一口一口吃，多拍点视频积累积累人气，然后等待契机。以乐言的条件和过往的人气，她肯定能火起来的。

至于那个契机什么时候来，叶星川也不清楚。但如果它长时间不来的话，他就会动用自己的资源让它出现。

晚上，叶星川让乐言选择平台发布视频，乐言选择了微博，原因很简单，她微博有好几百万粉丝呢。虽然其中大部分是前几年的粉丝，随着乐言的退圈渐渐走散，但毕竟还关注着，一旦乐言回归，他们绝对是相当大的一股助力。

第44章

隐秘任务

虽然嘴上说不要不要，但当拿到视频，真的准备发出去时，乐言内心还是有些紧张和期待的。

自己真的能把这条路走通，然后回到舞台上吗？

乐言不敢去幻想，怕又失望。

她没告诉叶星川，其实为了重回舞台，她自己也做过许多尝试，但最后都失败了，实在是阻力太多。

"呼！"

乐言轻呼一口气，点击确定把视频发布出去，然后锁了手机去洗漱。

十几分钟后，乐言敷好面膜躺回床上，拿起手机打开微博，查看起评论来。

她虽然略紧张略期待，但也没到那种不敢看评论的地步。这又不是什么会一炮而红的重量级内容，充其量只能算作非日常的滑雪vlog。

点赞两千多，评论五百多，转发一百多，非常平稳正常的数据，没有出乎乐言的预料。

评论里大都是老粉，内容和往日一样，千篇一律，都是变着法在夸。事实上，无论乐言发什么，他们都能找到角度吹捧。

"啊，这技术也太好了吧，你这大回转，我没啥说的了！服了服了。"

"姐姐好厉害啊！姐姐这是要转行去职业滑雪吗？太厉害太好看了！有时间可以带我一起滑吗？哈哈哈，不是，我就做做梦！"

"姐姐你这技术无敌了啊，没有摔到吧？我爱你，照顾好自己啊！早点休息。"

"这颜值，这技术，我爱了。"

过去好几年了，除了这些爱得深沉的老粉，连黑粉都早就消失不见了，糊得彻底说的就是乐言这种人。

上滑关闭微博，乐言心情如常地打开微信，开始和叶星川聊天。

第二天一大早，睡醒的叶星川打开乐言的微博看了看，评论内容还和昨晚差不多，新增的几百条评论内容也都很浅显。

叶星川看完也没什么感想。前期的平淡是通往成功的必经之路。

接下来的两天时间，叶星川在增进自身技术的同时，把一半多的时间都花在给乐言拍视频上了。

这次的视频主题是教学。

教学视频除了开头需要一段炫酷的内容外，其他都以出镜讲解示范为主。

简单来讲就是要露脸。

对于叶星川拿自己的脸当亮点，乐言没什么反感情绪。要知道，她当初做女团的时候就是"颜值担当"，已经习惯了。再说，颜值只是亮点而不是卖点，卖点还是她的技术。

两天后的下午，滕懿麟带着摄制团队来到了西坡滑雪场。

摄制团队的人不算多，但个个都是身兼数职的滑雪高手，在圈子里名气颇大，跟许多俱乐部和大神有过合作。

当晚，一行人在饭店碰了面，互相认识了解了一下，就各自回酒店准备第二天的拍摄事宜了。

团队解散后，叶星川、滕懿麟以及团队的负责人戴行纬聚到了叶星川的房间，三人谈了差不多半小时，主要是关于叶星川的一点私事。

谈完事，戴行纬就先回去休息了，留下来的滕懿麟坐在沙发上看着叶星川，颇为感慨："乐言人不错，希望这次你的感情能圆满吧。"

叶星川语气平静，道："肯定能。"

滕懿麟说："你这一要拍短片，二要给她拍视频素材，三还要自己拍东西，累不累啊？自己的工作也别耽搁了啊。"

他倒也不是真的关心叶星川的工作，只是担心叶星川旗下餐厅推出菜品的时间放缓，误了他吃饭。他平时吃不到叶星川做的饭，叶星川创作的那些衍生菜品聊胜于无。

叶星川说："放心吧，我心里有数。"

滕懿麟说："那就行。对了，你们这几天怎么样啊？我是说关系。"

叶星川想到前几天发生的事，忍不住笑了："挺好的。"

滕懿麟差点翻起白眼："看你那猥琐的笑啊，嗯，应该是真的挺好的。那没事了，早点休息吧，明天有你累的。"

说到最后，滕懿麟多少有些幸灾乐祸。

作为一个滑雪大神，他深知拍滑雪短片有多累。

"知道了，晚安。"

叶星川把滕懿麟送出门后就去洗漱了，洗漱完回来，看到好几条滕懿麟发来的消息。

"你们之前迷路了？这事儿你怎么没跟我说过啊？

"我刚才跟乐言聊天的时候她跟我说的。

"行啊！真爱，绝对的真爱！遇到那种事儿你还能坚持下来，我都有点感动了！"

叶星川看完想了想，回复道："有惊无险，没啥好说的。"

滕懿麟："行吧，你这个闷葫芦，晚安！"

退出滕懿麟的聊天框，叶星川又切换到乐言的聊天界面。他去洗澡前，两人正有一搭没一搭地聊着天。他心里措好辞，刚想向乐言打招呼，乐言忽然给他发来一个抖音链接。

叶星川没玩过抖音，他不太喜欢那种乱七八糟的配音短视频，不过既然是乐言发来的，他肯定是要看的。

点击链接，页面切换，画面一出现，叶星川就惊了。

一百七十万点赞！

就算没玩过抖音，他也知道这是相当大的点赞数。

他先看完数据才看的视频内容。

视频内容是他们拍的第一条滑雪视频的结尾：乐言摘掉头盔甩了甩头

发，露出姣好容颜。

视频放慢了帧数，添加了柔美的音乐，只有十五秒钟，叶星川反复看了三遍。

他天天和乐言待在一起都忍不住看了三遍，何况其他网友？

肯定都被迷住了！

乐言："这是我粉丝发的。"

叶星川有点不知道该说些什么。他们明明拍的是滑雪视频，谁能料到这段跟滑雪毫无关系的内容会火起来呢？不过倒也没关系，有了热度，乐言的滑雪技术迟早会被人关注的。

叶星川："挺好的。你有抖音号吗？没有的话注册一个呗。"

叶星川虽然不太喜欢抖音，但也知道它的热度，里面汇聚着各大年龄层的网友，流量巨大。乐言不适合做抖音红人，但可以从这里引流嘛。

乐言："过段时间再说吧，不然显得太刻意了。"

叶星川想了想，说："行。"

之后，两人又聊了聊第二段视频的事就睡了。第二天事很多，会很忙，两人都得早起。

第二天一大早，叶星川、乐言、滕懿麟以及摄制团队的五人聚集在木屋别墅区门口，他们约好了雪地摩托带他们上山。

上山的过程中，摄制团队开始拍摄素材，比如空镜头，以及叶星川和乐言穿戴滑雪装备的内容。等到了山顶后，他们要拍摄更多的空镜头以及之前讨论过的某些镜头内容，之后才是滑雪下山。

昨晚的雪势依旧不错，滑雪道上铺满了厚厚的粉雪。可由于第一次被近距离拍摄，叶星川没有经验，摔了几次跤，好在大家都只把今天当作磨合期，没有太放在心上。

叶星川第一次摔跤过后，乐言就开始注意他，观察他的状态和失误点，等滑到坡底后，逐一给予指正。

戴行纬本来也想教叶星川，可站在两人身边听了会儿，他就没什么好说的了。乐言非常专业，也许滑雪技术不如他和他团队里的成员，但教人的能力绝对略胜一筹。

乐言在指正叶星川的时候，团队里的两名摄影师还在拍摄。乐言觉得有点奇怪，但只以为他们是在拍素材，也没多说什么。

十一点多的时候，戴行纬宣布今早的拍摄结束了，大家先去吃饭，一点在木屋别墅区门口集合。

乐言本想和滕懿麟、叶星川一起去吃饭，叶星川却说："我和他有点事，今天你先自己吃吧。"

兴许是怕乐言多想，叶星川直视着乐言的眼睛，语气放缓："好不好？"

"嘿，嘿，说你们俩呢，注意点形象！"滕懿麟出声打趣道。他有老婆，不觉得什么，但旁边的戴行纬是单身，心里很苦。

乐言听出了叶星川语气中的征询意味，笑了笑："好啊。"她没多想。

乐言独自回到住处后，叶星川、滕懿麟、戴行纬以及两名摄影师、一名无人机摄影师又回到了高级野雪道。他们要拍摄点别的东西，跟滑雪短片无关但却很重要的东西，主角正是叶星川。

"走吧，我先带你滑一次试试。"

滕懿麟抬了抬头，朝叶星川示意。叶星川点了点头，把头盔面镜放下来。

滕懿麟是老板，事情多得很，拍摄滑雪短片这种事交给专业人士就行了，他之所以来长白山，完全是冲着叶星川的面子。

滕懿麟推动滑雪杖，飞快下滑，叶星川紧跟其后。

在此之前，无人机已经迎着山顶的大风升空了，在两百米的高空中发出"嗡嗡"的桨叶转动声。

在坡顶无人机摄影师手中的遥控器画面里，叶星川和滕懿麟两人如同两支笔刷，在白纸一样的雪地上留下了弯弯曲曲的痕迹，形成了某种独特的轨迹。很可惜的是，这张"白纸"经过无数雪友的"摧残"，已经残破得不成样子，无法形成最完美的图案。

好在两人这次只是预演和尝试。

片刻后，滕懿麟和叶星川抵达坡底，又坐雪地摩托回到坡顶。两人同时走向无人机摄影师，接过他手中的遥控器查看起视频来。

第 45 章

按计划行事

"……"

叶星川看着视频中的自己，不忍直视，闭上了眼睛。

一旁的滕懿麟则津津有味地欣赏自己滑行的英姿，见叶星川的模样，忍不住"谦虚"道："不至于啊，不至于！虽然比起我来说的确差了十万八千里，可也不用羞愧到没脸看吧。"

叶星川没好气地瞪了滕懿麟一眼："滚。"

滕懿麟也不生气："嘿嘿。"

"来，再来一次。"

滕懿麟合上头盔面镜。

这次摄制团队准备跟着两人一起下山，结束拍摄后去吃饭，下午还得接着干活儿。

第二次的拍摄也不尽如人意。相较于滑雪短片，无人机航拍对滑雪技术的要求以及对滑雪路线、回转轨迹的要求更高一些。

几人朝餐厅去的路上，边讨论边聊着天。

乐言吃过饭休息了一会儿，出门去找团队里负责化妆的小姐姐化妆，刚好看到几人热切讨论着朝饭店走去，心里有点疑惑：他们干什么去了？

不过，她没有直接去找叶星川，而是先去把妆化好，下午有几个近景的拍摄。

乐言这边化完妆，叶星川等人也正好吃完饭。一行人又在木屋别墅区的门口集合，坐上雪地摩托上山去。

乐言坐在叶星川身后，轻声问道："刚才你们干吗去了啊？"

叶星川刚才其实看见乐言了，知道她要问，心里早就想好了借口：

"啊，戴行纬说我有几个动作不太标准，去补拍了一下。"

乐言闻言也没多想。叶星川的技术的确差了点，问题也不少，后期少不得补拍和加特效做修饰。

下午的拍摄时间很短，没办法，东北的冬天天黑得早，不过因为多是乐言的镜头，所以拍摄进度倒也没落下。

回到住处后，叶星川和乐言一起在群里现身了。群里只有三个人，第三人是叶星川让助理找来的剪辑师陈辰。陈辰开价不低，技术自然很高，无论是配音、剪辑节奏还是色调都很让两人满意。

陈辰把已经剪辑好的粗剪版发到群里，叶星川和乐言看完后，你一言我一语地说着自己的看法和见解。三人讨论了约莫半小时，陈辰就去剪辑精修版了，最终版明天晚上应该可以出来。

第二天一大早，一行人又在别墅区门口集合，坐车上山。

有了昨天上午、中午、下午的拍摄经验，叶星川犯的错少了许多，这让摄制组很是满意。到上午结束的时候，大家都很开心，然而让乐言觉得有些意外的是，叶星川又找了个借口没陪她吃饭。

乐言觉得不对劲，但具体哪里不对劲，她又说不上来。她总不能直接去问叶星川吧？他摆明了就是不想说啊。

不过，一群大男人在冰天雪地的野雪场能干什么？乐言也没多想，她觉得该说的时候，叶星川总会告诉她的。

下午又是几小时的拍摄，两人回到住处的时候，陈辰已经把最终版发在群里了。

叶星川和乐言看完都很满意，后者直接就发微博了。

微博发出去，短时间内自然又只有那些老粉的留言，不过让乐言有些意外的是，留言里多了一些从抖音找来的颜粉。

这些颜粉先是夸了乐言的颜值，紧跟着又惊叹了一番，说乐言是宝藏女孩儿，对她精湛的滑雪技术以及丰富的滑雪教学经验表示钦佩。

简而言之就是涨粉了！

不过这第二段视频，应该没办法在抖音火了。

叶星川和乐言都觉得没什么可以剪辑的亮点画面，但他们还是小看了广大网友。

第二天早晨他们起床的时候，发现一段从视频里剪辑出来的十五秒短视频在抖音上又火了。

短视频内容也很简单，就是乐言示范教学。在叶星川和乐言看来，那不过是很平常的画面而已，但在抖音网友看来，乐言就是个美炸天的滑雪小姐姐、被埋没的宝藏女孩儿。

看到那一百多万的点赞数，叶星川确信自己已经落后于时代了。

比起前几天的纯颜粉，第二段滑雪教学视频的发布，吸引到了一些热爱滑雪的雪友以及有意愿教自己孩子滑雪的父母。他们纷纷跑到微博上关注了乐言，并留言让乐言多拍摄一些相关的视频。

看着那数千条评论，乐言忍不住感到欣喜，同时也憧憬起来："难道这条路真的走得通？"

"肯定走得通。"

叶星川正和乐言坐在一起吃早饭呢，听到她的喃喃声，肯定地接了一句。

"谢谢。"乐言回过神来，红着脸说。

如果不是叶星川鼓励她，并推动她去做这些事，她是走不到眼前这一步的。

叶星川没回乐言，只是给了她一个不满的眼神，意思是：跟我用得着说谢？

吃完早饭，两人去别墅区门口和摄制团队会合。

他们万万没想到，在一天的拍摄过后，又有好消息传来了。

有网友把乐言的教学视频上传到了另一个平台上，短短一晚加一个白天的时间，播放量已经有七十多万了！

这是相当大的播放量。

要知道，发布在这个平台上的可是十几分钟的完整视频，跟抖音上的十五秒短视频不可相提并论。

抖音上的许多点赞者大概率也就是看到了，觉得漂亮，哦，好吧，点个赞。而这个平台上的播放量都是实实在在的。

不只播放量高，评论数也相当多，竟然有八千多。

"我一个南方人为什么要看这个？"

"这段视频特别体现小姐姐的技术啊，边摄影边滑，还拍得这么稳，太厉害了！"

"谢谢你带我们看到了那些对大部分人而言不那么平凡的事情！"

"我没记错的话，这个小姐姐以前是不是哪个女团的成员啊？真的想不到，她的滑雪技术居然这么棒，没个十几年的苦功我是不信的！"

看着这些带着真情实感，条条都不一样的评论内容，乐言心里美滋滋的。

乐言现在相信叶星川的话了，这条路兴许真的走得通！

乐言躺在床上，抑制不住内心的激动，给叶星川发去消息："第三段视频拍什么呢？"

在重回舞台的计划中，她还是第一次这么主动。

叶星川："我也没想好呢。"

乐言："我有一个创意。"

叶星川："啥？"

乐言："拍点刺激的东西。"

叶星川："比如呢？"

乐言："花式滑雪。"

乐言发完消息后，又给叶星川发了段视频。

视频中，滑雪者不断做出各种高难度的动作，比如从高台上飞跃起来，连续做出两三个空翻；比如在空中跨越十几米远的距离，踩在铁栏杆上侧滑下去；再比如在空中前探触板……一个个动作看得叶星川手心直冒汗。

叶星川沉默了好久："这有点冒险吧。"

"要不你先看看我的表现？"

乐言知道叶星川是在担心她，视频里的高难度动作的确很危险。

"行。"

其实叶星川也挺好奇的，乐言的技术究竟有多高？

乐言："如果你看完觉得我行，那咱们就拍这个？"

叶星川："行。"

如果乐言的确行的话，那这条视频的内容绝对相当吸引人的眼球。

因为拍摄进度的关系，第二天不用早起了。

不过只是乐言不用早起了，叶星川得早起去完成自己的计划。

到别墅区门口的时候，滕懿麟以及摄制团队已经在等他了。他内心有些紧张。今天的拍摄没有乐言，也没有滕懿麟在身边给他示范领路，全程都得他自己来。而且他得按计划一次性成功才行，否则明天早晨还得来，那就必须找借口骗乐言了。

叶星川深呼了一口气，希望自己可以一次成功！

"你行的！"

滕懿麟在身边给叶星川鼓劲。

从这几天的相处中，他看出叶星川的技术进步非常非常大，只要按计划行事，应该不会出纰漏。

长白山不愧是中国顶尖的滑雪地区，昨晚的雪势依旧很好，高级野雪区的山顶上满是来自全国各地的雪友。

叶星川和摄制团队找到一片稍偏远的区域，开始做起准备来，两名跟拍摄影师低声交谈着，负责航拍的无人机摄影师已经把无人机升空了。

冬天风大天气冷，无人机的电量消耗会加速，从无人机起飞到航拍结束，叶星川只有二十分钟左右的时间。

"走吧！"

无人机已经到达指定位置了，天色也亮得差不多了，无人机摄影师朝戴行纬比了个"OK"的手势，戴行纬转头看向叶星川，朝他点了点头。

叶星川收到命令，深呼一口气，推动滑雪杖，滑入厚实的雪面。下一刻，他被扑面而来的雪浪包裹住。

在滑行的过程中，他忘记了这段时间学习的技术，满脑子都是计划计划。他按照计划，下意识地滑出一个又一个回转，在指定的位置转弯，并不时望向不远处的跟拍摄影师，查看他们的手势，确认自己的滑行轨迹。

当发现自己始终按计划前行的时候，他内心开始激动起来。这种激动非但没让他失误，反而给了他一种莫名的动力，让他既沉浸在计划完成的幻想中，又沉浸在被雪浪包围的冰爽感中。

十分钟后，叶星川滑到了谷底，滕懿麟在两分钟后滑到了他的身边，兴奋地举起右手，拳头紧握："完美！"

第 46 章

人气回升

上午十点半。

乐言正坐在洒满阳光的书桌前用手机看视频。

今天虽然不用早起去拍摄，但生物钟让她五点半就睁开了眼睛，然后她就再也睡不着了。她没有赖床的习惯，索性坐起身看起滑雪视频来，试图从中总结经验，提取亮点，加以学习，拍出一条完美的视频来。

乐言正琢磨事儿呢，手机接连响了起来。她点击一看，果然是傅诗——也只有她才会发一连串的消息过来。

"啊，我刚才休息的时候刷抖音，你猜怎么着？我刷到你了！

"你这是要红啊！

"我刚又去看了下你微博。别怪我不关注你啊，实在是我关注的人太多了，没看到啊。我现在就去给你设置特别关注！

"这频率够高的啊，你是要准备复出啊！"

乐言还没看完，傅诗又发来几条消息。乐言有些无奈，回道："打字这么快，你怎么不去当写手呢？"

傅诗："咦，这个点儿，你没在教他滑雪啊？"

乐言："短片的拍摄已经好几天了，今早不用去，他应该还在睡觉吧。"

傅诗："哦——"

一个"哦"字，颇有点意味深长的意思。

乐言正想着视频的事儿呢，也没从傅诗的"哦——"里察觉出点什么来。

傅诗："这事儿你怎么想的啊？"

乐言知道她在问视频和复出的事，想了想，打字道："走一步看一步吧。"

傅诗："嗯，不急，我会帮你的。"

　　乐言看了心中一暖，但紧跟着想到什么，飞快地点击屏幕："你别动员粉丝或者转发什么的啊，别搞得目的性太强，免得惹人生厌。"

　　傅诗："这怕啥？复出怎么了？碍着谁了？有小人愿意说就让他说去呗。"

　　乐言："最主要还是搞得那么来势汹汹的，最后要是没怎么着，那就丢人了。"

　　傅诗："我不信，这次你一定可以。"

　　乐言："反正你听我的，有要你帮忙的地方我肯定会麻烦你的。"

　　傅诗："那就好，我得让你多欠我点人情，我下半辈子的口腹之欲就全靠你了！"

　　乐言："……"

　　傅诗："嘻嘻，不管你了，我去忙了。"

　　跟傅诗聊完，乐言又收到叶星川的微信，告诉她十二点一起吃午饭，完了去补拍一些视频内容就准备转场了。

　　接下来，他们团队七人要转场中国各大滑雪场，把所需的内容拍摄下来。至于滕懿麟就不跟着了，他忙着呢，这次也是费了好大劲才腾出空来帮叶星川。戴行纬也是滑雪大神，有他在出不了什么岔子。

　　从长白山回京后，七人略作休整，便登上了前往乌鲁木齐的飞机。他们的下一站是阿尔泰山野雪公园。

　　阿尔泰山野雪公园是中国首个直升机滑雪基地，位于阿勒泰市乌奇里克国家湿地公园，处在世界滑雪黄金纬度上，有效存雪期在一百八十天以上，降雪量两到三米，而且全都是优质的粉雪，周围山势落差在一千到一千五百米之间，非常适合滑野雪和极限滑雪、花式滑雪。

　　这里不仅雪量大，雪期长，雪质优，同时海拔合适，温度适宜，风力较小，有着足以媲美世界滑雪胜地阿尔卑斯山的名头。

　　唯一的缺点就是太偏了，而且太贵了。

从北京出发飞到乌鲁木齐，再从乌鲁木齐飞到阿勒泰，一行人足足飞了一天。到了阿勒泰以后，坐去酒店的专车也花费了不少时间。抵达目的地后，一行人都累得够呛，全部躺在床上不愿意起来，有人连饭都懒得吃，直接在房间里用泡面应付。

在新疆滑雪也有一个好处，因为经纬度的关系，新疆的冬天八点半天才开始亮，所以在这边滑雪不需要起太早。

第二天七点，七人在饭店集合，吃完早饭就坐上越野车前往拍摄地点了。

阿尔泰山野雪公园很大，但只有四个区域，一是狼窝区，二是雪猫区，三是秘密花园区，四则是直升机全天滑雪区。去四个不同的区域滑雪，价格也不同，狼窝区最便宜，难度和雪质相当于长白山的高级野雪区，这自然不是七人团队的选择。

他们要去雪猫区、秘密花园区和直升机全天滑雪区这三个区域拍摄不同的内容。

第一天他们去的是雪猫区，也叫粉雪天堂区。这里山多，路线也非常多样化，人少的情况下，到处都是无痕粉雪。他们七人团队根本不需要抢，完全可以用一座山头来拍摄。

在去雪猫区的路上，叶星川结结实实地长了见识，他总算知道什么叫野雪和雪墙了。他们乘坐的越野车是开在一条两边有五米多高雪墙的狭窄雪道上的，看着窗户两旁厚厚的雪层，叶星川惊奇不已。

这里的野雪区该会是什么样？

在狭窄的雪道上开了一个小时左右，一行人抵达雪猫区。站在坡底遥望着那次第降低、层峦叠嶂的雪包，叶星川心里有些紧张。

这跟他以前滑雪的雪包完全不一样啊！

"没事，我们先练练。"

乐言看出身边的叶星川有些慌。

"嗯。"

叶星川抿了抿嘴。

他虽然紧张，但相信以自己的技术已经可以驾驭这样的雪包了。同时他也在琢磨，这里其实很适合给乐言拍视频。

换滑雪装备的地方在一个面对粉雪坡的蒙古包里。刚进蒙古包，叶星川就看到几块不同寻常的滑雪板，那完全就是长长的木板下垫了点兽毛，看起来像极了《智取威虎山》里的那种自制滑雪板。

一旁的乐言看出了叶星川的好奇，走到他身旁说："阿勒泰是人类滑雪起源地，这些应该是图瓦人至今都还在用的滑雪板。"

叶星川听了陷入沉思，片刻后问道："你觉得你能驾驭吗？"

乐言愣了："如果只是基础的野雪区的话，应该可以，其他区域就需要很长时间来熟练了。"

叶星川摸着下巴道："基础区域就行，在保证安全的情况下，其实你可以试试。我觉得这个很吸引眼球啊，网友都对自己不知道而且很新奇的东西感兴趣。"

乐言想了想，觉得有道理。这对于普通人来说的确是个冷知识。于是她点了点头："好啊。"

换好雪具，一行人就坐车上山了。

之后的一整天都挺无聊的，叶星川一直在摔跤在学习在磨合在适应，一整天下来也没拍到什么有用的东西。当然只是他而已，乐言的镜头已经拍了许多。这让叶星川暗地里下了决心，今天犯过的毛病，明天绝不能再犯了。

理想很丰满，现实很骨感。

第二天，叶星川仍然发挥得不怎么样，好在团队的钱给够了，大家也不赶时间，就慢慢磨呗，反正只要最终能呈现出应有的效果就行了。

于是，七人在阿勒泰待了整整一周时间。在此期间，摄制团队获得了丰富的视频素材，包括宣传短片需要的，乐言视频需要的，以及叶星川需要的。

滑雪短片和叶星川的私人视频都不急于一时。

乐言的视频则一直都在剪辑，按照三人的讨论，这一周的素材可以剪出半个小时共两条视频。

第一条视频是乐言学习用图瓦人自制的滑雪板滑雪，难度不高，但学习过程有趣，再加上一些讲解和图瓦人的演示，不出意外会火。

第二条视频则是乐言在雪猫区、秘密花园区和直升机全天滑雪区花样秀技术。

在前两个区域的片段都还好，最后一个从直升机上跳下来的片段，当时拍摄的时候，叶星川隔着几公里远远看着都为乐言捏了把汗。那实在是太危险太刺激了，对技术的要求非常高，短期内叶星川不可能去尝试，也没资格。

第一条视频剪辑好，乐言立刻就发上微博了，紧跟着就有粉丝把视频剪成短视频发到抖音上，还有的照搬到其他平台上去。

不出意外，这条自制滑雪板的视频火了，比之前两条都要火，不仅吸引来了一大批新粉丝，也唤醒了一批老粉丝的回忆，让他们重新活跃在乐言的微博里。

不仅如此，一些自媒体人和娱乐博主觉得乐言很有话题性，也都纷纷跑出来蹭热度，侧面帮乐言宣传了一下。

第二条视频发出后，乐言的人气再度上涨不少，许多人都记起来乐言以前是女团成员了，这一身份自然又为她加分不少。

眼看乐言粉丝大增，一些黑粉也冒了出来，嘲讽乐言是想借此复出什么的。

对于这些内容，乐言直接选择性无视或者删除。经过两年的沉淀，她比以前成熟了，处理事情也更有魄力了。

花了一周时间拍完素材后，七人团队再度转场。在接下来的一个月时间里，他们去了国内一个又一个知名的滑雪场，拍摄到了丰富的素材。

这些素材被剪成了多条滑雪视频上线各大平台，乐言的人气不断回升，她终于不再是前两年的"小透明"了，但想要追上以前或大火还是有点距离。

第47章

突发雪崩

窗外狂风大作，鹅毛大雪纷飞，屋内却是暖烘烘的，给乐言滚烫的心又添了把火。

她半躺在床上，握住手机低头看。

时隔两年，她终于接到了综艺节目和试镜的邀约。虽然只是邀约，而且节目并不热门，试镜也是人气不高的网剧，但多少起了个头，她相信类似的机会以后只会多不会少。

除此之外，不少经纪公司也从乐言身上看到了机会，从视频发布的频率洞悉了她想要复出的念头，纷纷在她微博留言或是找关系加她微信，意图不言而喻。

乐言不急。

滑雪视频热度丝毫未减，而且有愈来愈火的倾向，她现在正处于上升期，完全可以好整以暇。

刚接到邀约时，她其实也想过签约公司组建团队继续做这件事，那必然会比单纯依靠她跟叶星川两人更有效率，视频的传播量也会大增，但同时她必然又会受到资本的束缚。所以经过深思熟虑后，她决定暂时不签约。

忽然，手机轻轻振动，叶星川发来消息。

"戴行纬说明天差不多就结束了，完事儿咱们就去崇礼拍最后部分了。"

乐言看到叶星川的消息，有些怅然若失。

滑雪短片拍摄结束，叶星川应该也要去忙自己的工作了吧？

乐言好不容易找到一条对的路，滑雪视频的拍摄肯定不能停下来，只是没了叶星川陪在身边，那意义就小了很多啊，而且拍摄起来也不会再那么有趣。

因为他不在啊。

乐言很希望叶星川陪着自己，但这样的想法太自私了，她是不会跟叶星川说的。

"好呢。"想了好一会儿，乐言才兴致不高地回了一句。

"不高兴？"

与乐言朝夕相处了那么久，每天都在微信聊天，叶星川已经对乐言很熟悉了，对她的聊天习惯了如指掌。只是看到那短短两个字的回复，叶星川就知道乐言肯定是生气了。

乐言闷闷不乐地回了他一句："没有啊。"

叶星川安慰道："别不开心嘛，过两天我给你一个惊喜。"

"嗯。"

有前两次的前车之鉴，乐言再也不敢对叶星川的惊喜抱有太高的期望了。对此，叶星川没有解释太多。前两次他的确做得不好也不对。

两人有一搭没一搭地聊了会儿，便放下手机睡觉了，第二天他们要早起去拍摄。

摄制团队的倒数第二站又是长白山的西坡滑雪场，他们主要是为了补拍一些镜头。西坡滑雪场由于雪质优，距离近，因此获得了七人的青睐。

此时正值2月，是西坡滑雪场雪质最好的时候。

七人早起时，天还下着大雪，但远方的天地相交之处，太阳已经刺破云层，金光闪耀，看样子距放晴不远了。

今天叶星川没有拍摄任务，只是来帮乐言拍视频。

最后的补拍工作量很大，但过去一个月的时间里，众人对乐言的技术有了充分的了解，丝毫不担心她完不成任务。

由于拍摄需要，乐言的拍摄位置较偏远。为了保证效率，叶星川就没跟着一起，而是坐雪地摩托前往谷底，隔着几公里遥望着那片尚未有人踏足的洁白雪地。再过一会儿，乐言矫捷的身姿就会出现在上面。

叶星川站在雪地上，鼓捣着买来不久的摄影器材——一部配着长焦镜头的单反相机。他笨拙地把相机支在三脚架上，调整着方位和参数。

周围聚着不少雪地摩托车主，他们三三两两，大声交谈着，偶尔会发出一阵大笑声，也有几人好奇地走到叶星川的身旁端详相机，或沉默观看或出声询问。

乌云渐渐散去，雪势飞快变小，没过几分钟天就彻底放晴了。

升温的空气和温暖的阳光让叶星川身心一阵舒畅。他通过单反相机显示屏能够清楚地看见远方坡顶，此时已经有不少雪友准备下滑。叶星川轻轻转动相机，调整角度，把镜头对准了一身粉色滑雪服的乐言。

毫无征兆地，乐言冲入雪面。

叶星川立刻轻移镜头，捕捉乐言的身姿。

这些日子以来，叶星川的滑雪技术日益精进，也愈发知晓乐言有多强。远远望着那一个又一个回转弧度，叶星川发自内心地佩服。

乐言的正前方不远处有一个断崖，落差应该有十几米的样子。叶星川本以为乐言会绕过那断崖，但出乎他意料的是，乐言竟直朝断崖冲去，一下子腾空飞跃起来。

即便知道以乐言的技术完全可以驾驭这样高难度的动作，可隔着好几千米远的叶星川仍然忍不住为她捏了把汗。

好在乐言最终完美地落到了雪面上，叶星川悬着的心这才缓缓落下，可紧跟着又提了起来。

就在乐言从高处落到雪面的十几秒钟后，乐言身后三十多米处，居然浮现出一条巨大的裂缝。裂缝眨眼间便辐散向四面八方，细密如蜘蛛网。更多的雪层开裂，带动一块冰山似的巨大的雪体缓缓脱落，无声无息地朝着下方崩垮而去。

这块雪体的脱落引发了多米诺骨牌效应，冲击着整座山坡上数个雪层薄弱处，雪雾瞬息间便扬起十数米高，裹挟着更多脱落的雪层，顷刻间形成了气势磅礴的雪崩，铺天盖地地朝着下方吞噬而去。

"雪崩了！"

身边传来雪地摩托车主的惊呼声，亲眼看到雪崩发生的叶星川反倒一声不吭，只是他脸色煞白，左手紧紧地握成拳头，不由自主地颤动起来。

怎么会发生这种事？！

在叶星川的视线当中，乐言没有回头，她直接抛弃掉那些花里胡哨的技巧，全速向下方冲去。

雪崩速度加快，眼看乐言就要被淹没了，可她的速度越来越快，像是一颗高速坠落的流星，跳下一个又一个悬崖，向坡底疾速冲去。

叶星川继续挪动镜头，可过于紧张导致镜头偏移，他顿时一阵慌乱，生怕错过了什么重要画面，急忙调整镜头，又把她锁定在画面中。

在全速前进下，乐言快要抵达坡底了。与此同时，她身后崩落的积雪像是一只宽约五十米的巨兽，肆无忌惮地展现着大自然的威严，乐言只要有任何的失误就会被彻底吞没，可是她没有。

一千米的高度，不过短短几十秒钟的时间，叶星川却觉得仿佛过了一个世纪那么久。

雪崩数百米后，已经不再有新的雪层被雪崩带动，积雪崩垮的速度渐渐慢了下来，只余漫天雪雾翻飞。

乐言也安然冲到了坡底，不过她没有继续向前冲向安全地带，而是一个漂亮的刹车停在了原地，回望着雪崩的方向。

短短几十秒的时间，大量积雪以摧枯拉朽之势轰隆崩落，所过之处森林完全被掩盖。

那崩落的积雪就像流动的岩浆，给人带去无限的恐惧。

虽然眼见乐言抵达安全区域，不再受到死亡威胁，可叶星川内心依旧一阵冰凉，好半晌都无法从那种情绪中走出来。

正在此时，四面八方响起了密集的雪地摩托启动声，他转头四顾，看到所有摩托车主都骑车朝雪崩方向而去。叶星川这时才意识到，刚才他把注意力全都放在乐言的身上，完全没有考虑过山上的其他雪友。

戴行纬他们呢？

叶星川忽然一阵慌张，他急忙挪动镜头，很快就发现戴行纬五人正停在雪崩发生地上方不远的地方，立刻松了口气。

还有其他人遇险了吧，不然大家都赶过去干什么？

叶星川想了想，拦住一个摩托车主："麻烦带我也过去一下吧。"

这个摩托车主没说什么。雪崩之下，多一个人多一分力量，被雪淹没的人需要这份力量。

摩托车主唉声叹气道："唉，我刚才看到好像有三个人被埋住了。也真倒霉，今天的雪崩预警指数只有二级啊，怎么会发生这种事呢？"

二级的预警指数，算是相当低的级别了，按理来说不会发生雪崩才对。

联想到刚才乐言落地后雪崩才发生的画面，叶星川有些担心乐言会觉得这是自己的错，会责怪自己，心都紧了起来。

在众摩托车主前往雪崩区域的时候，雪崩已经完全停止了。乐言第一时间朝雪崩区域滑过去。

她随身带着雪崩三件套，为的就是防备这种突发情况。

众摩托车主只是救援力量的一小部分，其他发现这边出了意外的雪友纷纷会聚过来，西坡滑雪场的救援队亦已开始行动。

之后的两小时里，数十人地毯式搜索过去，极其幸运地把三名被埋没的雪友给救了出来。因为被埋没的时间不算太长，这三名雪友没有生命危险，最严重的一个发生了骨折，也算是不幸中的万幸。

遇到雪崩这种情况，摄制团队当天的拍摄自然暂停了，雪友们也都没再继续滑雪，滑雪场需要时间来处理这场意外。

回去的路上，叶星川走在乐言身边，不时偏过头去看她一眼。

"怎么了，我脸上长花了吗？"乐言疑惑道。

虽然两人早早就会合了，但先前大家都忙着搜救，叶星川也没空询问乐言的状态，现在总算有机会了。

叶星川问："你没事吧？"

乐言说："我没事啊！你不是看到了吗？"

叶星川说："我是说心里。"

乐言有些不解："我为什么会有事？"

叶星川一时间也不知道该说些什么了。

乐言说："预警指数二级也能雪崩，今天的事纯属意外。"

"……"

叶星川看着乐言，愈发无言。

第 48 章

———

吵架

晚上十点钟。

叶星川洗漱完躺在床上，睁眼望向天花板，双目没有焦距，显然是心里想着事。

距雪崩发生已经过去十几个小时了，可他的情绪仍然不能平复，一闭上眼睛，他就总是忍不住想起那令人心生恐惧的一幕。

现在是网络时代，雪崩视频他见得不少，滑雪者在雪崩场景下逃出生天的视频他也看过。可那些都是发生在别人身上的事，他看看也就罢了，不会感同身受，也不会往心里去。可今早发生的事能一样吗？

不能！

一是因为雪崩发生在他眼皮子底下，他就是录像的那个人；二是因为那场雪崩差点把乐言吞噬。

当时乐言的位置可不像那三个被埋住的雪友位置那么偏，那三个雪友最后只是被边缘地带的积雪埋没，她可是身处雪崩的正下方，那时她要是稍有失误，就会被磅礴凶猛的雪埋没。

以这场雪崩的凶猛程度以及她当时所处的位置来看，她一旦被埋，幸存的概率非常小。

只要一想到这点，叶星川的手就忍不住发颤，那种紧张感就又会回到他的身体里。

他长长地呼出一口气，努力平复自己的心情。

从学习滑雪到现在，叶星川也算是有点经历了，特别是上次在暴风雪中迷路，两人藏身于雪洞里等待救援。那可是大部分滑雪者一生都不会遭遇的情况。那时的叶星川其实就心生退意了，但最终因为某些原因，他战胜了畏缩情绪。

可今早的情况完全不一样，那大自然的天威是任何人都不能抵抗的。

直到那时，滑野雪的危险性才真正展现在他面前，于是他陷入了纠结当中。

乐言此时也正躺在床上，翻来覆去睡不着觉，但她并不是因为早间的雪崩，而是因为回来路上叶星川的态度。

她有些烦躁地拿起床边手机解锁看了看，与叶星川的聊天定格在早晨两人互道早安，然后两人一起去吃饭，后来遭遇雪崩，大家积极参与救援后就回去休息。从那时到现在，两人没有任何的交流，乐言很烦闷。

她其实有些知道叶星川在想什么，但她不知道该怎么开口，毕竟一旦说开了，事情可能会走向她无法控制的方向。

她不想失去叶星川。

乐言定定地看着聊天框，好几次都打了几行字准备发出去，最终却又全部删除，一遍又一遍。

一直到半小时后，乐言还是没有发出哪怕一个字，倒是叶星川先发来消息。

"在干吗呢？"

看到消息，乐言心神一振，心里不满地"哼"了一声，想着"还知道找我嘛"，手下却很老实地打字道："玩手机。"

消息发出去后，她觉得自己的回答似乎有点生硬，于是又补了一句："你在干吗呢？"

叶星川很快回复："想事情。"

看到消息，乐言心里"咯噔"一下，生出不好的预感。她不想顺着叶星川的话说下去，但又想不到什么好的话题，于是轻轻一叹，打字道："想什么呢？"

叶星川："想今天早晨的事。当时实在是太危险了，吓到我了。"

乐言心想"来了"，她沉默了几秒钟，轻轻打字："其实那种情况纯属意外，我滑雪十几年来，二级预警情况下突发雪崩的，也就这么一次。"

叶星川："你忙吗？不忙的话，可以跟我说说你以前滑雪都遇到过哪些危险吗？"

乐言沉沉呼出一口气："好啊。"

她回忆了一下，开始录制语音讲述起来。

"三年前我在格鲁吉亚的时候，遇到过一次缆车倒滑事故，不过没受伤。刚学滑雪那会儿我还小，总是去找刺激，有次练习摸板把大腿摔骨折了。嗯，还有一次在二世谷不小心摔出道外，人挂在树上了。还有也是在阿勒泰，遇到春季大雪，迷路了……"

听完乐言好几条六十秒的语音，叶星川沉默了许久，不知道该回些什么。

乐言却好似知道他在想什么，打字道："听起来我遭遇的危险很多是不是？其实也没那么多，我滑雪都多少年了啊！之前也有个朋友问我，说滑雪危险不危险啊。说实话，危险肯定是有的，但相对来说也没那么危险。我看过NSAA（美国滑雪场协会）的统计数据，2015—2016年，全美共计约五千三百万的滑雪人次中，只有三十九人在滑雪活动中死亡，平均每一百五十万人才会出现一次致命事故。这样的伤亡率相当低了，和踢足球、骑自行车差不多啊。如果跟坐车的数据比，滑雪其实比每天出门坐车还安全。"

叶星川之前不知道这些数据，看完乐言的讲述，心里多了些了解，但他知道乐言这么举例完全是在偷换概念。

正常的滑雪危险性当然相当低，但到世界各国的野雪区去玩较高难度的滑雪呢？就像今天这样从高处跳跃旋转什么的，那受伤甚至死亡的概率肯定会直线上升。

说实话，叶星川理解乐言，理解她对滑雪的热爱，理解她对滑雪的付出。

如果不是非常热爱，她怎么会受了一次又一次的伤仍然乐此不疲呢？只是今天上午的事，实在是给了叶星川太大的震撼，让他一时间无法扭转自己的态度，从那种恐惧的情绪中走出来。

往后自己要是和乐言在一起，她还会继续滑雪，继续直面那种危险，而自己除了担心却什么都做不了。他现在都有点不敢去滑野雪了。

那雪崩的场景已经深深印在了他的脑海中。

这大概就是一朝被蛇咬，十年怕井绳吧，即便他没被真正咬到。

乐言再次发来消息："我知道你现在在想什么。"

叶星川看到这条消息本来想立刻回复，但发现乐言的聊天框里显示正在输入，于是停下了手上的动作。

"我是真的蛮喜欢你的，但我不可能为了你放弃滑雪。"

"你，考虑一下吧。"

手机上，绿色的光标不停闪烁着，叶星川看着明亮的屏幕，心中掀起了滔天巨浪。

因为昨天的变故，拍摄没有顺利完成，今早乐言又起了个大早，与摄制团队的五人在别墅区门口集合。

"叶星川呢？"

以往叶星川大部分时候都是和乐言一起，少数时候自己一个人也到得很早，从没让人等过，因此乐言有些疑惑地看向戴行纬。

戴行纬眨了眨眼，有些尴尬，显然他没意识到乐言不知道叶星川今天不去了。

"他跟我说他有点不舒服，今早就不跟我们去了。"

"哦。"

乐言的态度迅速冷淡下来。

戴行纬几人小心地对视，都觉得有些古怪。两人这是吵架了？

今天的拍摄非常顺利，一行人十点半的时候就回到了别墅区收拾东西，准备吃个午饭就回北京。

中午吃饭的时候，叶星川倒是出现了。他看见乐言的时候，好像昨晚和今早什么都没发生过一样，正常地打招呼，正常地相处。乐言虽然心里不高兴，但表面只是略微有些冷淡，也没更多的情绪。

这就让戴行纬几人觉得更加古怪了，但是人家的感情事，他们也不好掺和。

中午吃完饭，一行人坐车前往机场，起程回北京。

一路上，戴行纬想方设法地想让叶星川和乐言两人和好，但他没什么感情经验，折腾半天也没什么用，索性也就不管了。

登机前，叶星川坐在登机口玩手机，忽然接到傅诗发来的微信。

"你俩吵架了？"

叶星川犹豫了一下，回复道："没有啊。"

"你也说没有。嗬，问题还不小吧？都瞒着我，行吧，你们的感情事我也不多说啥了，但是你是男生啊，多让着点我可爱的言言吧。来，我给你准备了一个话题。"

傅诗发完一长串的文字，又丢来一个微博链接。叶星川点进去一看，发现微博内容正是昨天早晨雪崩时的视频。

录制者用的是手机，因为距离非常远，画面抖动非常厉害，像素也不是很高，但还是能从中看出大自然的威严以及乐言娴熟的滑雪技术和冷静的处置态度。

这条微博非常火，转发已经破了两万，评论数也有四万多。

"这是个小姐姐吧？"

"如果我没看错，这是长白山西坡吧？我家就在那边啊！"

"生死时速，这小姐姐胆子是真大。"

"看得我冷汗直冒，这纯粹就是找死吧。"

评论有正面的也有负面的，但都挡不住一个事实——这条微博火了。而从评论中的一些蛛丝马迹可以看出来，已经有人发现视频中的女主角很像乐言。按照这种趋势，用不了多久，网友就会找到乐言的微博下去，到时候她又能涨上一拨粉。

叶星川忽然想起了自己相机里的视频。

相比起这条微博里用手机拍摄的视频，他拍摄的视频无疑要清晰许多，而且他当时全部的注意力都在乐言身上，镜头几乎全都集中在她身上没有挪开过。一旦他把自己拍的视频发出去，肯定可以引起相当大的关注。

虽然他对昨天的雪崩心有余悸，但视频拍都拍了，总不能一直留在手里。

他想了想，把微博链接转发给了乐言，又附文字说："我昨天也用相机拍了一段，你要发吗？”

"发呗。"

乐言的回复很简洁。

第49章

评论

由于航空管制，航班延误了。

叶星川索性把电脑从登机箱里拿了出来，取出相机储存卡导视频，然后通过隔空投送的功能发给了乐言。

乐言收到视频，转头看向叶星川，不咸不淡地说了一句："谢谢。"

"不用谢。"

叶星川见她这么客气地道谢，心里有些不舒服。

乐言收到视频看起来，画面刚开始还很正常，但忽然一阵抖动，她意识到这应该是叶星川手忙脚乱导致的，忍不住偷偷瞥了他一眼，心想：他当时应该非常担心自己吧。

也是，在那种情况下，换作是她也好不到哪里去，心里难免多想。

只是她昨晚都那么直接了，他却像是什么都没发生一样，今早还不陪她去拍摄。

气！

一想到就来气！

乐言偷瞥叶星川的时候，本来还有些感动，看着看着就开始来气，忍不住轻哼了一声，转过头去不再看叶星川。

听到哼声，叶星川转过头去，看到乐言那稍显浮夸的转头动作，满头问号：自己刚才又做什么了？

乐言看了两遍视频，确定没什么问题后，就把它发布在了微博上。

视频甫一发布，便有了大量的转发和评论，不过她已经不知道了，因为她开始登机了。

登机后，叶星川和乐言是挨着坐的，她一坐下就转头朝向窗户闭上了眼睛，抱着双臂，一副生人勿扰的姿态。

叶星川苦笑一声，也没说什么。

一路上，两人几乎没有任何交流。

快要下机的时候，叶星川主动打破僵局："我送你回去吧。"

乐言头也不回："不用，我朋友来接我。"

"呃……"

叶星川很想问是哪个朋友，但以什么身份问？两人现在相处这么尴尬，他又有什么资格问？只是一想到那个"朋友"，叶星川就有些心烦意乱，应该不会是个男性朋友吧？

眼角余光看到叶星川在出神，乐言猜测自己的计策应该成功了，心里得意地哼了一声：气死你！

出接机口后，戴行纬五人有工作室的司机来接，就先走了。叶星川坚持送乐言去停车场，乐言也没法儿拒绝，主要是顺路，叶星川也得去停车场。

两人沉默着走向停车场的路上，忽然听到一个熟悉的声音。

"言言，这里这里。"

叶星川疑惑地抬起头，心想：这声音怎么这么耳熟，而且故意压低了，生怕被谁听到似的。

目光扫视间，他看到了一个套着长款羽绒服、围着围巾、戴着口罩、盘着头发的女生。虽然只看得到眼睛，但从她对乐言的称呼以及她的打扮，叶星川也能认出来，这是傅诗啊。

原来是傅诗啊。

叶星川忽然松了口气。

"我朋友到啦，那我就先走啦。"

叶星川刚想跟傅诗打招呼，乐言就拉起行李箱，头也不回地走了。傅诗也想跟叶星川打招呼，但被乐言拦住了。乐言拽住她的胳膊，拉着她头也不回地朝停车场走去。似乎怕叶星川追上，乐言步伐加快，带得傅诗直趔趄。

叶星川望着乐言远去的背影，哑然失笑。

乐言赌气的样子还真有些可爱呢。

"你俩到底怎么回事儿啊？"

傅诗上了车，立刻把围巾和口罩摘了。

乐言瘫在副驾驶上，一副出神的状态。

傅诗伸出手在乐言面前晃了几下："嘿，嘿，跟你说话呢，别想了好吗，人家已经走远了。"

乐言没好气地拍了一下傅诗的手："别晃了，眼睛都要被晃花了。"

傅诗猛地缩回手，怒视着乐言："你生气归生气，别冲我来啊！我可是冒着风险来接机的好吗？平时我可都是被接的好吗？"

乐言朝傅诗撒了个娇："哎呀，诗诗，你安静会儿。"

对乐言无比熟悉的傅诗立刻知道，乐言是真生气了。

"你们到底怎么了啊？"

傅诗启动轿车，认真起来。

"其实也没什么，就是他对我滑雪这事儿，可能有了点不一样的看法。"

乐言语气淡淡地把昨天发生的事跟傅诗讲了一遍。

傅诗听完，陷入了沉默。

原来是这样。

叶星川对乐言滑雪的事心生抵触的话，那就是核心问题和底线了，不是劝劝就能和好的。

傅诗恨恨地道："不过叶星川的确不对，昨天你都那么说了，他居然直接不回你了，不能忍啊！"

"就是，不能忍！"乐言愤愤不平地说了一句。

傅诗叹了口气："唉！那这事儿，你打算怎么办呢？总不能一直这么冷处理吧。"

"没想好呢，烦，烦死了。"

乐言闷着头，恼怒地发出了几声"呜呜呜"的声音。

傅诗想到一个好办法："没事，回去咱们先做个美容，然后去大吃一顿，吃完睡一觉再想！"

乐言眼睛一亮："我看行。"

在傅诗和乐言聊天的时候，叶星川也坐上车回家。他看了看乐言的聊天框，知道在自己主动示好前她应该不会找自己了，不由轻叹一声。他又打开了微博，从特别关注里找到唯一的账号——当然是乐言的。

不出意料，她那条才发布两个多小时的微博火了，转发已经破了三万，而且看样子还在节节攀升中。

以精湛的滑雪技术从雪崩下逃脱这种事情在网上并不罕见，正常情况下不会有几个人关注，关键在于做到这件事的人！

一个漂亮的女人。

一个曾经的女团里的"颜值担当"。

一个在大部分网友看来应该肩不能挑、手不能提的女生。

这样一个人居然从雪崩下逃脱了，这就非常有看点了！

几万条的评论，三分之二都是在夸乐言，有担心她身体的，有惊叹她的滑雪技术的，也有许多说她是被娱乐圈遗失的宝藏女孩儿的。

在没有任何资本参与的情况下，前女团成员雪崩下逃生这一话题很快就冲上了热搜榜前十，转发数和评论数都在飙升！

不过世事万物都有两面性，有人夸赞就有人诋毁，而且诋毁乐言的人不少。

主要的诋毁点在于，有的网友觉得乐言对家人不负责任，她不珍惜生命。

夸赞乐言的人自然予以反击，两拨人在评论区吵得不可开交。

叶星川把所有热门评论一条条看了个遍，心里也渐渐被激起了火气。他想了想，开始在评论区编辑回复。因为字数太多，他打了好一会儿才打完，然后毫不犹豫地发了出去。

"人家喜欢滑雪不行吗？人固有一死，或重于泰山，或轻于鸿毛。诋毁乐言的人，你们扪心自问，你们去世了的话，是重于泰山还是轻于鸿毛呢？

"你们怎么知道人家不考虑家人？你们怎么知道人家藐视生命？天地很大，有些人就希望去闯一闯，去看一看。他们热爱滑雪、热爱跳伞、热爱攀岩，不是在找死，只是想证明自己。我所理解的生活，就是做自己喜欢的事。有的人喜欢看电影，有的人喜欢喝可乐，有的人喜欢做菜……乐言喜欢滑雪，这似乎没问题吧？

"我也在学滑雪，亲眼看到了许多滑雪爱好者在滑雪场一次次地摔跤，又一次次地站起来继续尝试。你们天天生活在网上，看到一段视频就喷，你们知不知道人家为此付出了多大的努力？他们是有十足的把握才去做那些动作的。无知不可怕，可怕的是无知无畏无所谓！"

叶星川气愤地发完这一大段话，很快就被人顶上了热门评论。倒不是叶星川说得多么有道理，多么义愤填膺，多么让人有共鸣，只是因为他身份不一般。人家一看他一千两百多万粉丝，一个个都不嫌事儿大地点赞，很快，知名厨师"星川行船"力撑乐言的话题就上了热搜。

两人之前就因为傅诗闹过一阵绯闻，现在身处旋涡，立刻被各类自媒体和营销号广为宣传，相关的话题层出不穷。

乐言在傅诗的车上睡了一觉，就拿起手机刷起来。

现在的年轻人玩手机，无非是刷刷微博、抖音什么的，乐言也不例外。

她刚打开微博，就被右下角的红点吓了一跳。怎么这么多？她点进去一看，才知道原来是雪崩的视频火了。这不意外。她飞快地又看了一遍视频，然后打开评论。

叶星川的长评顿时映入眼帘。

乐言看完后，心里一阵感动，情绪复杂到了极点。她有千百句话想对叶星川说，但又不知道说些什么好。

忽然间，她眼神一凝，发现叶星川居然是用大号评论的，内心不由"咯噔"一下："坏了！"

她飞快地打开微博热搜，果然在热搜前二十看到了自己和叶星川的名字。她点进去一看，全都是有关两人的八卦消息，过往两三个月相处以来各种可能在一起的蛛丝马迹，全都被网友们拼凑起来。

"叶星川，你到底要干什么啊！"

看着这些信息，乐言既委屈又气急。

第 50 章

表白

无论是雪崩的视频，还是叶星川的评论，都给乐言带来极高的热度，令她再度回到公众的视野当中。一些眼光独到的经纪公司，不再将乐言看作一个希望复出的前女团成员，而是将她看作具备极高价值的明日之星。

要知道2022年北京冬奥会就要举行了，在此之前，各大卫视及视频网站，都会上线一些与冰雪相关的电视剧或是综艺节目，而滑雪正是诸多冰雪项目中最贴近生活、话题量最大的那个。

在这种情况下，乐言的路线简直不要太好确定。

一时间，无数经纪公司蜂拥而上找乐言，希望把握住机会签下她。

乐言委实没料到机会来得这么快，脑子里一阵发蒙，有点不知道该怎么做才好。

她也接触了一些公司，但暂时都没给准话，她需要一点时间来思考。

因为重新回到公众视野，乐言开始变得忙碌起来。她乐意忙一点，这样她就可以不用去想叶星川了。但不想不行啊，明天他们还得去崇礼拍摄滑雪短片最后的内容呢。

说到乐言大火，最高兴的人要数滕懿麟。他是以较低价格签下乐言的拍摄合约的，如果搁到现在，价格翻上十倍二十倍都不稀奇。

因为乐言大火，滑雪短片的曝光度肯定会大增，熊猫滑雪俱乐部肯定也会名气大涨，这算是白捡的便宜。

他怎么能不高兴？

"弟妹可真是我的福星啊。"滕懿麟兴奋地给叶星川发去消息。

叶星川回复道："那你明天好好表现，报答报答你的福星。"

"必须的，必须的！"滕懿麟满口答应。

恰好此时，傅诗也给叶星川发来微信："你别再拖了啊。我家言言都快被你气死了。"

叶星川说："就是明天了。"

"总算要到了吗？"傅诗忽然觉得很悲凉，自己马上就是一个惨遭闺蜜抛弃的单身人士了。

叹了口气后，傅诗打字问："滑雪这件事，你想通没啊？"

叶星川秒回："那天跟她聊完，当时就想通了。"

傅诗愤怒道："那你还让我的宝贝这么伤心？"

"当时那种情况，我怕一个不小心就表白了。"叶星川也很不好受，"文字的告白终究差了点温度，我还是想当面对她说。"

"行吧，行吧，算我多问行了吧。"傅诗被叶星川的情话搞得有点扎心，"那就祝你明天一切顺利吧。"

"谢谢。"叶星川道。

结束了与傅诗的聊天，叶星川犹豫了一下，给乐言发了条消息："明天我去接你吧。"

乐言的话里带刺："不用，我自己有脚。"

叶星川苦笑一声，没再回复。

乐言本来正和很多人聊天，完全没想起叶星川，忽然被他一句话撩得心烦意乱，于是气冲冲地回了一句。但同时，她心里又松了口气，正准备和叶星川好好说道说道呢，等了半天居然等不到叶星川的回复，气得在床上直打滚，双拳猛击抱枕。

一旁刚和叶星川聊完天的傅诗放下手机，看着内心郁闷的乐言，心里多少有些不忍，但一想到明天之后她就要幸福美满地"撒狗粮"了，便忍住了安慰她的心，打开游戏奋战去了。

第二天，叶星川醒了个大早，比他正常作息时间要早半个小时。他睁开眼后也没坐起来，只是静静地望着天花板。

半晌后，叶星川终于撑身而起，洗漱、收拾行李一气呵成，最后按照原定计划抵达北京北站，坐高铁前往崇礼。

戴行纬他们东西比较多，所以是开车去的。

至于乐言怎么去，叶星川也不清楚，兴许两人还是坐的同一趟车呢。

一路无话。

坐车到熊猫滑雪场后，叶星川先去酒店把东西放下，然后就坐在沙发上玩起手机来。他们约定的集合时间是十一点。

一想到下午就要完成计划的最后一环，叶星川心里就有些紧张、激动。

在他的期待中，一个小时终于极其缓慢地过去了。

叶星川在雪具大厅见到了乐言。

虽然只是一天没见，但叶星川和乐言之间却有种生疏的感觉，主要是乐言表面上在疏离叶星川。

"今天下午有什么安排？"

七个人坐在一起，完全没有了前段时间的和谐。

戴行纬看两人还没和好，有点无奈，不过他也知道，这种情况不会持续多久了。

"就是预演一下，明天早晨咱们一条过，然后就结束了。"

"好吧。"乐言点了点头。

"那咱们就走吧。"戴行纬站起身。

几人换好雪具，一起走向缆车方向。

不知道是不是乐言的错觉，今天坐缆车上山的人有点少，他们很快就排到队了。只不过因为人数限制，叶星川和乐言两人被分到了一辆缆车里。乐言心想：这应该是戴行纬他们故意的。

只坐着两人、略显空旷的缆车里，气氛有些尴尬。

十几分钟的上山时间，总不能一直这样吧。

叶星川轻咳一声，刚要说话，乐言立刻打断了他："别说话，我想静静。"

叶星川顿时被噎了回去，不过他没有听乐言的，仍然说道："时间过得可真快啊，一晃马上都要入春了。"

乐言心里有气，什么都能顶上一顶："哪里就马上了，还早着呢。"

叶星川微微一笑："你别生气啦，我前天不回你，其实是有合理理由的。"

乐言虽然心里好奇，但表面上冷漠无比："哦。"

叶星川望向对面的乐言，目光暖暖的："马上就能告诉你原因啦。"

"哦。"

乐言撇了撇嘴。

叶星川不再多说了，只是笑看着乐言。乐言起初还气哼哼的，最后居然被看得有些害羞了，不知道叶星川到底在搞什么鬼。

快到山顶时，叶星川说："一会儿你就在山上看我滑吧，我练好久了。"

"什么啊？"乐言心跳骤然加快。

"没什么。"叶星川笑了笑，"其实，原本我是想去西坡或者其他什么地方的，效果会好些，但我想这里毕竟是我们认识的地方，所以就选在这里了。"

乐言不知道该回答些什么了，心跳愈发快起来。

一分钟后，终于到山顶了，乐言狼狈不堪地逃出缆车，心乱如麻。

戴行纬五人比他们两人先到，正聊天等着两人呢。

走到坡顶平台时，乐言惊讶地发现，坡顶居然没有人。虽然是中午吃饭时间，但也不至于一个人都没有吧。

结合刚才叶星川说的那些话，以及几天前他曾说过的惊喜，那种强烈的期待感让她的心跳不断加快，她紧张得不行。这种情况下，她觉得自己也不太适合滑雪。

"这次你来吧。"

心里有些慌乱的乐言机械地迈开脚步，忽然听见一个声音，转头见是无人机摄影师，他正伸手把无人机遥控器递给她。

"啊？"

乐言下意识地接过遥控器，看无人机摄影师一脸笑意，就知道他大概也是知情人。

乐言心中又是紧张又是纳闷。叶星川到底要干什么啊？他究竟准备了多长时间？又有多少知情者？

大概是知道乐言暂时不想理自己，叶星川准备好后，只是对她笑了笑。

乐言轻哼一声，启动了地上的无人机。

无人机缓缓升空，遥控器的取景框将下方的滑雪道和森林、群山都给囊括了进去。

"高度五十米，设定跟随就行。"无人机摄影师提醒道。

经过一个多月的拍摄，乐言早就学会无人机的操控了，经他一提醒，她立刻就知道该怎么做。

于是，乐言在遥控器的取景框中看到叶星川推动滑雪杖冲入了滑雪道中。

这只是道内的一条高级道而已，也展现不了什么技术。乐言气哼哼地想看叶星川究竟能玩出什么花样来，但她很快就震惊了，叶星川居然在滑雪道上滑出了一个个字母。

这时，乐言又发现了不对劲的地方——这条高级道今天没人滑过？

滕懿麟肯定是知情者之一。她心里暗想，同时紧盯屏幕，把取景框中的每一个字母尽收眼底。

"u、o、y，you。"

乐言念了出来。

因为字母是倒着滑出来的，所以乐言一时间不知道叶星川要滑出什么字母来。但她知道，这件事他肯定筹备了很久。在雪地上滑出字母可不是短时间内能练出来的，乐言估计他从去长白山那段时间就开始了。

乐言内心又是甜蜜又是气恼。

早点这样不行吗？非得等到现在。

气恼归气恼，甜蜜还是非常甜蜜的。

"e、v、o、l，love。"

当第二组字母被滑出来的时候，乐言哪还能不知道叶星川究竟要滑出哪几个单词来？她的脸迅速红了起来。

她回头一看，戴行纬五人都跑到坡顶边缘去了，只等叶星川滑到坡底完成拍摄就下去。他们可不想留在这里当电灯泡。

最后一个"I"很快被滑了出来，五人朝乐言挥了挥手，欢呼着朝下方冲了出去。

无人机遥控器的取景框中，叶星川滑到坡底后，手忙脚乱地朝缆车方向走去。

乐言的心脏飞快跳动，脸红得不像话。

叶星川马上就要上来了。

第 51 章

我爱你

正午，天气晴朗，山顶的狂风似乎感受到气氛的变化，暂时消停了下来。

乐言站在雪地上，有些不知所措，脸颊通红，心乱如麻。忽然，手中的无人机遥控器传来警报声，乐言回过神来，忙按住按钮令无人机自动返航。低头看遥控器的时候，她忍不住又想起先前的画面，心中除了甜蜜还是甜蜜。

虽然叶星川之前许多事做得非常不好，可在乐言看来，仅这一件事就足以抵消那些不好。

等待的时间过得极其缓慢，特别是在心里紧张的情况下。

乐言也不知道自己是怎么度过这十几分钟的。终于，叶星川搭乘的缆车到达山顶，他缓缓从中走出，一步步朝乐言走来。

叶星川踩在雪地上，脚下发出"吱吱"的声音，就像丘比特在一箭一箭朝她射来。

乐言有些后悔把无人机遥控器收起来了，她现在紧张得手都不知道该往哪里放。

叶星川走到了乐言的面前，看着她满脸通红的样子，微微笑了笑。

看到叶星川的笑容，乐言心里忽然有些气："笑什么笑！"

虽然她故意表现得很生气，但声调偏低，在叶星川听来完全是害羞加撒娇的口吻。

叶星川笑着说："觉得你可爱，所以就笑笑咯。"

乐言脸更红了。

乐言微低着头，声音都像在颤抖："你……你这是什么意思啊？"

叶星川一副理所当然的口吻："在表白啊。"

"……"

叶星川一下子这么直接，乐言不知道该怎么接他的话了。

他以前怎么扭扭捏捏的呢？

叶星川看出了乐言的紧张害羞，他轻轻一笑，朝乐言走出一步，离乐言更近了，声音轻柔道："我等这天已经等了很久。"

乐言低着头没说话。

叶星川说："其实我喜欢你很久了，想必你也早就感受到了。"

乐言问："那你之前怎么不跟我说呢？"这是她许久以来的疑问。

叶星川说："刚开始呢，是因为我还没想好。我吧，对感情看得比较重，所以想得比较多。等想好了的时候，我就觉得我不能随随便便就跟你说我喜欢你，我要跟你在一起。我想给你留下点深刻的印象，我想给你真正的惊喜。"

乐言回忆着刚才叶星川滑出"I love you"的画面，甜甜地笑了："就是刚才那个吗？的确挺惊喜的。"

叶星川神秘地笑了笑："是，也不是。"

乐言眨巴眨巴眼睛，微微歪头，有些疑惑。

叶星川笑了笑："你之前不是问我，为什么一个滑雪短片要拍一个多月吗？"

"是啊。"乐言点点头。

几分钟的滑雪短片拍一个多月，的确有点夸张了。

叶星川笑道："因为摄制团队有其他任务啊。"

乐言脑海灵光一闪："哦，我说你们怎么老是神神秘秘的，一会儿这有事儿，一会儿那有事儿的。"

叶星川说："我们主要是为了拍一段视频。"

乐言抬起头，直直地望向叶星川："什么视频？"

叶星川忽然有点紧张："就在这儿看吗？会不会有点冷？"

乐言急道："就在这儿。"

"好吧。"

叶星川从兜里掏出手机，打开相册找到视频递给乐言。

乐言接过手机，飞快点了下表示播放的三角箭头。

轻柔的音乐缓缓响起，镜头开始推进。

视频的开头是叶星川一次次摔跤，一次次重新站起来训练的画面。

这不是常规的训练，而是为了滑出字母而训练。

画面剪辑得很快，从细节上乐言分辨出是不同的滑雪场。

她忍不住抬起头看了一眼叶星川，见叶星川正直直地看着她，立刻害羞地低下头去看视频。

视频内容继续推进，叶星川正在和滕懿麟以及戴行纬激烈地争执着什么，虽然听不太清，但乐言猜想应该是和他训练的内容有关。

争吵的内容之后，画面陡然切换。

叶星川正对着镜头，微笑着。

"你终于看到这段视频了。想来你这段时间应该很奇怪我们为什么总是神神秘秘的吧，这都是为了录制这段视频，为了给你一个老了回忆起来也会笑的惊喜。我很庆幸，庆幸滕懿麟给我推荐了你做我的教练，也很庆幸是你，所以我才没放弃。

"我猜这一个多月以来，你肯定没少生我的气，气我明明喜欢你却还吊着你不表白。现在我真诚地向你道歉，我只是不想那么随便。其他话我也就不多说了，我要说的都在接下来的视频里了。"

叶星川笑着结束了这段话，而后画面一黑，紧跟着有字幕呈现。

"长白山西坡滑雪场。"

字幕之后，可以看到身穿蓝色滑雪服的叶星川从山顶冲下，在洁白如纸的雪面上滑出一行字母。

"I love you!"

乐言的心像是被重重地捶了一下，她抬起头看向叶星川，眼睛里隐隐有些泪花在闪烁。

叶星川被她看得有些害羞，忍不住道："其实我最开始的计划是写中文的，但是太难了，哈哈哈。"

乐言被他逗得"扑哧"一笑，低下头继续看视频。

长白山西坡滑雪场后，是新疆阿尔泰山野雪公园。

同样身穿蓝色羽绒服的叶星川，一跃跃入纯白的世界中，刻滑出"I love you"。

之后是一个又一个不同的场地，一个又一个不同的"I love you"。

叶星川的技术越来越纯熟，他刻滑出的"I love you"也越来越流畅。

乐言笑了。难怪刚才叶星川一点都不紧张，而且自信满满。他已经试过那么多次了，当然不会失败。

等最后一个滑雪场的"I love you"结束，画面再次切换。这次是叶星川自己手持相机对着自己，在他后面则是在做热身运动的乐言。叶星川面对镜头，眼神里带着柔情："今天我们在西坡滑雪场。乐言，我爱你。"

紧跟着画面切换，又是叶星川手持相机。这次他们在阿尔泰山野雪公园，镜头里的乐言正在滑雪道上飞驰。

"今天我们在阿尔泰山野雪公园。乐言，我爱你。"

画面再度切换，这次换成了哈尔滨亚布力滑雪场。

"今天我们在亚布力滑雪场。乐言，我爱你。"

一个个滑雪场，一个个"我爱你"闪过，视频终于来到了末尾，但画面陡然黑了。

乐言疑惑地抬起头，却见叶星川又走近了一步。

"今天我们在熊猫滑雪场，这是我们初识的地方。乐言，我爱你。"

视频终于结束。

乐言右手握着手机，看着面前一脸深情凝望着自己的叶星川，脸红得不行，心里涌现出许多情绪，有甜蜜，有喜悦，有感动。

乐言的声音都在颤抖："你什么时候想到做这些的啊？"

叶星川老实说："美食邀请会那段时间。"

乐言惊叹："这么久了啊，你可真能忍。"

叶星川说："只要你开心。"

乐言脸红道："你突然变成这样，我有点不习惯啊。"

叶星川说："习惯习惯就习惯了。"

乐言笑了，顿了顿又说："你知不知道这段时间，我时不时就难过一下子，老想着你干吗呢，你到底在想什么。"

"对不起，是我的错。"叶星川真诚道歉。

"没有，你没错，我更喜欢现在这样子。"乐言笑了。

她心里的怨气一下子就消散无踪了。

这样有仪式感的表白摆在面前，她还气什么呢？

叶星川继续望着乐言，眼睛一动不动："那么，你愿意跟我在一起吗？"

"你说呢？"乐言娇嗔了一句。

叶星川不为所动，还是望着她。

"哎呀，愿意，我愿意！"乐言轻哼一声，"整得跟求婚似的。"

她话音刚落，忽然惊呼一声，因为距离她只有手臂那么远的叶星川，猛地伸出双手把她抱在怀里。

两个人都穿着臃肿的滑雪服，抱在一起的样子略有些滑稽。乐言刚开始还有些不适应，但随着叶星川抱得越来越紧，乐言心里某个地方像被融化似的，也开始用力地抱紧叶星川。

叶星川久久不愿松手，抱得乐言都开始觉得热了，她脸颊微红："行了，这里怪冷的，我们先下去吧。"

"好。"叶星川听她的，松开了双手。

"走吧。"乐言重新把滑雪板穿上，握住滑雪杖滑向坡边。

"走吧。"叶星川走到她身边，朝她笑了笑。

"对了，我们走这边吧。"乐言忽然指向偏右的位置。

"怎么呢？"叶星川有些疑惑。

"那边的痕迹，我不想打乱。"乐言红着脸说。

"好呢。"叶星川笑起来。

两人几乎同时冲下滑雪道，在滑行的过程中不时对望。虽然隔着滑雪镜，但他们仿佛可以感受到对方眼底的爱意。

同样是在熊猫滑雪场的高级道上滑行，以前和现在却完全是两种不同的感觉。

　　叶星川从未如此刻这么喜欢滑雪。

　　感谢滑雪，让他遇见了乐言！

　　两人滑到坡底时，没有看见戴行纬他们。五人又不傻，知道叶星川和乐言肯定会在一起，如果待在这里等他们，岂不是故意当电灯泡受刺激，何必呢？

　　两人刚刚在一起，也没心情再滑雪了，乐言有太多话想对叶星川说。

第 52 章

秀恩爱

"你昨天在我微博的评论是什么意思啊？"回酒店的路上，乐言边走边问。

"什么什么意思？"叶星川说，"我看得生气，所以就评论了啊。"

乐言瞥了眼叶星川："你不怕被他们知道啊？"

叶星川道："他们？网友？知道就知道呗，怕什么。"

"哦。"乐言轻声"哦"了一声，但语气跟之前生气的时候完全不一样，脸上也带着笑意。

乐言问："那么，那天晚上我跟你说了我喜欢你后，你到底在想什么？"

叶星川说："我只是不想当时就表白，破坏气氛和我的计划。"

"哦。"

乐言嘴角带笑。难怪呢，她都把生气表现得这么明显了，叶星川还是不为所动。

乐言迟疑了一下，问道："那……你怎么看待我滑雪这件事啊？"

"还能怎么看待，正常看待呗。"叶星川转头看了她一眼，"滑雪是正当而且对身心有益的运动，喜欢滑雪挺好的呀！现在我也蛮喜欢滑雪的。至于危险，你不也说了吗，那纯属意外。而且就算真的遇到危险了，我也相信你，你热爱滑雪这十几年，肯定已经做了充足的准备去应对它们。不过我还不行，所以你得继续教我啊。"

乐言听完叶星川这段话，沉默了好一会儿，内心感动得不行。她重重地点了点头："教你，肯定得继续教你。"

她顿了顿，有些害羞地低下头："我还想着以后我们一起去世界各地的滑雪胜地滑雪呢。"

叶星川毫不犹豫道："去去去，你喜欢，我肯定去。"

乐言开心得眼睛都眯起来了，心里大大地松了口气。原本她最担心的就是叶星川不让她滑雪，或者是非常介意这件事，没想到他看得这么开，而且本身也没有因为那次雪崩排斥滑雪，这样实在是太好了。

在近二十年的滑雪生涯中，乐言已经把滑雪当作自己生命的一部分了。

乐言眨巴着眼睛望向叶星川，一脸期待的模样："那你平时有空的时候，我能找你帮我拍视频吗？"

叶星川反问："这不是我应该做的吗？"

"是啊，你现在是我男朋友了，嘻嘻，哈哈，嘿嘿嘿。"

乐言傻傻地笑了起来，脸颊又逐渐红了。

叶星川道："不过，拍摄滑雪视频这件事可以减缓频率了，咱们出精品就行。以你现在的人气，很多经纪公司应该都来找过你吧，你是怎么想的？"

"我啊，暂时也没想好呢。"

说到经纪公司和签约的事，乐言有些头痛。

叶星川问："怎么说？"

乐言叹了口气："挺复杂的。"

"有多复杂？复杂到不能和你男朋友说？"叶星川定定地望向乐言。

这时乐言才又反应过来。对啊，现在叶星川已经是她男朋友了。

她又忍不住笑了，略微沉吟，组织了一会儿语言说："其实我之前有尝试过复出，但在签约这件事上，我不太满意……一是签约年限太久，二是限制太多。我不想去做那些我不愿意做的事，所以后来我仔细考虑过，打算成立个人工作室什么的，不过难度挺大的，毕竟这个圈子人脉资源很重要。"

叶星川点了点头，表示自己在认真听："嗯嗯。"

乐言说："我也和傅诗讨论过，她最近也打算成立个人工作室。"

之后，乐言又说了些自己的职业规划，一直说到到达酒店。等进了房间乐言才反应过来，自己好像不小心跟进了叶星川的房间，她的脸登时就红了。但叶星川好似没意识到一样，还是认真听着她说话。于是她镇定下来，佯装什么都没发现，什么都没发生。

好半晌后，乐言终于说完了，轮到叶星川说话了。

"其实我之前就考虑过你复出这件事。"

"啊？"乐言没反应过来。

叶星川说："我是说通盘考虑。利用滑雪视频增加人气是第一步，然后你可以借用下我的人气，营造一下'滑雪恋人''网红情侣'的概念，再涨点人气，利用这些人气去争取一些重要的资源。"

乐言听到叶星川说什么"滑雪恋人""网红情侣"的时候，又害羞得红了脸。她发现自己最近特别容易脸红，有时候红到耳根子都在发烫。

自从两人确定感情后，叶星川对她的态度完全转变了，各种直接的话语让她有点招架不住。

"什么资源啊？"

乐言暂时没去纠结什么"滑雪恋人""网红情侣"。

叶星川说："央视一个跟滑雪有关的综艺节目。"

乐言不解道："啊？央视的综艺节目，你是怎么知道的？"

"这你别管了，反正有这么回事儿就对了。"叶星川说。

"好吧。"

乐言嘴上说好，心里却还在瞎猜。她猜应该是叶星川的某些食客透露的消息吧。他的食客职业涉及面很广，有央视的人也不奇怪。

叶星川说："你一没负面新闻，二形象不错，再有足够的人气，虽然不能说百分百被选中，但概率还是蛮大的。"

乐言兴奋道："听你这么一说，我突然觉得干劲十足啊。"

叶星川说："另外，签约的事暂时放下吧，我觉得成立个人工作室靠谱。我这边还有点资源，前期帮帮你不成问题。等上完央视的那个综艺节目，你就有底气和资本跟那些大经纪公司谈判了。"

乐言沉默了几秒钟，转头看着叶星川道："你什么时候想的这些啊？"

叶星川说："好久了。"

乐言认真道："谢谢。"

叶星川笑了："你跟我说什么谢？"

乐言说："两码事，反正就是要说谢谢。"

"行吧，随你。"叶星川道，"那咱们现在来谈谈'滑雪恋人'的事吧。"

乐言红着脸问："啊？谈什么啊？"

"我虽然不算什么公众人物，但现在名气应该比你大点。咱们一起拍滑雪视频，效果绝对比你单人拍好，对不对？营销一下就可以啦。"叶星川笑着说，"不过这也不算炒作吧，我们本来就是滑雪恋人，哈哈哈。"

"你脸皮真厚。"乐言把头埋下，声音低不可闻。

她很想顶叶星川一句，他怎么就敢肯定两人拍比单人拍效果好呢？万一网友们知道她有男朋友，不看她的视频了呢？或者他的颜值拖累了她呢？

可是她转念一想，自己当初不也有被叶星川的颜值吸引吗？于是她也便说不出口了。

叶星川继续说着话，乐言听在耳中，心里甜得不行。

这是什么神仙男朋友啊？为了她的热爱，为了她的理想，方方面面都为她考虑到了，她真的是遇到宝了。

两人就这样聊啊聊啊，足足聊到下午五点，吃完饭又回来接着聊，把许多细节都给敲定了。

大约七点的时候，乐言终于撑不住了："不行了，不行了，我要回去歇会儿，要是我没睡着的话，我们待会儿再聊吧。"

叶星川点点头："行吧。"他其实也有些口干舌燥了。

"那我先走啦。"

乐言站起身走向大门，叶星川跟在她身后。

乐言拉开门迈步到走廊上，转过头，面色羞红。看着比自己稍微高一些的男朋友，她心里满是甜蜜，很想抱住他亲一口。但女生的矜持让她忍住了，最终她只是微微张了张双臂，叶星川意识到后，立刻拥了过去。

两人在门口抱了好一会儿才分开。

回到自己房间的乐言拿出手机，给傅诗发去消息："啊啊啊啊啊啊啊啊啊啊啊啊啊啊，他向我表白了，我谈恋爱了！"

傅诗发了句语音，语气十分不耐烦："知道了，知道了，你再发几个'啊'，整个屏幕都要被你的'狗粮'填满了！"

乐言见傅诗秒回，立刻给她打了个语音通话。傅诗接通后，乐言兴奋不已："你知道他是怎么跟我表白的吗？"

"知道啊。"傅诗的话宛如一盆冷水泼到了乐言的身上。

"你居然也知道。"乐言愤怒地道，"你知道怎么不告诉我？你还是不是我最好的闺蜜了！"

"我要是告诉你了，你事后回想起来，岂不是要恨死我？"傅诗道，"主要是叶星川怕你想歪或者放弃他，让我帮帮忙稳住你的心态。"

"叛徒！"乐言哼道。

"情侣狗！"傅诗也哼道。

乐言是在跟傅诗开玩笑，她心里开心着呢，没时间跟傅诗置气或者假吵架："嘻嘻嘻，不管不管，我要跟你说一遍。"

傅诗很无奈，不得不听了一遍乐言今天被表白的过程，心里羡慕得不行。等听到后面叶星川把乐言复出的路都给铺好了，她更是嫉妒难忍："天哪，我羡慕了，嫉妒了，啊啊啊！"

乐言笑道："嘻嘻，感觉我男朋友身边有好多优质的男生，等我先了解一下介绍给你啊。"

傅诗瞪大眼睛："这就开始秀起恩爱来了？我真的是气死了！赶快给我介绍，我也要脱单！"

乐言道："我尽力。那我先去跟我男朋友聊天了啊，哈哈。"

傅诗愤怒地道："啊啊啊，乐言！"

总算秀了下恩爱的乐言满意地结束了与傅诗的聊天，去找自己的男朋友了。

第 53 章

《冰雪盛宴》

因为刚刚确定关系，乐言不太敢晚上去找叶星川。她有些紧张害怕，虽然心里也知道叶星川是不会对她做什么的，但她还是克服不了那种情绪。

主要是身份还没转变过来。

太快了，得磨合磨合。

虽然不敢直面叶星川，微信上却不想放他走，她有太多话想对他说，有太多事想跟他分享了。

她是这样，叶星川也是这样。两人简直什么都能聊，聊到最后都睁不开眼了，还强撑着不睡觉。

最后还是乐言拿着手机睡着了，叶星川握着手机等了会儿，见没有回复，猜到她太困睡着了，这才去睡觉。

第二天，两人要补拍滑雪短片的最后一段内容，所以起得很早，对视的时候看到对方黑黑的眼袋，不由笑了。

"……"

戴行纬淡淡地从两人身边走过，表示不想说话。

接下来的拍摄非常顺利。拍摄结束，叶星川和乐言便与戴行纬五人一一道别。以后乐言虽然还得拍滑雪视频，但用不着一整个团队了，有叶星川就够了。

分别后，两人回房间收拾行李，起程坐高铁回北京。

总算能休息两天了，不过两天后又得忙。

已经2月了，距离冬天过去已经不远，他们需要多拍些视频，也不是急着现在发，而是要攒起来其他季节用。

其他季节国内可没那么多雪给他们滑，不过也有解决方法。

在北京的两天，叶星川下午都去了乐言的家里给她做饭。傅诗知道后，非赖在乐言家不走。

滕懿麟和吕佳明得知叶星川表白成功后，都由衷地为他高兴。不过恋爱刚开始，他们也没有过于高兴，生怕高兴得太早。

在乐言休息这两天，叶星川帮她找来了专门的策划人员，策划两人之后的滑雪视频拍摄内容什么的。

等乐言休息完，叶星川又带她注册了个人工作室，替她把工作室基本的员工都找好。

男朋友做到这个地步，差点把傅诗嫉妒死了。

叶星川的这些举动，让乐言感动的同时，也有了些压力，但她很快就把这些压力转化为动力。这些都是她需要的，叶星川对她的好，她都记在心里，然后思索着要怎么对他好。

三天后。

乐言和叶星川正式实施拍摄两人滑雪视频的计划。

这次他们的首发站又是崇礼熊猫滑雪场，他们真的和熊猫滑雪场很有缘。

和乐言单人的滑雪视频不同，他们双人的视频内容上偏向于教学，主要是乐言教叶星川，然后做基础性的动作吸引年轻人群体，穿插一些有趣的聊天内容什么的。

不得不说，叶星川在视频这一块非常有眼光，他和乐言共同拍摄的滑雪教学视频上线后，顿时引起了广大网友的关注。因为是第一条双人教学视频，大家的关注点都在于叶星川和乐言居然真的在一起了！

绝大多数网友对此都非常震惊，这完全是打破"次元壁"啊。

叶星川是厨师，乐言是前女团成员，他们究竟是怎么认识并在一起的啊？

经过最初的难以置信后，网友们渐渐接受了叶星川和乐言的组合。

两人男的帅女的靓，又都是滑雪高手，嗯，虽然男的稍微差了点，但他们的教学视频还是很养眼而且引人入胜的嘛。

借助两人原先的人气，双人教学视频很快就火起来了，而且保持着一周一更的频率。

热度维持住的同时，两人也不时会发布一些比较刺激的爆款视频。

时光流逝，转眼冬天过去，春天终于来了，滑雪这项季节性运动也暂时落下帷幕。

乐言和叶星川一个把重心放在重建人气上，一个则把重心放在菜品的创作和推广上。再有几个月就是下一届的美食邀请会了，叶星川虽然因为喜欢乐言，也开始热爱滑雪了，但他也知道自己的根在哪里。

春天过去，夏天来临。

经过长达半年的准备和成长，乐言果然被央视的节目组注意到了，节目组正式邀请她参加《冰雪盛宴》节目的录制。

《冰雪盛宴》的立足点毫无疑问是宣传2022年北京冬奥会，扩大冬季冰雪项目的影响力。

在此之前，各大卫视其实已经做了不少与冰雪项目有关的综艺节目，有体育真人秀，有亲子闯关类等，但无一例外，收视全都极为惨淡。

央视毕竟是央视，他们既然敢在这个节骨眼上做冰雪综艺节目，那绝对是有充分的准备。

首先，央视的制作资金非常雄厚，支撑得起一档大型冰雪类节目的录制。

其次，这次《冰雪盛宴》的主题很有意思。

节目采取的是十二个明星比拼并决出冠军的真人秀模式，但央视也知道，虽然现在中国体育事业发展迅猛，冰雪运动的关注度也逐年升高，不过群众基础还是略差。所以《冰雪盛宴》的其中一个目的就是把这项运动推广出去，吸引那些原本对冰雪运动一知半解或者不了解的观众。

第一个重要主题是明星滑雪者教新手滑雪。

获得教导的新手先比拼滑雪，失败者的导师即明星滑雪者再进行较为刺激的比拼。

这样一刚一柔，一缓一急，既能让想看刺激的人看到刺激，也能让不了解滑雪运动的人了解滑雪运动，可谓一举两得。

在接到邀约的那天，乐言都快高兴疯了，她兴冲冲地去"川"找到叶星川：“导演跟我说，最后的冠军有可能登上2022年北京冬奥会的开幕式或者闭幕式啊！”

“这我倒不知道。”叶星川有些惊讶，“那要是能参加，岂不是全民皆知了？”

“是啊。”乐言捧着脸叹了口气，“就是太难了，冠军啊。”

“知道其他十一个人是谁了吗？”叶星川给乐言端过去一份甜品，问道。

乐言舀了勺甜品放在嘴里：“不知道呢，但技术肯定都不会差。《冰雪盛宴》的定位之一就是刺激，能做出让人觉得刺激的动作的，肯定是高手。”

“我相信我女朋友。”叶星川笑看着乐言。

“哎呀，别夸我了！”乐言有些害羞。

叶星川完全不打算听乐言的。

“不过其实也有希望！”乐言美滋滋地道，“你知道除了十二个人的对决，这节目还有个主题是什么吗？教人滑雪！哈哈哈，这不是为我量身定做的吗？开心！”

叶星川说：“真是运气来了挡都挡不住啊。”

“嘻嘻，我要保持平常心。万一太自信了，到时候没拿到冠军岂不是更失望？”乐言狠狠吃了几口甜品，脸上的笑容怎么也掩饰不住。

叶星川边做菜边探头看了看乐言，一脸宠溺。

“对了，你要不要跟我一起去啊？”乐言忽然问道。

“我？人家又没找我，而且我又不是明星。”叶星川道。

“这不重要。”乐言说，“节目组准备给我们十二个人每人招一个教学助理，通过海选的方式进行，你可以去试试啊。你的技术未必是最好的，但我相信你肯定是最上镜的，节目组应该会考虑这个吧。”

乐言说这话的时候，看着叶星川的脸，忍不住痴痴笑了两声。

虽然已经认识半年多了，但每次看到叶星川的时候，她还是觉得他超帅的。

“也不是不行。”叶星川放下手中的刀，点了点头，“这次节目肯定有很多帅哥，我得去啊。”

"我眼里只有你啦。"乐言嘻嘻一笑。

"那到时候我就去试试。"叶星川道。

乐言说："好！那我们有空了多去练练。那是面向全国的选拔，又是央视的综艺节目，到时候肯定高手如云。感受到竞争压力了没有呀？"

叶星川说："有你在，我怕什么？"

"嘻嘻。"

有了下一阶段的目标，叶星川在滑雪这件事上又多了些动力，两人有空就去训练。

时光飞逝，转眼又是几个月过去，天气冷了下来，冬天再度来临了。

有关央视《冰雪盛宴》节目组要在全国海选教学助理的消息，早就在微博和滑雪圈子传开了，一个又一个滑雪大神整装待发，就连滕懿麟都心动了。要是他能被选上的话，又可以给熊猫滑雪俱乐部带去人气。

之前叶星川和乐言拍的滑雪短片他还压着没发呢，他也知道《冰雪盛宴》节目的事，他这是在押宝，押乐言能通过这档节目收获更高的人气，到时候发布短片才更有效果。

教学助理的选拔分别在各大雪区，主要是新疆、北京、东北这几个地方的滑雪场进行，崇礼正好有一个选拔区，叶星川当然选择了这里。

第一项考核是个人技术。

经过长达一整年的刻苦学习，叶星川的滑雪技术已经今非昔比了。对这次个人技术的考核，他完全不怕！

第 54 章

代价

崇礼，熊猫滑雪场。

叶星川和乐言把行李放在房间后，就牵着手出门和滕懿麟、吕佳明碰面吃饭去了，同行的还有吕佳明的女朋友小雅，嗯，现在已经是未婚妻了。

滕懿麟也报名参加了海选。作为熊猫滑雪场老板的儿子，他当然不会去别的地方参加选拔，而且定了和叶星川一样的时间。

吕佳明正放假呢，所以带着未婚妻来凑热闹。

叶星川和滕懿麟在餐厅见面的时候，都面无表情，但双方的眼睛里像是有电光在闪烁。

他们现在可是竞争对手！

"怎么样，有把握吗？"

刚一落座，滕懿麟就发问了。

"还行吧。"叶星川淡淡地道，"如果这次只选技术好的，那我肯定选不上，但助理是配合明星教学的，教学嘛，我觉得我现在还算可以吧。"

滕懿麟闻言，忍不住沉默了，好半晌才说了句："啊，我已经对自己的颜值感到绝望了。"

今年春天夏天秋天，叶星川和乐言始终保持着滑雪视频的更新，其中不乏很有新意的视频。比如，两人给一条视频做了特效，在暴风雪天气的黑暗里，两人被神秘的怪物追逐着，场面精致、骇人，像极了电影，引发了一阵风潮。但大多时候，滑雪视频都是比较正常的内容，其中又以两人教小孩子滑雪的视频关注度最高。

叶星川和乐言的颜值太高，在滑雪场的时候，不管小男孩儿还是小女孩儿都喜欢围着他俩转。可能是因为长得面善吧，小孩儿的父母也对他们比较信任，因此他们推出了许多相关的精品视频。

叶星川最受小女孩儿的喜欢，好些时候都惹得乐言吃醋了。

三人在餐厅坐了没多久，吕佳明和小雅就来了。五个人边吃边聊，吃完也没打算去滑雪，就在滕懿麟的带领下转了转。

今天熊猫滑雪场人特别多，会聚了北京周边有意参加海选的滑雪高手们。

海选之前，《冰雪盛宴》节目组已经在网上筛选过一轮了，筛选方式主要是通过视频面试、观看相关滑雪视频等。不过因为节目定位的关系，技术不是最重要的，所以现场的滑雪者里也有技术一般但是其他能力优异的，也不知道节目组最终靠什么来判定。

时隔好几个月重回熊猫滑雪场，叶星川稍微有些不适应，同时又有些怀念。

就是在这里啊，他学会了滑雪，认识了乐言，然后和她确定了关系。想到这里，叶星川忍不住转过头去看了乐言一眼，发现乐言也正看着他，两人相视一笑。

一天时间过去，第二天一大早，包括叶星川和滕懿麟在内的众多滑雪者拥向缆车。

今早，所有参与海选者都会经过初选。

由于人数过多，选拔的方式比较特别。节目组在滑雪道两旁安排了许多观察员，在坡底架设了一些连叶星川也不知道干什么用的电子设备，估计是用来检测速度的。

反正节目组让大家在滑雪道上自由发挥就行了。

这算什么筛选方式啊？

"好好滑就行，好好滑总不会出错。"乐言虽然已经入选为十二位明星之一，但也不知道海选的具体方式。

叶星川点了点头，在跟滕懿麟一起坐缆车上山时，陷入沉思。

《冰雪盛宴》作为一档宣传冰雪运动的综艺节目，有着非常明确的定位，必须要刺激、易懂，在扩大冰雪运动影响力的同时也要兼顾收视率，事实上也只有收视率上去了才能扩大影响力，那么十二位明星的个人影响力就至关重要。

明星的本职工作毕竟是演员或歌手，他们的滑雪技术就算强也强不到哪里去，而教学助理的滑雪技术肯定不能超过明星太多，那样会喧宾夺主，最好差不多，以起到相辅相成的作用。

在技术差不多的情况下，明星的个人魅力和吸引力肯定远强于教学助理。

想到这里，叶星川转头看了一眼滕懿麟，低声说："一会儿表现别太出色了，会被刷下去的。"

"为啥？"滕懿麟疑惑道。

叶星川就把自己的猜测说给了滕懿麟听。滕懿麟听完觉得有道理，转头望向缆车外滑雪道上那些花式炫技的滑雪者时，不由流露出同情的目光。

滕懿麟也没问叶星川为什么要告诉他，增加竞争对手的成功率。两人关系实在是太铁了，不说才显得刻意，这本来就是一件玩票性质的事，非要搞得那么认真就没必要了。

片刻后，叶星川和滕懿麟两人来到了坡顶，也没怎么耽搁，便一起朝下方滑去。

经过一年时间的学习，叶星川的滑雪技术早已经今非昔比，区区高级道根本没有任何可以对他形成威胁和阻碍的地方，无论是狭窄的弯道，还是凸起的雪包，抑或是从他身边呼啸而过的滑雪者，都无法对他造成丝毫影响。

他动作流畅，俨然一个滑雪界的老手。

千米长的滑雪道，叶星川没有玩什么特技或是炫什么酷，就是简简单单地滑到了坡底。

滕懿麟几乎和叶星川同时间抵达坡底。来到叶星川身边，摘掉滑雪镜后，他啧啧称奇："我看视频的时候就知道你技术已经很好了，但还是没想到已经好到这个地步了。今年年初还不这样儿啊，你这半年多到底发生了啥？脱胎换骨了啊这是。"

"就是走得多，看得多了呗。"叶星川笑了笑。

"行。"滕懿麟拍了拍叶星川的肩膀，"走吧，找佳明他们玩去。"

"嗯。"

叶星川点了点头。

乐言正跟吕佳明、小雅在另外一条高级道上。这条高级道被央视的节目组租来考核，没有其他滑雪者。

跟乐言他们会合并玩了一会儿后，五人去吃了午饭。下午两点，叶星川和滕懿麟便接到节目组的通知，他们都通过了初选。

接到消息，两人都没觉得意外。

通知后面还附了下一项考核的内容——带小孩儿，严格来讲是教小孩儿滑雪。

两人接到通知的同时，乐言那边也传来消息：这次参加初选的近四百名滑雪者，被刷去三百六十多人，只留下三十几人。

这通过率可是够低的。

虽然被刷的过程有些莫名其妙，但没人闹事儿或者表达不满，一是因为他们一开始就没抱太大的希望，二则是因为雪季刚刚开始，他们本就要来崇礼，这次节目组包了往返车票和一天的食宿，他们还有什么不满的呢？

第二天早晨七点，叶星川从睡梦中醒来，没有惊动身边睡得正香的乐言，洗漱完后给乐言点了份早餐，就和滕懿麟会合去考核的滑雪道。

出了酒店，叶星川略有些吃惊。

地上雪非常厚，虽然酒店门口的雪已经被人清扫过，又被太阳晒过一个小时，但仍然看得出昨晚雪很大，今天滑雪道的情况肯定相当好。

还没到集合地点呢，叶星川就听到一阵叽叽喳喳的吵闹声，走近一看，雪地上有一群身穿纯白色滑雪服的小孩儿。这群小孩儿年纪都在五岁到十岁之间，男女各半，此时正兴奋不已地围在一起聊天。他们应该很少见这么大的雪，个别顽皮的已经互相打起了雪仗。

滕懿麟看到这群小孩儿，头都大了。他虽然昨天就知道要教小孩儿滑雪，但万万没想到居然有这么多小孩儿，也不知道节目组究竟是从哪里找来的。

其他参加海选的滑雪者看到这群小孩儿也都有些发蒙。

见人到得差不多了，人群中一个领队模样的中年妇女拍了拍手，大喊了一声："安静，大家都先安静一下，咱们现在开始选教练啦。"

原本叽叽喳喳乱作一团的小孩子们顿时就被吸引了注意力，不过他们没看那个领队，而是看向了叶星川等众多滑雪者。

他们有的好奇，有的激动，有的傲然，一个个飞快地打量着教练们。

其中有些小女孩儿看到叶星川的时候，纷纷叫了出来："我选他，我选他！"

另一部分小女孩儿则露出了害羞的神色，其实也都表达出了差不多的意思。

注意到小孩儿群体里的变化，现场的滑雪者们都忍不住朝叶星川的方向看去，看到他的时候都忍不住想："长得帅就了不起吗？"

深知这些年叶星川因为颜值受到优待的滕懿麟叹了口气。

小孩子们的表现被节目组的人一一看在眼里，但他们肯定不能让小女孩儿全都选叶星川。现场孩子有五十多个，滑雪者有三十多个，必须分给每个滑雪者一个，至于剩下的嘛，就看到底谁更吸引人了。

最后，毫无疑问是叶星川受到最多孩子的青睐，有几个小孩儿哭着闹着要选叶星川，节目组没办法，足足分给了他六个小孩儿，其中还有两个小男孩儿。

一些滑雪者内心深处忍不住有些幸灾乐祸：现在后悔了吧！

第 55 章

故事

　　分给叶星川的六个小朋友年纪都较小，全在五六岁上下，都是最顽皮的时候。他们围在叶星川的身边，有个小女孩儿拽住他的手臂，拉着他就要去滑雪，有个小女孩儿害羞地站在一旁，目光却直视着他，有个小男孩儿目光紧紧盯着一个小女孩儿，还有个小男孩儿高冷得看都不看叶星川。

　　最后一个小女孩儿是个话痨，从来到叶星川身边后嘴巴就没停过，短短一两分钟就把自己全家几口人叫什么做什么都讲了个遍，萌得不要不要的。

　　好不容易安抚了六个小朋友，叶星川问道："小朋友们，你们以前都滑过雪吗？"

　　在教学前，教练当然要先了解学员的水平。

　　"我滑过！我可厉害了！"

　　"我没有呢……"

　　"哼，不告诉你，我爸爸妈妈不让我跟陌生人讲话。"

　　最后说话的是那个高冷小男孩儿。他其实是被节目组塞给叶星川的，估计节目组是想考验考验叶星川的能力。作为全场最受小孩儿喜欢的参选者，叶星川有着先天优势。

　　叶星川了解完六个小朋友的水平后，就带着他们去了入门道，准备从最简单的内容教起。

　　在去的路上，叶星川不停和他们聊天，问他们是从哪里来的，喜不喜欢滑雪之类的。

　　叶星川对小孩子真的有种莫名的亲和力，虽然照顾着六个小孩子，却一点也不慌乱，小孩子也很听叶星川的话，双方相处非常和谐。

　　反观其他滑雪者，只有少部分跟孩子打成了一片，大部分滑雪者不太适应和小孩子在一起，也不会教他们。

一上午的时间很快过去。

有的滑雪者度"秒"如年，有的却乐在其中，后者显然以叶星川为代表。

分别的时候，那六个小孩子都有些恋恋不舍的意思。

与小孩子道过别，叶星川和滕懿麟碰面，后者开始大倒苦水："现在的孩子也太早熟了吧，怎么什么都知道啊？一点智商优越感都没有了，还怎么让他们佩服我啊？全程一副高冷的模样，我太难了！"

滕懿麟有点怕带小孩儿，所以结婚很多年了都还没要孩子。

叶星川笑着说："现在的孩子两岁就开始接触网络了，眼界比我们小时候开阔得多，看世界的方式也不一样。你带的那个孩子才七八岁吧，要是再大点，说不定人家知道的比你还多。"

滕懿麟叹了口气："唉，时代变了。"

中午五人吃饭的时候，滕懿麟更细致地说了上午带小孩儿的过程，笑得几个人直不起腰来。

滕懿麟看着叶星川，叹了口气："我应该要被淘汰了，接下来就看你了！"孩子啊，真是他的弱点。

果不其然，下午两人接到节目组的消息，滕懿麟被淘汰了，叶星川晋级了，这次包括叶星川在内只留下了五个人。

五个人将在傍晚接受最后一轮筛选，并不再考核技术及教学能力，而是面试，具体面试内容并不知道。

从各方面的条件来看，叶星川的赢面都很大，这让乐言高兴得不行。

十二个明星，十二个助理，到时候叶星川不仅可以陪着她进组拍摄，说不定还可以待在她身边成为她的助理呢。

那她将会有如神助！

傍晚吃完饭，叶星川在节目组负责人的带领下，到了面试场所，其实就是某个重要负责人的房间。

房间里坐着两男一女，年纪都蛮大的，坐在右侧、长相很是和善的中年男人，是节目组的副导演张海。

"坐。"

见叶星川进来，张海微笑着站了起来。

"谢谢。"

等叶星川坐下后，张海才又坐下。

"我们这次来呢，主要是想请你谈谈你对滑雪这项运动的看法。"张海双手交叉放在桌面，说，"据我所知，你去年年底之前完全没接触过滑雪吧？我们想听听你的心路历程以及心态转变过程。当然了，如果涉及什么隐私，你可以不说。"

张海显然是了解过叶星川的。

"没什么隐私，都可以说。"

叶星川微微一笑。虽然面对的是央视的节目组，但他一点也不紧张，毕竟他也是上过几次央视的人，之前还和央视的纪录片频道合作过。

"最开始的时候，我学习滑雪完全是为了邀请会。那时的我真的不太喜欢滑雪，也没感受到滑雪的乐趣，无论是摔倒还是机械性的重复训练，都让我有些排斥和倦怠。让我改变想法的是我的女朋友，乐言。"

说到这里，叶星川顿了顿，三名面试官也都发出一阵善意的笑声，他们当然知道叶星川是乐言的男朋友。

"是她让我感受到了滑雪的乐趣，但我仍然没有特别喜欢滑雪，毕竟对我而言，有太多可以替代滑雪的项目了。我那时主动去学滑雪，是为了追她，去了解和感受她的喜好和热爱，但中间发生过几件事，让我刚刚建立起的对滑雪运动的喜爱差点就崩溃了。"叶星川喝了口水，"第一件事是我们俩在长白山突遇暴风雪，被困在山谷里了。那次如果不是救援及时，我们就得在山谷里过夜了，而且她还差点跌进溪水里，后来发烧了好几天。我觉得滑野雪太危险了，不过那毕竟是偶然事件，而且我的计划还没完成，所以我克服了自己的畏难情绪。"

张海三人静静地听着。他们其实也挺好奇叶星川和乐言究竟是怎么走到一起的，颇有点八卦心态，所以即便叶星川现在说的内容不太符合他们的要求，他们也没有打断。

叶星川说："第二件事是我们遇到了雪崩，也是在西坡滑雪场。当时真的太危险了，只要有一点失误，她就可能会被雪埋住。因为那件事，我们差点闹了矛盾，但最后我还是选择相信她说的话，把这件事也当作巧合，当作偶然性事件。后来我仔细想过，直到那时，我对滑雪的喜爱其实都是虚假的喜爱，我真正对滑雪改观其实是这半年多以来。"

张海翻了翻桌上的资料，说："其实我们也有看过你们的视频，我能明显感觉到你对滑雪这项运动的改观，今天你跟那些小朋友的相处让我们更加确定了。这半年多你到底都经历了些什么呢，我们想知道。"

叶星川沉默了几秒钟："那可太多了。"

"慢慢讲，我们有的是时间。不过要是太晚了没饭吃，你可得管饭啊。"张海开了个玩笑。

"没问题，我在这儿有个餐厅。"叶星川笑道。

张海也哈哈大笑。

叶星川说："刚才说了，我对滑雪的喜欢是爱屋及乌，我是想让言言实现她的理想，重新回到舞台上，所以才跟着她到处跑，去各个滑雪场拍摄滑雪视频。我有自己的工作，说实话，刚开始我觉得有点累，但后来就乐在其中了，因为我真正感受到了滑雪的魅力和意义。

"我原本觉得滑雪这项运动的意义是刺激，是那种多巴胺分泌的兴奋感，是竞技，是成就感，但后来我发现，滑雪运动包含着更多的意义，是分享的喜悦，是突破的愉悦，是自我沉浸，是人生感悟，是一种积极的生活态度，也是人生。

"说一件我觉得很感动的事吧。有一次我在滑雪场看到一个残疾人，他的左脚全没了，右脚穿着一块滑雪板，双手各拿一根带雪橇的滑雪杖。虽然没了一条腿，但他的技术一点都不比我差，甚至比我更好。后来我见到更多的残疾人滑雪，其中还有一个坐轮椅的。严格来说，那是一种为下肢残疾者打造的滑雪装备，类似于弹簧，有独特的减震能力，整体不是很复杂，价格也不离谱。他和一群年轻人在一起，双方其乐融融地聊着天，没有任何的隔阂。后来，我看他的滑雪技术也很强。

"还有盲人，我记得有个盲人技术太好了，如果不是他穿着特制的背心，还有引导者在他身边跟着，我真的不敢相信他是个盲人。

　　"这种积极的生活态度真的很让我感动。这是我真正对滑雪改观的一个原因，当然了，还有更多的原因。"

　　叶星川把过去半年多他和乐言经历的许多事告诉了张海等三人，让他们增加了不少灵感的同时，也颇为感叹。

　　足足一个半小时后，张海才叫停。他算是看出来了，如果不叫停的话，叶星川可以一直讲下去。

　　"这些故事我们很感兴趣，但再不停我们就真没饭吃了，以后你在组里跟我们讲吧。"张海笑着说。

　　叶星川闻言，忍不住笑了。

　　张海这话的意思，等于确定他突破重围，成为教学助理了。一想到乐言听到这件事的开心样子，叶星川就忍不住想跟她分享。

　　临走时，张海走过来握了握叶星川的手，说："你今天讲的这些故事非常有意义，特别是残疾人滑雪那些事，我们会适当考虑的，谢谢了！"

　　"应该的。"叶星川笑着说。

第56章

滑雪日志

2月17日 晴

叶星川和乐言两人自从在一起后，时不时往熊猫滑雪场跑，主要是为了拍视频，其次是为了提升技术。

但这次碰上了意外。

在猛地震动了几下后，上山的缆车忽然停止移动，缆车上的游客都被困住了。

巧的是，叶星川和乐言所在的缆车上只有他们两人。

"怎么回事啊？"

乐言从窗户处探头出去，上下望了望。

叶星川说："应该没事。"

自从上次雪崩事故之后，他就非常关注与滑雪相关的意外，查过缆车失事的概率——低，非常低，所以他没有太紧张。

此时正是上午，初升的朝阳破云而出，阳光洒落在雪白的大地上，透过缆车窗户，映照在乐言的脸上，把她的头发染得一片金黄。

叶星川不由看呆了。

过了会儿，乐言转过头，刚要说话，可迎面而来的却是叶星川的脸。

两人唇唇相印。

乐言瞪大了眼睛。

两人年纪都不小了，确定关系也有段时间了，但不知道为什么，原本主动勇敢的乐言却时常羞涩，叶星川也不敢过于急切。

不过现在天时地利人和，他觉得是时候了。

3月1日 大雪

又是长白山西坡滑雪场，乐言意外地遇到一群以前在国外认识的雪友。

虽然时隔多年未见，但双方都很热情，那种纯粹而简单的友情，让叶星川内心深处有种说不清道不明的感觉。

那天晚上，叶星川、乐言和她的朋友们在木屋别墅区玩起了"跳雪"游戏，从高处跳入厚达一米多的雪地里。

玩完游戏，众人将滑雪板当作砧板包起了饺子。

这种前所未有的体验，让叶星川开心不已。他拍了些照片发上微博，那些知道叶星川冰雪主题邀请会菜品创作灵感来源的网友，纷纷有种虚幻照射入现实的错觉。

叶星川则觉得自己仿佛年轻了不少。

3月9日 小雪有雾

在某个滑雪场的晚上，两人欣赏了一场盛大的烟火晚会。

在洁白的雪地座椅上，在明暗交映的漫天烟火下，两人握住对方手掌，心情一片平和。在这一刻，他们用眼角余光打量对方的侧脸，同时生出一种此生无憾的感觉。

这辈子就是他（她）了。

3月16日 小雪

两人前往另外一处滑雪场。

春季来临，雪化之后，再想滑雪就得费点劲了，所以乐言总算是忍不住了。

自从雪崩事件之后，为了让叶星川安心，她经常克制着自己想要炫技或者找刺激的冲动。叶星川也看出来了，认真跟她谈过几次。乐言听在心里，但还是有些介意，生怕自己的各种惊险动作，让叶星川产生什么不太好的念头。

不过临近雪季末，她还是放飞了自我。不只如此，她还劝起叶星川来，让他试一些比较炫酷的动作。

叶星川十分心动，然而还是拒绝了她。他还是不太能接受过于刺激的滑雪方式。

但最后叶星川拗不过乐言，开始在树林道内进行一些尝试。于是，他开始了一下午数十次的摔跤之旅，好在雪厚，摔了也不疼，只是爬起来有些麻烦。

当天下午，两人目睹了一场精心准备的求婚仪式。

树林中，平整的雪地上满是红色的玫瑰，一红一白两种颜色形成了强烈的对比，给人带来视觉上的冲击。男生单膝跪在被摆成心形的玫瑰花旁边，跪在厚厚的雪地上，样子有些滑稽，但女生很感动并接受了他的求婚。

看到这一幕，乐言却很淡定。

叶星川有些疑惑地看向她。

乐言像是知道叶星川要问什么似的，说："这种场景我见得太多了，大概滑雪圈的男人们只想得出这种求婚方式吧。"

"你可不要学他们啊。"乐言半是提醒半是认真地说。

叶星川连忙摇头。

唉，他心中的求婚方式被画去了一个。

3月24日 晴

叶星川和乐言两人到了一个北极圈内的城市滑雪。

白天，他们坐在雪中的帐篷内，围坐起来吃火锅，驾驶狗拉雪橇，从临海的高山上俯冲而下。

晚上，他们便一起看极光和星空。

他们入住的酒店较为特殊，是极其罕见的观景酒店，建立在雪山的森林之中，从里面看向外面的时候是纯透明的。

6月3日 大雪

国内正值盛夏，南半球却已经入了冬。

时隔两个多月，叶星川和乐言再度出行，前往南半球。这也是叶星川第一次在南半球度过夏天。

起因是乐言得到节目组的正式通知，她成了央视《冰雪盛宴》综艺节目的十二位明星嘉宾之一。为了与叶星川双剑合璧，她还极力劝说叶星川去参加助理海选，叶星川犹豫再三后同意了。

在新西兰，叶星川在乐言的鼓励下，报名参加了双板教练的一级考核和二级培训。经过十几天的严格训练，叶星川对滑雪这项运动有了更深层次的理解，不只体现在理论知识、滑雪技术方面，还体现在滑雪礼仪和安全教育等方面。

按照乐言的说法，考了教练证，将来教自己孩子或者亲戚孩子的时候也能更有底气。

嗯，主要是为了教自己的孩子。

这是乐言第一次和叶星川谈及孩子这件事，所以叶星川一激动就答应了，结果这十几天的训练比乐言对他的训练难多了。

6月24日 阴

依旧是南半球，叶星川在这里见到了许多残疾滑雪者，被他们的意志力和对滑雪的热爱深深打动。

残疾人滑雪装备他在国内见得比较少，心里想着等回去后一定要建议滕懿麟在熊猫滑雪场准备一些。

出于对雪崩的恐惧，叶星川还报名参加了两天的雪崩一级课程——一天理论，一天地形实践与操练，对雪场环境、雪况和雪崩本身有了更深的了解。

经过几个月的细致了解，叶星川也确定雪崩的确是小概率事件，像他和乐言在西坡滑雪场遇到暴风雪又遇到雪崩，更是意外中的意外。

7月18日 阴雨绵绵

小半个月没有滑雪的叶星川，暂时抽不出空去南半球滑雪，但那种上瘾感让他浑身难受，于是他第一次去了国内的室内滑雪场。

说实话，无论是在滑雪道长度上还是在雪质上，室内滑雪场远不如任何冬季滑雪场，可总算稍稍缓解了叶星川对滑雪的思念。

这时，叶星川总算明白滑雪的乐趣了。短短不到一年的时间，他也上瘾了。

对于这件事，乐言自是开心得不行，叶星川总算被她引向了"正途"。

9月17日 大雪

节目组内部有消息传出，这次《冰雪盛宴》的刺激性项目，多涉及障碍滑雪、跳台滑雪什么的。

由于叶星川不太擅长，因此乐言又拉着叶星川去了南半球。叶星川表面上拒绝了几下，说要忙工作，回到家却飞快收拾好行李。

在放飞自己滑了好几天后，叶星川开始跟着乐言学习障碍滑雪、跳台滑雪。不过叶星川稍微有点排斥，因为那太刺激了。

对他来说，滑野雪就足够了。

11月1日 晴

叶星川和乐言再次回到了熊猫滑雪场。

今天正是《冰雪盛宴》节目组齐聚的日子。

节目组把熊猫滑雪场小半片区域都包了下来，只求最佳的拍摄效果。

包括乐言在内的十二位明星昨天已经全部入住熊猫大酒店，一些追星族也拥入熊猫滑雪场，为稍显冷清的滑雪场增添了些活力。滑雪场和酒店毕竟是公共场所，节目组也不能赶走他们。

节目的拍摄有各种不同的角度和方式，有自身携带的运动专业相机，有配给所有明星的专职摄影师，还有架设在滑雪场内各处的摄像机，等等。

从未有过此类拍摄经验的叶星川还没开始就觉得有些累了，不过乐言比他还累，倒不是因为拍摄，而是其他原因。

入住酒店后的乐言有些心神不宁，在叶星川多次皱眉询问后，她总算把心里的忧虑说了出来。她的声音有些低："你还记得我之前跟你讲过，我为什么退圈吗？"

叶星川当然了解："因为公司的束缚，因为网络暴力带来的压力，也因为一些比较疯狂的粉丝。"

乐言说："其实主要原因是最后一个，那些人简直太恐怖了。"

叶星川听完，面无表情，心里却燃起了一团火。

"我害怕那些人也在那群人里面。"

乐言说的"那群人"，自然是天天在滑雪场内追星的粉丝。

叶星川把左手放在乐言脖子下，右手抱住了她，柔声道："放心吧，这次有我在，我绝不会让你受到任何伤害。"

"嗯。"乐言把头埋在叶星川的胸前。

此前不知道疯狂粉丝才是乐言心结的叶星川心想，这次那些人不出现也就罢了，再出现的话一定要妥善处理，让乐言彻底安心。

中午，节目组开了个会，把剧本分发给了大家。

真人秀有剧本已经尽人皆知了，不过这毕竟是央视的综艺节目，而且请来的明星人气都不低，当然不会有内定的名次，而且剧本内容也不多，只是规定了一些特别的内容，每期的具体名次全凭个人本事。

既然是一档综艺节目，那肯定是以收视率为先。为了节目效果，参与节目拍摄的人员必须适当地表演一下，否则所有人在镜头面前都像一个正常人似的，不去配合不去接梗，该生气不生气该感动不感动，那还谈什么节目效果？

分发下剧本后，节目组又告知了大家一些必要的拍摄知识，这才宣布散会。

今晚大家回去看剧本做准备，明天正式开拍！

第57章

受伤

第二天，众多明星滑雪者、教学助理及数不清的拍摄人员齐聚滑雪场内。四面八方黑压压的全是人。

这些人里有大量的摄影师、调度员、化妆师、导演等，他们往来奔走，在粗看紊乱，实则井然有序的片场中工作。

目前国内的真人秀节目录制周期不长，但为了呈现优质的节目内容，节目组往往会在较短的时间内拍摄海量的原始素材，参与拍摄的明星和其他人肯定会很累。

不过《冰雪盛宴》这档节目有些例外。

滑雪毕竟是一项白天的运动，至少对大部分人来说是这样的，夜滑的滑雪者不多，需要呈现在节目中的内容也不多，所以《冰雪盛宴》的拍摄应该不会出现太多夜拍，再加上冬季昼短夜长，每天的拍摄时间必定不会太长，这样也能保证明星和教学助理们的精力。

今天要录制的第一期节目以刺激为主，所以内容偏向于竞技。

一档综艺节目，第一期尤为重要，必须有足够的吸引力，才能吸引观众去看第二期乃至更多期。

既然是竞技，那肯定要确定挑战顺序，分出先后。在此之前，教学助理和明星的搭配组合也要抽签决定。

关于明星和教学助理的组队，这是提前定好了的，至少叶星川和乐言一起组队是提前定好的。

他们两人是情侣，之间有很丰富的滑雪故事，一起组队，话题性也会更强些。

至于节目组要怎么在抽签中安排两人一起组队，这就不是他们俩关心的事了。

二十四人抽签组队完毕，继续抽签决定挑战项目竞技内容。

这主要是明星们的任务，教学助理们暂不出场，他们最重要的任务是帮助明星教导新手滑雪。

既然暂时不会出场，为什么还要抽签？

这就涉及后期剪辑问题了。

许多节目都一样，拍摄内容后期未必会出现，出现了也未必会连在一起，全靠导演安排和剪辑师剪辑。

十二名明星选手，十二种不同的挑战方式，低、中、高三种挑战难度。挑战结束之后，由现场节目组请来的专家、评审团以及节目观众投票打分。这里的专家全都是国家级甚至世界级的滑雪冠军，阵容不可谓不豪华。

乐言抽到的是"雪猫挑战"，看名字就知道是怎么回事，对她来说难度非常低。事实上在节目组的划分中，这也是最低难度的挑战。

这其实对乐言很不利。

雪猫滑雪不同于跳台滑雪、花式滑雪什么的，雪猫滑雪的难度最高只有二流，滑雪者哪怕技术超一流，也只能发挥出二流的能力来。

花式滑雪就不一样了，滑雪者只要实力够强，在任何场地都能发挥出超一流的技术。

所以说，抽签运气也非常重要。但节目录制时间很长，谁也不可能一直有好运。

第一期的节目录制，怎么说呢，以叶星川的眼光来看，略微有点无聊，但他也知道，所见不等于所得。

类似这种大型户外综艺节目，剪辑环节非常复杂，有不下十名粗剪师、精剪师、串片师以及专门的后期编剧、后期导演，加上滤镜、字幕、配乐、画外音等，效果就会非常不错了。

通过首期的拍摄，明星们、教学助理们和真正的滑雪冠军们都相互了解、熟悉了一下，尤其是明星们，通过第一次难度较高的挑战，他们大致都知道了对方的实力，不由暗自为此次节目的难度咋舌。

没有一个弱者！

即便是乐言也不敢说自己稳稳地就是第一，要知道，她已经滑了近二十年雪。

当然，也不能完全确定，毕竟第一期的挑战不是特别难。

一整天的拍摄后，叶星川接回了疲惫不堪的乐言。

叶星川去片场接乐言的时候，一个正在跟乐言聊天的女明星看到叶星川，顿时笑了。

"你男朋友来了，我就先走了。"她边转头边叹气，"可真羡慕你们啊。"

乐言闻言，嘴角扬起一丝笑意，开心极了。

对娱乐圈人士来说，公开恋爱是一件非常严重的事，对年轻漂亮的女明星来说更是这样，会使她们失去一大批粉丝。所以，女明星们常常隐瞒恋爱消息。

不过乐言不需要。

第一，她没有与公司签约，不会受到公司的制约。第二，她现在最多的粉丝不是演技粉、颜粉，而是她以前女团时期留下的老粉，以及因为滑雪视频而加入的新粉，其中不少人粉的就是叶星川和乐言的感情，他们又怎么会排斥两人在一起呢？

明天叶星川依旧不需要参与拍摄，而乐言又得忙一整天，所以回到房间后，叶星川第一件事就是给乐言按摩起来。

第二天、第三天，拍摄继续。直到第四天，教学助理们才正式加入了拍摄，剧组也迎来了一拨滑雪新手，等待着明星及教学助理们的教导。在十二名新手里，叶星川和乐言看到了一个意外的身影。

傅诗。

她也来参加节目了，而且是瞒着乐言的。

乐言看到傅诗时，一脸惊讶，傅诗则一脸笑容，眨巴眨巴眼睛，像是在说：没想到吧？

对乐言来说，这的确是个惊喜。

拍摄期间有熟人陪伴，本就是一件幸福的事。

不过傅诗没有被乐言和叶星川抽中，他们抽中了一个体育界的冠军，只不过那个冠军的专业和滑雪完全无关。

根据节目组的说法，这期的内容以叶星川和乐言为主，毕竟他们在两人组合这件事上最有话题性，也最有教学经验。节目组还准备拍摄点他们的感情经历。

这一整天，叶星川和乐言两人在节目的镜头前，结结实实地秀了把恩爱，把工作人员羡慕得不行。

可以想象，等到节目播出时，叶星川和乐言势必会成为全国有名的情侣之一。

随着节目进程的推进，明星们之间的关系也有了变化，没有最初的一派和谐了，而是充满了竞争的氛围。

既然来参加《冰雪盛宴》了，无论名气如何，谁不想拿冠军？谁不想登上2022年北京冬奥会的舞台，在全世界的面前表演？

没人不想。

既然如此，那就肯定有竞争了！

经过一周多时间的观察，叶星川和乐言早就知道其余十一位明星的实力了，只有两个人跟乐言相当，其他人都不如他们。不过最终冠军的胜出，不完全看个人实力，也离不开教学助理的帮助。

由于第二天崇礼有暴风雪，拍摄暂停一天，叶星川去酒店内的工作室工作，乐言就约着傅诗滑雪去了。

这些日子忙于拍摄，两人也没什么时间一起玩。

暴风雪天气会阻碍节目拍摄，但不妨碍正常滑雪，毕竟风雪不是一直都在的。

不知怎的，正在做菜的叶星川总有些心神不宁。

不过下大雪这种事，在过去一年时间里，他和乐言遇到过太多太多次了，根本不是什么大事。

只是叶星川还是有些不安，于是给乐言发了几条微信询问情况。

没回。

这也正常，滑雪的时候不可能秒回信息。

几分钟后，还是没回。

正当叶星川要打电话给乐言的时候，傅诗却打来了电话。听完她的话，叶星川顿时放下手里的东西冲了出去。

与此同时，滑雪场的救援人员蜂拥而出。

叶星川在树林里见到傅诗的时候，傅诗眼睛都哭肿了。

"到底怎么回事？！"

叶星川的脸色阴沉得可怕。

刚才电话里，傅诗只说乐言不小心冲出道外，滚落到树林里去了，但叶星川深知，以乐言的技术，她不可能冲出熊猫滑雪场的道外，这肯定有内情。

傅诗当然不会瞒着叶星川，飞快地说："刚才有个男的一直找我们搭讪，我们本来没在意，以为他只是正常的游客，没想到后来他突然冲到言言身边，喊了她的名字，还拉开了滑雪镜。言言应该认识他，被吓到了，一不小心就冲出去了。"

"他人呢？"叶星川问。

傅诗恨恨道："跑了。"

"先找乐言吧。"

叶星川沉默了几秒钟，声音有些沙哑。

风雪很大，搜救很难，但救援人员最终还是找到了乐言。

乐言被找到时，浑身都是雪，没受什么重伤，只是扭了下脚，这也算是不幸中的万幸了。

在救援人员的带领下见到叶星川的时候，乐言急得想站起来，叶星川忙冲过去抱住她，拍着她的背："没事了，没事了。"

乐言本来没觉得有什么，但听着叶星川的安慰，一下子就忍不住了，眼泪扑簌簌地往下掉，紧紧地抱住叶星川。

节目组的人也到了，见此一幕松了口气，后又忙打听乐言的伤势，怕会影响到今后的拍摄。

所幸乐言只是扭伤，不会影响全局。

节目组的负责人松了口气的同时，也忍不住叹了口气。

他们其实很看好乐言。

乐言长得漂亮，技术又好，跟叶星川的感情令人羡慕，是非常有可能夺得冠军的，到时候加上2022年北京冬奥会开场带给她的流量，她势必前途不可限量。只是出此意外，怕是悬了。

这种事节目组的人知道，傅诗知道，乐言和叶星川又怎么能不知道？

乐言哭，有很大一部分原因就是这个。

原本多么好的一次机会啊，就这么没了，想想都难过。

好半晌，把乐言安慰好了，叶星川认真地看着她："刚才那个男的是谁？"

乐言有些害怕，顿了顿才说："刚才那个人之前跟踪过我，不止一次。他经常在我家小区和我的节目现场堵我。"

傅诗在一旁恨恨道："那个人是惯犯了，不只是言言，还有很多人被他跟踪过，不过他也没做太过分的事，大多时候也会被保安和群众拦住了。"

叶星川听完，气得不行。

第 58 章

跳台滑雪

"人渣!"

叶星川低声骂了一句。

乐言见叶星川神色不善,急忙安抚他,生怕他做出什么冲动的事来。

"没事,我不会的。"

叶星川哪里不懂乐言的意思,只觉得有些好笑。

他都多大了,怎么会为了这样的人做犯法的事?他有更好的方法去惩治这种人。

片刻后,众人返回酒店,叶星川和乐言则去了医务室。

在去医务室的路上,叶星川给滕懿麟发了好几条微信,让他帮忙增加近期滑雪场的安保人员。

事实上不用叶星川说,节目组也主动提出要滑雪场注意安保,不要让类似的事再发生。只是安保人员也觉得无辜委屈,这种事哪能杜绝呢?他们总不能看住每一个滑雪者吧。

只能自己小心些。

乐言还没到医务室呢,有关乐言意外受伤的消息便在整个节目组传开了,顿时有人欢喜有人愁,欢喜者自然是乐言的竞争对手,愁的则是那些喜欢和看好乐言的人。

经过之前一周多的拍摄,接下来的录制将会以教学为辅,竞技为主。乐言的伤虽然不算严重,但肯定会稍有影响,在同层次的竞技下,哪怕只是一点失误都会导致失败。

也不知道乐言的伤究竟怎么样。

十分钟后,叶星川和乐言抵达医务室,入了病房。

在叶星川小心翼翼把乐言的鞋脱掉后，医生缓缓拉起她的左裤脚，入目是一片发肿的紫色。

医生知道乐言的身份，她最近有事儿没事儿也会远远地看看录制，不由说："有点严重啊。"

"有多严重？"

乐言紧张得不行。

医生看了她一眼，说："正常的滑雪应该没什么问题，但是太激烈的动作就不行了，嗯，至少需要恢复一周吧。"

乐言顿时面色一暗。

明天的节目录制内容是障碍滑雪，过两天还有一些花式特技的内容，不能做太激烈的动作，那岂不意味着比赛还没开始，她就已经输了？

她不是没想过让节目组先歇一歇等她伤好，但这个念头转瞬即逝。

因为不可能。

节目组有多少人？一天有多少支出？她只是十二名明星之一，不是非她不可。

这件事也只能说她倒霉了。

不过也不能说接下来的竞技她就绝对失败了，因为这次竞技是团队竞技，首先看她，其次看叶星川，再次看两人教出来的学员，三人的总成绩才是决定胜负的关键。

问题在于，在她无法完美发挥的情况下，叶星川和那位全国羽毛球冠军陆子豪能拿到高分吗？

难啊！

乐言心里叹了口气。

乐言眼神和表情的变动，叶星川都看在眼里。他神情镇定，心里却已经有了计划。这次无论如何也不能让乐言输。

在医生给乐言敷药包扎的同时，叶星川迅速在脑海中完善计划，最终确定下来后，给滕懿麟和陆子豪发了几条微信。

滕懿麟不用说，他是叶星川最好的朋友之一，叶星川求他帮忙，他当然会帮忙。

陆子豪不一样，他跟叶星川非亲非故的，叶星川的忙，他会帮吗？

会！

原因很简单，叶星川有一门可以折服天下人的手艺，那就是他的厨艺！

人活一世，最紧要的就是衣食住行。

每日三餐，有的人随便吃点对付一下就完事儿了，可有的人对"食"这方面非常看重。

没错，因为叶星川的厨艺，陆子豪已经认定他这个朋友了！

再说，叶星川找他帮的忙也不算麻烦，就是再配合着多练习练习滑雪。而他作为一名全国冠军，哪有不愿争胜的道理？

于是，在安慰好乐言后，叶星川就和陆子豪去滑雪场滑雪了，嗯，主要是叶星川教陆子豪。

至于那个吓到乐言的人，自有负责滑雪场区域的警察去处理。他故意惊吓乐言，导致乐言受伤，虽然受伤不重，可乐言到底滚落入了树林。这是恶性事件。

山上风大雪大，叶星川正指导着陆子豪。

叶星川是跟着乐言学的滑雪，又是跟着乐言学的教学，风格自然像极了她，教学过程极为细致。

陆子豪本身是羽毛球天才，身体素质非常好，之前又已经在两人的教导下滑了好几天，现在叶星川给他开小灶，他的技术不断提升着，不过提升速度还是有些慢了。

陆子豪知道叶星川的想法，不禁问道："你到底是怎么打算的啊？以我的技术，就算再厉害点，发挥到最好，也就加那么几分吧，概率不大啊，可看你的样子，可是信心十足的。"

叶星川说："能多一分是一分，我这边另有法子。"

陆子豪好奇道："方便说吗？"

"当然。"

于是，叶星川把自己的计划告诉了陆子豪。

陆子豪听了直接倒吸一口凉气，朝叶星川竖起大拇指："我服，小老弟，我服！"

叶星川笑了笑，心里很平静。

之后，陆子豪在叶星川的注视下，一遍又一遍地练习着。叶星川会时不时告诉陆子豪滑雪过程中出现的问题，陆子豪自会及时纠正。

至于叶星川自己？他也训练了起来，但不是普通的滑雪训练，而是在滕懿麟的帮助下进行的一项特殊训练。

转眼间，一天过去了。

练了一天，已经疲惫不堪的陆子豪朝叶星川摆了摆手，坐电梯上了自己所住房间的楼层。

叶星川也回到房间，几乎累瘫了。

乐言知道他和陆子豪是去训练了，不由有些心疼。叶星川更心疼她，她今天被吓到了，脚踝也受伤了，心里估计还想着好不容易得来的机会就这么丢掉了，肯定很难过。

两人互相心疼着，相拥着，气氛温馨。

第二天一大早，天还没亮，两人就去化妆、做准备，等天蒙蒙亮就开始拍摄。

今天的拍摄内容主要是障碍滑雪。

叶星川担心乐言不愿这么轻易放弃机会，会选择冒险，于是在前往拍摄地之前，认真地道："你不要逞强，差不多就行了。"

"知道的。"

乐言还是有分寸的，不过该有的努力她一分都不会少。

叶星川也不知道乐言听没听进他的话，轻轻叹了口气。

之后的拍摄，乐言果然不顾自己受伤的脚踝，做了几个较危险的动作，全程滑下来也没什么失误。但是叶星川知道，她的脚踝现在肯定疼得不行。

这样的话，明后天怎么办？

今天伤势严重了，一两天能恢复好？

显然不能。

所以叶星川又气又急，可是乐言在赛道上，叶星川又有什么办法呢？

节目组的人都知道乐言有伤，见她还发挥得这么好，不由都叹了口气。显然，他们也想到了明后天的录制。

乐言之后是叶星川和陆子豪，两人一个在乐言前途的推动下，一个在未来很长一段时间口腹之欲的推动下，都超常发挥了。

如果这一次就是完整的比拼内容的话，他们这一组绝对可以直接获胜。但没办法，这并不是。

三人之后，自是其余组的比拼，等拍摄完已经到下午了。节目组又补录了一些其他内容，天色便渐渐暗了下来。

不过叶星川和陆子豪都没走，而是等乐言走后，继续在这里练习起来。

明天还是拍摄障碍滑雪，但有一些花式跳跃动作，乐言未必跳得起来，叶星川和陆子豪则未必有那个跳跃的实力，所以才得练，哪怕多加一分那也是加啊。

叶星川和陆子豪的努力，节目组及其他明星组都看在眼里，他们心生佩服的同时，又都在想，这又有什么用呢？

第二天，录制照常进行。

乐言果然还是没听叶星川的劝，尝试着做那些激烈动作，却失败了，在镜头前摔倒在雪地中。

叶星川远远看着，差点没忍住冲了过去。

乐言身在赛道上，爬起来后继续挑战，最终完成，得分却不是很高，站在一旁时不由黯然神伤。

之后叶星川发挥不错，但也没得到高分，倒是陆子豪出乎许多人的意料。他虽然初涉滑雪，却拿下了比叶星川还高的分数，不禁让人感叹体育天才就是体育天才。

这也为整个小组加了分，毕竟陆子豪是叶星川和乐言教出来的，而《冰雪盛宴》这档节目有很大一部分是看滑雪教学。

所有组别挑战结束后，按照统计，乐言组排名倒数第一。

这让乐言更加自责，如果不是她强行做危险动作，说不定分数会高一些，现在小组排名倒数第一，出局也就成了定局。

可还没等节目组宣布呢，叶星川忽然站了出来，面对着主持人和镜头，说道："我们组想和林翩翩组进行跳台滑雪PK。"

他的话一出口，可以说是全场皆惊。

跳台滑雪PK是《冰雪盛宴》节目组给每期排名最末的组别的一个绝地翻盘的机会，通过从数十米高的跳台上俯冲下来，跃入空中落地，计算跳跃距离来分出胜负。因为跳台滑雪存在不小的危险性，所以至今还没有组别选择过。

毕竟这是一档综艺节目，他们是来挣人气的，不是来拼命的。但显然，为了乐言的前途，叶星川打算拼一把。

叶星川的话说完，节目组还没反应呢，乐言先拉住他："不行。"

肯定不行啊！

他们组有三个人，陆子豪是全国冠军，正值巅峰期，跑来录综艺节目可以，白天、晚上陪叶星川训练也可以，那都没有危险性，可跳台滑雪不一样，陆子豪完全没学过啊，所以不可能。

她自己倒是挺在行的，但现在她受伤了，显然也不可能出战。所以，最后出战的会是谁？

叶星川。

乐言跟叶星川朝夕相处，能不知道他的能力和内心吗？

他能力是有的，跳台滑雪之前也练过，但他内心始终惧怕着那种高速和高度，再加上现在身负压力，要是出事了怎么办？

不行，绝对不行！

第 59 章

有惊无险

叶星川转过头，一脸温柔地看着乐言："没事。你知道，我其实可以的。"

"万一呢？"

乐言拽住叶星川的胳膊，很是着急。

叶星川拍了拍乐言的手："真的没事。"

乐言见他神色坚定，也不知道该说些什么好，只认为是自己害叶星川做出这种危险举动的，忍不住泫然欲泣。

在叶星川安慰乐言的同时，节目组开始紧急商议，片刻，有负责人走过来跟叶星川说："正常的跳台滑雪挑战是一人两次，但现在乐言不行，陆子豪不行，你一个人要跳六次，你确定？"

叶星川毫不犹豫："我确定。"

乐言根本来不及阻止。

负责人看了看叶星川、乐言和陆子豪，欲言又止，最后还是转身离去，又去找了林翩翩组。

林翩翩是一个年轻的女明星，对叶星川的挑战倒不怕，跟负责人说了几句后便应了下来。顿时，整个节目组运作起来。

跳台滑雪的危险性不小，而且为了节目的可看性，节目组做了一些相应的布置，同时决定在晚上拍摄。

与此同时，叶星川依旧在安慰乐言。

叶星川说："你别再劝我了，我这次去定了。你之前教我滑雪的时候，一直都在帮我树立信心，怎么现在反而不相信我了呢？"

乐言撇了撇嘴道："我怕你逞强。"

叶星川苦口婆心地劝道："我真没有。之前我不也跳过吗？这两天也在练呢。好了，你就相信我吧。"

乐言说："我就是不想你为了我冒风险。"

叶星川说："先不说有没有风险，就算有，我觉得也值。我做这么多是为了什么啊？还不是为了实现你的理想。你也别太有压力，反正我们尽最大努力呗。"

乐言张了张嘴，没再说话。

叶星川颇为感慨："说起来，你当初肯定也想不到吧，你教我滑雪，现在竟变成了这样。"

"谁能想到呢？"乐言看着叶星川，说，"谁能想到我都这么大了，喜欢了那么多年舞台和滑雪，现在喜欢的居然又多了一个。"

叶星川好奇地问道："多了什么？"

"喜欢跟你在一起啊。"乐言笑望着叶星川，"希望我们将来一直都在一起。"

"肯定的。"叶星川满心欢喜。

"你们两个够了啊！"

傅诗愤怒的声音忽然响起。

一旁的陆子豪也神色复杂。

"你们在这儿演什么苦情戏呢？要秀恩爱到别的地方秀去……"傅诗太难了，没想到工作中还能看到叶星川和乐言秀恩爱。

乐言得意地笑了笑，完全不理会自己闺蜜的抗议。

这边，几人在聊天。

那边，之前就已经准备好的跳台滑雪区域被正式启用。

天色渐渐暗了下来。

有个负责人给叶星川送来一块表，说是专门检测他心率的，到时候会同步到镜头前。

现场还出现了担架和医护人员，看起来就给人一种紧张感。

灯光组也在跳台滑雪处开始了测试，红绿两种颜色让人忍不住心焦，加上心脏跳动的音乐，PK还没开始呢，所有人就都有一种身临其境的感觉，再加上那又高又长的跑道，有些胆小的人已经开始担心起来了。

眼看"舞台"就要搭起来了，节目主持人开始了拍摄，与另一个组的明星聊起天来，大致把跳台滑雪的起源和难度讲解了一番。

原来跳台滑雪虽然是一种运动项目，但最早的时候，其实是挪威统治者想出来的一种处罚犯人的刑罚。

不过在现代，跳台滑雪就只是一种运动方式了，马上要举行的2022年北京冬奥会也有这项比赛，比赛专用的赛道就在崇礼。

根据国际滑雪联合会的规定，冬奥会的跳台滑雪有七十米级和九十米级两个跳跃项目。但明星们及其组员又不是专业运动员，综艺节目也不是正经的比赛，所以跳台滑雪项目肯定有所改动。

首先是长度，《冰雪盛宴》的跳台长度只有三十米，而且助滑台的坡度远不如比赛专用的助滑台，挑战者身上也会有防撞泡沫保护。

可即便如此，跳台滑雪还是有一定危险性的，至少现场绝大多数人不敢去试，那真不是闹着玩的。

不过那也是真的刺激。

天色终于完全暗了下去，在长达三十米的跳台附近，一盏盏巨大的室外灯开启，照亮了整个滑雪场。

叶星川在乐言不舍的目光中，迎着镜头走向了跳台。

接下来他要独自挑战林翩翩组的三人，一人两次，取成绩较好的那次。

换好特制的滑雪板，叶星川站上了跳台，远远地望着下方，心情一点也不平静。

这从他的心率就看得出来。

正常人的心率是60～100次一分钟，叶星川刚登上跳台的时候还是90次一分钟，在跳台上站了会儿，心率就上升到115次一分钟了。不过，就在人们以为他紧张害怕的时候，他的心率又缓缓回落到95次一分钟。

他平静下来了。

说句实话，正常的滑雪者不太会去接触跳台滑雪，这跟正常的滑雪不太一样。当时他之所以去学习，除了乐言的劝说，其实也有他自己一部分原因。他发现自己虽然不是特别喜欢那种高速俯冲的感觉，却不排斥滞空。

上次他还试过跳伞，他蛮喜欢那种自由落体的感觉的。

跳台滑雪就能让他体会到那种感觉。

不过，该有的紧张还是不会少。

短暂的紧张过后，叶星川在万众瞩目之下朝下方滑了出去。沿着倾斜的助滑台滑了一会儿后，借助速度和弹跳力，叶星川整个人跃入空中，身体在空中飞行了两三秒后，落到了不远处的降落区。整个飞跃落地过程如行云流水，而且叶星川的心率也很正常，说明他很镇定，真是出人意料。

变幻的红绿灯光，"怦怦"的心脏跳动音乐，外加平缓的心率，怎么都让人有一种怪异的感觉。

"40.3米。"

叶星川最终的成绩出来了。

因为坡道长度和倾斜度有所变化，大家也不知道叶星川这个距离算不算远。和真正的跳台滑雪比赛的成绩比起来，他这个成绩当然是差了十万八千里。

现如今的世界纪录是一位奥地利运动员创下的253.5米，看看，这差了多少？但叶星川不是要打破世界纪录，他只要赢过林翩翩组就行了。

一次跳跃成功后，叶星川又进行了第二次跳跃，成绩居然比第一次还好，达到了43.5米。

紧跟着，林翩翩组的那名教学助理跃跃欲试。

作为一个从数百名滑雪高手里选出来的人物，他自认为应该不会太差吧，即便之前没怎么接触过。但让这名教学助理无法接受的是，他最终最好的成绩也才36.7米，差了叶星川一大截。

这下子大家就知道差距和难度了。

目睹这一切的乐言松了口气，既为三人大概率不会被淘汰松了口气，也为叶星川松了口气。他这完全不像是孤注一掷或者逞强，而是真的有把握。

赢过一人后，叶星川又登上了高台。第二组的两次跳跃，叶星川的成绩和上一次差不多。而林翩翩组派出的那名学员直接弃权了，他和陆子豪一样，不可能拿自己的生命去冒险，受伤也不行。

于是叶星川就只有一名对手了。

林翩翩。

作为年轻一代的当红女明星，林翩翩显然是漂亮的，滑雪技术也是出众的，但叶星川显然没什么怜香惜玉的心思。他满心都是赢，满心都是让乐言实现理想，于是他理所当然地赢了，不过赢得还是很惊险的。

林翩翩的技术也不差，加之她身上穿了防撞的泡沫，胆子也大，差点就追上叶星川的成绩了。

但叶星川赢了就是赢了，紧跟着是一家欢喜一家愁。

赢了之后，乐言组成功晋级，同时为乐言的伤势恢复争取到了时间，林翩翩组却被淘汰了。

被淘汰的一方自不用说。叶星川力挽狂澜让乐言组晋级后，节目组立刻跑来拍素材，无非是问他一些关于跳台滑雪感受、学习过程以及挑战念头等等问题。

叶星川自然又把他和乐言相知相识的故事说了一遍，至于最后怎么剪辑，就全看剪辑师和导演了。

等一切尘埃落定后，叶星川回到酒店，才真的松了口气，整个人直接倒在了床上。

之前跳台滑雪的时候，他看似平静，但内心深处还是非常紧张的，毕竟输赢有关乐言，如果只是他自己，其实都无所谓。

走在叶星川身后的乐言顺手把门关了，猛地一下子扑到床上，像只熊玩偶似的趴到叶星川身上，也不说话，只是抱着他。

"谢谢。"

好半晌，乐言才憋出来一句。

"以后我会为你遮风挡雨的。"叶星川摸了摸乐言的头发，温柔地说。

第 60 章

大结局

12月初，《冰雪盛宴》拍摄结束，正式进入后期剪辑阶段。

忙完节目录制的叶星川，也着手进入这一年度的美食邀请会最后筹备阶段，主题早已公布，菜品也早已创作好，只是时间未到。

有一档央视综艺节目打底，虽然节目还未开播，但乐言还是底气十足，借此接到了不少好的邀约。

其中一个节目组找来许多二十五岁到三十岁的女明星，意图打造出独一无二的国产选秀节目。节目组选择的参选人员，有的曾经火过，有的现在正火而且有特殊才艺。

节目尚未播出便吸引了广泛的注意力，加上又是知名电视台的知名制作团队，乐言在得到不少承诺后决定加入。

与此同时，《冰雪盛宴》的前期宣传也正式启动。

央视不愧是央视，节目甫一宣传就上了微博热搜第一，吸引了极其广泛的关注。其中叶星川和乐言的合照更是主要宣传照之一，再加上两人在网上本就有不小的名气，这一宣传更是尽人皆知，颇有点"国民情侣"的意思。

借着央视和微博热搜第一的东风，叶星川这一年的美食邀请会获得了更大的成功，影响力再度扩大，不用想也知道，来年的美食邀请会势必万众瞩目。这倒是叶星川从未想到的。

晚上和乐言聊天的时候，乐言没少自夸是叶星川的福星，叶星川当然笑着称是。

是也是，不是也是。

次年1月初，《冰雪盛宴》正式播出。

节目甫一播出便凭借高质量吸引了巨大的关注度，无论是科普内容还是教学内容，抑或是刺激的竞技内容，都让观众沉迷其中。

仅仅一期节目就让崇礼的诸多滑雪场客流量上涨了百分之三十，国内其他滑雪场的客流量也应声上涨。北上看雪、滑雪的南方人大增。

节目对滑雪运动的推广和北方旅游产业的推动可谓厥功至伟，可以想象，只要质量不下降，这一期期节目播下去，必然能圆满实现这档节目诞生的目的——让滑雪运动成为一项大众的运动。

作为《冰雪盛宴》节目的两位话题人物，叶星川和乐言的名气无疑再上了一层楼，开始有许多跟滑雪有关的产业找上两人，想要让两人担任品牌宣传大使。

不是乐言，而是乐言和叶星川一起。

作为一对情侣，他们在一起的效果远不止一加一等于二。

叶星川是真的万万没想到。

他甚至想，如果不是有自己的事业，跟着乐言一起在滑雪圈这么走下去，似乎也是不错的选择吧。

不过，就算有事业又怎么了？叶星川现在对滑雪的热爱丝毫不亚于乐言。

忙碌了好一阵子的叶星川和乐言，总算又有机会来熊猫滑雪场滑雪了。

两人滑了一上午，有些累了，就回酒店休息。

窗外，渐渐有雪花开始飘落。叶星川转头看了看身旁的乐言，心里满是甜蜜与开心。

真好。

真是庆幸啊。

他庆幸自己前年选择了冰雪主题，庆幸滕懿麟给自己推荐了乐言做教练，庆幸自己把握住了机会。

"谢谢啊。"

他转头望向窗外的雪花及雪花中隐约可见的雪山，呢喃道。

2022年2月4日。

2022年北京冬奥会正式召开。

已经名满全国的乐言，在开幕式上向全世界展示了自己精湛的滑雪技艺。

……

（全书完）